四川历史
名人丛书
小说系列
NOVEL SERIES

草堂之魂
一代诗圣杜甫

吴佳骏 著

四川文艺出版社

图书在版编目（CIP）数据

草堂之魂：一代诗圣杜甫/吴佳骏著. —成都：四川文艺出版社，2019.11

（四川历史名人丛书小说系列）

ISBN 978-7-5411-5480-5

Ⅰ. ①草… Ⅱ. ①吴… Ⅲ. ①传记小说-中国-当代 Ⅳ. ①I247.5

中国版本图书馆 CIP 数据核字（2019）第 157021 号

CAOTANG ZHIHUN: YIDAI SHISHENG DUFU

草堂之魂：一代诗圣杜甫

吴佳骏 著

出 品 人	张庆宁
编辑统筹	宋　玥
责任编辑	苟婉莹
内文设计	史小燕
封面设计	今亮后声·HOPESOUND panikouyuqu@163.com
责任校对	蓝　海
责任印制	崔　娜

出版发行	四川文艺出版社（成都市槐树街2号）
网　　址	www.scwys.com
电　　话	028-86259287（发行部）　028-86259303（编辑部）
传　　真	028-86259306

邮购地址	成都市槐树街2号四川文艺出版社邮购部　610031		
排　　版	四川胜翔数码印务设计有限公司		
印　　刷	成都东江印务有限公司		
成品尺寸	168mm×238mm	开　本	16开
印　　张	15	字　数	250千
版　　次	2019年11月第一版	印　次	2019年11月第一次印刷
书　　号	ISBN 978-7-5411-5480-5		
定　　价	78.00元		

版权所有·侵权必究。如有质量问题，请与出版社联系更换。028-86259301

"四川历史名人丛书"编委会名单

主　任：何志勇

副主任：李　强　　王华光

委　员：谭继和　　何一民　　段　渝　　高大伦　　霍　巍
　　　　张志烈　　祁和晖　　林　建　　黄立新　　常　青
　　　　杨　政　　马晓峰　　侯安国　　刘周远　　张庆宁
　　　　李　云　　蒋咏宁　　张纪亮

"四川历史名人丛书"总序
——传承巴蜀文脉,让历史名人"活"起来

　　文化是民族的血脉,是哺育民族成长壮大的乳汁,是一个国家、一个民族的灵魂,文化兴国运兴,文化强民族强。从十八大到十九大,习近平总书记以政治家的战略眼光,以唯物主义的科学态度,从中华文化的思想内涵、道德精髓、现代价值和传承理念等方面多维度、系统化地阐述了对待中华文化的根本态度和思想观点。他将中华优秀传统文化提升到"中华民族的基因""民族文化血脉""中华民族的根和魂"和"中华民族的精神命脉"的崭新高度,指出"一个国家、一个民族不能没有灵魂","优秀传统文化是一个国家、一个民族传承和发展的根本,如果丢掉了,就割断了精神命脉",要"加强对中华优秀传统文化的挖掘和阐发",从传统文化中提取民族复兴的"精神之钙","对历史文化特别是先人传承下来的道德规范,要坚持古为今用、以古鉴今,坚持有鉴别的对待、有扬弃的继承",努力实现传统文化的"创造性转

化、创新性发展"。总书记的一系列著名论断,从中华民族最深沉精神追求的深度、国家战略资源的高度、推动中华民族现代化进程的角度,把中华文化的发展提升到一个新高度,升华到一个新境界,推向了一个新阶段。

中华文化源远流长,积淀着中华民族最深沉的精神追求,是中华民族独特的精神标识,为中华民族生生不息、发展壮大提供了丰厚滋养。沧海桑田,古印度、古埃及、古巴比伦文明早已成为阳光下无言的石柱,而中华文明至今仍然喷涌着蓬勃的生机。四川作为中华文明的重要发源地之一,历史文化源通流畅、悠久深厚。旧石器时代,巴蜀大地便有了巫山人和资阳人的活动。新石器时代,巴蜀创造了独特的灰陶文化、玉器文化和青铜文明。以宝墩文化为代表的古城遗址,昭示着城市文明的诞生;三星堆和金沙遗址,展示了古蜀文明的不同凡响;秦并巴蜀,开启了与中原文化的融通。汉文翁守蜀,兴学成都,蜀地人才济济,文章之风大盛。此后,四川具有影响力的文人学者,代不乏人。文学方面,汉司马相如、王褒、扬雄,唐陈子昂、李白,宋苏洵、苏轼、苏辙,元虞集,明杨慎,清李调元、张问陶,近现代巴金、郭沫若等,堪称巨擘;史学方面,晋陈寿、常璩,宋范祖禹、张唐英、李焘、李心传、王称、李攸等,名史俱传。此外,经过一代代巴蜀人的筚路蓝缕、薪火相传,还创造了道教文化、三国文化、武术文化、川酒文化、川菜文化、川剧文化、蜀锦文化、藏羌彝民族风情文化等,都玄妙神奇、浩博精深。瑰丽多姿的巴蜀文化,是中华文化的重要组成部分,有着鲜明的地域特征和独特的文化品格,是四川人的根脉,是推动四川文化走向辉煌未来的重要基础。记得来路,不忘初心,我们要以"为往圣继绝学"的使命担当,担负起传承历史的使命和继往开来的重任,大力推动巴蜀文化的传承、接续与转生,让巴蜀文化的优秀基因代代相传,"子子孙孙无穷匮也"。

四川历史文化异彩独放,民族文化绚丽多姿,红色文化影响深广,历史名人灿若星辰,这是四川建设文化强省重要的文化资源。中共四川省委、四川省人民政府秉持高度的文化自觉和文化自信,借助四川文化资源富集的优势,持续深入推进文化强省建设,先后出台《四川省"十三五"文化发展规划》《关于传承发展中华优秀传统文化的实施意见》《建设文化强省中长期规划纲要》等一系列战略规划及措施,大力推进古蜀文明保护传承、三国蜀汉文化研究传承、四川历史名人传承创新、藏羌彝文化保护发展等十七项优秀传统文化传承发展工程,着力构建研究阐发、保护传承、国民教育、宣传普及、创新发展、交流合作等协同推进的文化发展传承体系,不断探索传承守护中华文脉的四川路径。

"四川历史名人文化传承创新工程"是四川启动最早、影响最广的一项文化工程。自2016年10月提出方案,经过八个多月的论证调研、市(州)申报、专家评审,最终确定大禹、李冰、落下闳、扬雄、诸葛亮、武则天、李白、杜甫、苏轼、杨慎为首批十位四川历史名人。这十位历史名人,来自政治、文化、科技、艺术等多个领域,他们是四川历史上名人巨匠的首批杰出代表,各自在自己专业领域造诣很高,贡献杰出:李冰兴建都江堰,功在千秋;落下闳创制《太初历》,名垂宇宙。李白诗无敌,东坡才难双;诸葛相蜀安西南,杜甫留诗注千家。大禹开启中华文明,则天续唱贞观长歌。扬雄著述称百科全书,千古景仰;升庵文采光辉耀南国,万世流芳。

十大名人之所以值得传颂,不仅在于他们具有雄才大略、功勋卓著、地位崇高、声名显赫,更在于他们身上所承载的思想理念、人文精神、气质风范、文化品格等,是中华民族和巴蜀文化的集中表达。大禹公而忘私、为民造福的奉献精神，李冰尊崇自然、求真务实的科学态度，落下闳潜心研究、孜孜不倦的探求意志，扬雄悉心著述、明辨笃行的学术追求，诸葛亮宁静淡泊、廉洁奉公的自律品格，武则天巾帼不让须眉的豪迈气概，李白"直挂云帆济沧海"的博大胸怀，杜甫心系苍生、直陈时弊的忧患意识，苏轼宠辱不惊、澄明旷达的坦荡胸襟，杨慎公忠体国、坚守正义的爱国情怀，都是中华民族优秀文化的浓缩和凝聚，是四川人民独特气质风范的体现，是社会主义核心价值观的本源和本质，是四川发展的宝贵资源和突出优势。

历史名人要有现实意义才能活在当下。今天我们宣传历史名人，不能停留在斯土有斯人的空洞炫耀，而要用历史的、发展的、辩证的思维去深入挖掘、扬弃传承、转化创新，不断赋予时代内涵，不断呈现当代表达，让历史名人及其文化"站起来""活起来""动起来""响起来""火起来"，真正走出历史、走出书斋、走进社会，走向世界、走向未来。"四川历史名人文化传承创新工程"实施三年多来，全社会认知、传承、传播历史名人文化的热潮蓬勃兴起，成效显著：十大名人研究中心全面建立，一批中长期规划先后出台，一批优秀成果陆续推出；十大名人故居、博物馆、纪念馆加快保护修复，展陈质量迅速提升；十大名人宣传片全部上线，主题突出，画面精美；名人大讲堂、东坡艺术节、人日游草堂、都江堰放水节、广元女儿节等品牌文化活动多地开花，万紫千红；以名人为元素打造的储蓄罐、笔记本、手机壳、冰箱贴等文创产品源源上市，深受民众喜爱；话剧《苏东坡》《扬雄》，川剧《诗酒太白》《落下闳》，歌剧《李冰父子》，曲艺《升庵吟》，音乐剧《武侯》，交响乐《少陵草堂》等一大批舞台艺术作品好戏连台，深入人心……

"四川历史名人丛书"的编纂出版，是实施振兴四川出版战略、实现文化强省目标的重要举措，其目的是深入挖掘提炼历史名人的思想精髓和道德精华，凝练时代所需的精神价值，增强川人的历史记忆、文化记忆，延续中华文化的巴蜀脉络，推动中华文化传承创新，彰显巴蜀文化的生命力和影响力。

"四川历史名人丛书"的编纂出版，始终坚持正确的政治方向、出版导向、价值取向，深入挖掘名人的精神品质、道德风范，正面阐释名人著述的核心思想，借以增强川人的文化自信，激发川人了解家乡、热爱家乡、建设家乡的澎湃力量；始终坚守中华文化立场，着力传承中华文化的经典元素和优秀因子，促进人民在理想信念、价值理念、道德观念上团结一致；始终秉承辩证唯物主义和历史唯物主义观点，用客观、公正、多维的眼光去观察历史名人，还原全面、真实、立体的历史人物，塑造历史名人的优秀形象，展示四川文化的独特魅力，让历史名人文化为今天的社会发展提供精神动能。

"四川历史名人丛书"的编纂出版，注重在创新上下功夫，遵循出版规律，把握时代脉搏，用国际视野、百姓视角、现代意识、文化思维，将思想性、知识性、艺术性、可读性有机结合，找到与读者的共振点，打造有文化高度、历史厚度、现代热度的文化精品，经得起读者检验，经得起学者检验，经得起社会检验，经得起历史检验；注重在质量和水平上下功夫，立足原创、新创、精创，努力打造史实精准、思想精深、内容精彩、语言精妙、制作精美的文化精品，全面提升四川出版的知名度和美誉度，为建设文化强省、助推治蜀兴川再上新台阶提供思想引领、舆论推动、精神鼓励和文化支撑，为增强中华文化影响力贡献四川力量。

"四川历史名人丛书"编委会

2019 年 10 月 30 日

目录

第一章　入　夜

诗人说　　　　　　　　　　　003
1. 人魂相遇　　　　　　　　005
2. 从一场雪开始　　　　　　007
3. 枣熟时节　　　　　　　　015
4. 凤凰鸣　　　　　　　　　020
5. 洪水与晨曦　　　　　　　023
6. 幽梦影　　　　　　　　　030
7. 鹰和马　　　　　　　　　037
8. 孤独与死亡　　　　　　　044
9. 邂逅或送别　　　　　　　051

第二章　上半夜

诗人说　　　　　　　　　　　063
10. 曙光乍现　　　　　　　　065
11. 殇歌　　　　　　　　　　072
12. 一根羽毛　　　　　　　　078

  13. 秋雨   085
  14. 噩耗或喜讯   090
  15. 见闻录   095
  16. 尘埃落定   102

第三章　下半夜

诗人说   111
  17. 山河破碎   113
  18. 夜逃   117
  19. 江山易主   121
  20. 流亡   124
  21. 耻辱   128
  22. 破镜重圆   133
  23. 光阴暗   139

第四章　黎　明

诗人说   151
  24. 入蜀记   152
  25. 草堂欢   162
  26. 秋风歌   169
  27. 落叶飘零   179
  28. 草堂怨   197
  29. 夔府与客堂   205
  30. 流水或小舟   217

诗人补说   225

第一章 入夜

诗人说

人无法理解人。

我无法理解我自己。

但我又不想与自己为敌,故很多问题困扰着我。

我躺在床上已经二十年了。

在这二十年里,我就是时间本身,活着本身。

床囚禁了我的肉体,却无法囚禁我的思想和灵魂。

我渴望自由,渴望飞翔,渴望未来和远方。

可现实告诉我——我就是一个活着的死人。

我想得到解脱,想将自己埋葬。

我想变成窗外的一棵树,树上的一只鸟,鸟上方的一弯新月。

可每当我鼓起勇气要御风而去时,有个声音一直在暗中告诫我。

他说,人一定要学会善待自己——既不要以厌世来麻痹自己,也不要以死亡来威胁自己。

他还说,人万不可活成自己的人质。

我知道这个人是谁。我经常在梦中与他相遇。

他已经死去一千多年了。他活着时跟我一样,也写诗。

我床畔的木桌上,就放着他的一本诗全集。厚厚的,像一口棺材。寂寞和孤苦的时候。我会不知疲倦地诵读他的诗。他的诗总是给我一种力量——一种让我的灵魂成长的力量。

我在他的诗中度过了我的白天和黑夜，春秋和冬夏。

我知道，他是我的救命恩人。

我早就想见见他了，想当面向他请教一些问题——诗艺的问题、人的问题、终极的问题。

但他一直拒绝与我见面——从来都是只用声音来规劝我。

起初，我以为是他高傲。后来，我才慢慢意识到，是他觉得我的心力不够。

他希望我能自己找到一条精神上的出路。希望我能自己主宰自己。

我试着与自己周旋、对抗、妥协、和解……可效果却并不明显。

很多的问题依然困扰着我。

我不明白，人为什么活着，活着又到底为了什么？

我也不明白，为何有的人需要诗，而有的人不需要诗？

我更不明白，同样都是人，活着的质量和境界为什么会悬殊那么大？

我无数次恳请他给我讲讲他对这些问题的看法。

我深信，凭借他的人生经验和命运轨迹，是可以给我一些启悟的。

我躺在床上已经二十年了。我不想再这样躺下去。

昨夜，我下定决心要从床上滚下去，换一种活法。

或许正是他看到了我的孤绝，才终于同意还魂，出来见见我，给我讲讲他的故事。

他说，如果我真有耐心听完他的讲述，定然会好好地活着。

在他看来，我并非这个世界上最不幸的人。

现在，我已从我的肉身里逃了出来，准时来到了约定的那个"草堂"。我知道他喜欢喝酒，还特意提了两瓶上好的佳酿。

这是初春天气，清冷的月光水一样凉。

我坐在草堂外的一块石头上，将酒瓶盖拧开，一股浓香在夜色里弥漫。

我刚喝了一口酒，一个面容清癯，肤色蜡黄，长髯飘飘的老人便出现在了我的面前。

他即是我朝思暮想地要见的人。他的名字叫杜甫。后人们尊称他为"诗圣"。

1. 人魂相遇

　　年轻人，很高兴见到你。虽然我不知道你姓甚名谁，但我知道你也写诗。是诗把我俩联系在了一起。我喜欢跟写诗的人交流，在我活着的时候，诗是唯一可以安慰我的东西。尽管，诗什么也改变不了。若不是你要轻生，我是不打算出来见你的。活着多好啊，何必非要去死。死早晚会来，你急什么急。我知道你常年卧病，身边没有一个亲人朋友，写诗成了你活着的唯一理由。那些自称诗人的人，又都嘲笑你，说你的诗不入流，是靠了残疾才博取了名誉。

　　这不是身为一个诗人的悲哀。

　　假如我能活到如今，与你同在当下生活，凭我做人的选择和写的那些诗，怕一样会受到他人的排挤和不容吧。如此说来，一个有气节和操守、理想和担当的人，无论他生活在哪个时代，是早出生一千年，或晚出生一千年，都没什么要紧；也无论他是早死一千年，或晚死一千年，同样没什么区别。任何一个人对于他所处的时代而言，都是渺小的、微不足道的。

　　年轻人，我跟你这样说，是希望你不要因此而自轻自贱。我作为一个已经死去千年的诗坛老朽，绝不会对一个千年后的诗坛新秀说假话。就诗人来说，对于生存的体察本就比那些不写诗的人敏感。说好听点，诗人是一个时代的晴雨表。说不好听点，诗人都是把自己逼向了绝境的人。当然，我指的是那些真正意义上的诗人，而不是那类试图靠写诗博取廉价的鲜花和掌声，靠耍手腕混场子浪得虚名的所谓诗人。这样的诗人，一生是注定充满了悲剧色彩的。究其缘由，是因为诗人是一个时代的先知。他洞悉了一个时代的根本秘密。他既发现了人性的光辉，又窥到了灵魂的黑暗；他既以写诗来见证时代的欢乐和悲伤，又以写诗来质疑生活和历史。古往今来，凡是那些堪称伟大的诗人，都有一颗被侮辱和被伤害的心。凡是那些堪称经典的诗作，也无不是诞生于凌辱和憧憬中。

　　这些道理，都是我在死去之后才悟到的。我活着时，哪有时间和闲情来琢磨这些啊。我一生颠沛流离，食不果腹，衣不蔽体，能活命就不错了。更没有时间去钻研诗艺问题，我写的诗不过只是记录自己的所见所闻，并因此发表点自己的看法和感怀罢了，根本谈不上好。我至今都为后来人将我称为"诗圣"而羞愧。我的才华比起李白来实在是差得太远了。李白才是真正的天才诗人，我一生都在向他学习。遗憾的是，李白是不可学的，你越学越不像。不但不像，反而还会偏离自己。

年轻人，你是有才华的，你所处的时代也比我当年的时代好。你应该振作起来，要有远大的理想和抱负。你曾在梦里夸奖我，这让我不安。我其实没什么了不起。如果说早年间我还确曾有过那么一点诗学抱负，但自从中年以后，我写诗就仅仅是为活着找个理由而已。我一直觉得，自从我死去的那一刻起，我所写出的每一首诗也跟着我死去了，它们将不会再被任何人提起。然而，令我万万没想到的是，在我死后的一千多年里，居然有无数的人在传诵我的诗作。每到清明时节，他们都会跑来草堂看我，念我的诗作给我听，这让我十分感佩！

这次我承诺出来见你，跟你好好聊聊，是想亲口把我一生的经历和心境讲给你听，希望我的人生教训能带给你某些有益的参考和启发。不过，我首先要申明一点，在跟你讲述我的经历时，我决定对我的诗作不作过多的谈论。我的诗作你都很熟悉了，诗里写了些什么，你也都很清楚。我不想浪费你太多的时间，你年轻，应该把宝贵的时间用在思考问题，写出好诗上，而不是在这里听我这个死人喋喋不休地诉说家常。我会把握好时间，争取天亮之前结束我的讲述。

你是个有心人，还带酒来给我喝，那请允许我先喝一口。你这酒叫啥名字啊，真是太香太好喝了，胜过唐朝的所有佳酿。只可惜今天高适和岑参两位仁兄没有来，不然，咱们又可以聚在一起一醉方休了。我来之前，是邀请过他俩同来的，可他们都拒绝了。他们说，自己已死，不愿再跟活人打交道。而且岑参还说："人，有时不怕死，反而怕活啊。"算了算了，不提他们了。咱俩碰一下，我活着时没喝过这么味美的酒，死后居然有福气享受，想想，也算死得其所了。

2. 从一场雪开始

我是一个"误生"的人。

我出生在冬春交替之季。那天像一个梦境。大雪从早晨下到傍晚，不远处的山峰，全被积雪覆盖了。风怒吼着，仿佛唱着悲伤的歌。我的母亲崔氏躺在床榻上，筋疲力尽地盯着窗外飘飞的大雪哀叹。她不知道即将临盆的这个孩子，对她的命运来说意味着什么，是吉还是凶。那刻，我的父亲杜闲更是坐立不安，不停地搓着双手，在母亲床榻边走来走去。家中的两个用人也在不停地跑进跑出，一会儿拿热水，一会儿拿毛巾。直至薄暮时分，在凄寒的烛光照耀下，我终于从母腹中呱呱坠地了。据父亲后来回忆，他说我降生时大哭不止，哭了足足有一个时辰。我的哭声彻底淹没了他得子时的喜悦和兴奋。父亲是个胆小的人，内心又极度敏感。他认为我的哭泣很不正常，与其他婴儿降生时的哭声不同，这使他心里隐隐不安。他将我从母亲身旁抱起，左瞅右看，越看心里越是焦躁。雪花还在继续飘飞，天色晦暗，整个瑶湾都处在一片寂静之中。或许是求心安，父亲一边搂着我，一边轻声地背诵我祖父杜审言的诗词。唯其如此，他那不安的心才会稍微变得祥和。

那时候，我还不知晓我祖父这个一生"奉儒守官"的人在我们家族史上的地位；也不知晓这个一生清正廉明、才华横溢的男人，在他年少时就已经蜚声文坛，与李峤、崔融、苏味道被并称为"文章四友"；更不知晓他会与宋之问、沈佺期齐名，成为五言律诗形式的奠定者而名垂史册。渐渐地，在父亲的吟诗中，我慢慢止住了哭声。如今回想起来，那可能是我最早的诗词启蒙。我的安静最终使得父亲也安静了下来。他伸出冰冷的手指，在我稚嫩的小脸上轻抚了一下，像一片雪花擦过树枝和湖面。我试着睁开眼睛，想扭头去看一看床榻上昏迷的母亲。烛光照着她那一张病容的脸，她好像刚死过一回又才复活似的，努力睁开眼帘，朝我露出僵硬的笑容。母亲的笑也带着霜花。只是，这朵带笑的霜花很快就凋谢了，消融在了漆黑的夜色里。就在母亲再次陷入昏迷状态时，我也在父亲的怀抱里睡着了。睡着后，我做了一个梦。我梦见自己变成了一朵洁白的雪花，从瑶湾的上空，一直飘荡到了洛阳；又从洛阳飘荡到了更大更远的地方。那些地方我叫不出名字，我就那样漫无际涯地飘来飘去，飘去飘来。

长大后，我才猛然醒悟，原来我平生做的第一个梦，竟然就是我一生命运的暗示。

我不能不说说我出生的时代。任何个人都是依赖时代而生的。如果说时代是一条大河，个人就是大河里的一条鱼；如果说时代是一片广袤无垠的草地，个人就是草地上的一朵小花或一棵小草。一条鱼能否在大河里幸福和欢快地畅游，取决于大河里的水是清澈还是混浊，水流是湍急还是平静。一朵小花或一棵小草能否健康地生长，同样取决于草地上的环境是绿色的还是被污染的，漫过草地的空气是清新的还是有毒的。

我之所以说自己"误生"，概于我出生时，正值朝廷多事之秋。我出生当年，玄宗即位。这位玄宗皇帝，你是知道的，他是靠发动宫廷政变，并借助其父亲之手成功杀掉太平公主后，又鸟尽弓藏从而正式荣登宝座的。玄宗掌权后，改年号为先天。起初，这位新皇帝给人的感觉，倒也是个明君。他重用贤能，如任姚崇为相。姚崇德才兼备，提出十项治国方略，使得朝廷政令畅通，社会安定，经济和文化都渐趋强大与繁荣。加之玄宗之前当过地方官，懂得亲民，他登基后做的第一件事就是提倡孝道，还亲自为《孝经》作注。这一系列措施，深得民心，史称"开元盛世"。然而，统治者最善于伪装自己，玄宗表面上勤政爱民，以仁德治理天下，其实质则骄奢淫逸，腐化堕落，六亲不认。他以他那伪善的面具欺骗了最初拥护他的所有人，这也最终导致了长达八年的安史之乱。这其中的细节，容我稍后慢慢地给你讲。

我还是接着讲我的幼年吧。自我出生后，父母便将我这长子视为一块宝玉。在我五六岁的时候，我父亲已迁升为奉天县令。他因政务繁忙，平时很少回家，但政务之余，父亲总是日夜思念我和母亲。他经常写家书给我们，嘘寒问暖，尤其叮嘱母亲督促我习文作诗。每次收到父亲的书信，我都无比高兴，总要缠着母亲念给我听。入夜，屋内安静极了。我依偎着母亲，将头靠在她的肩上，听她一字一句地念信。念着念着，母亲就会泪水长流。我知道，她一定是想父亲了。无数个长夜，我从睡梦中醒来，都曾听见母亲在呼唤父亲。我睁大眼睛，望着虚空的黑夜，心里有种说不出的害怕。我想哭，却不敢哭出声。我怕自己的哭声惊吓到母亲。于是，我只好将头藏进被子，任泪水如潮水般流淌。

母亲的身子骨本来就虚，生我之后，更是一日不如一日。我那时候小，不大懂事。每逢天气晴好的日子，总要嚷着让母亲带我去泗河岸边看过往的船队。泗河沿岸柳丝披拂，如年轻女子的秀发。微风一吹，那柳尖就在河面上扫来扫去，撩拨得我心旌荡漾。这时，我往往忘了身旁还有母亲，独自在河岸上疯跑。母亲怕我摔跤，掉进河里，气喘吁吁地紧跟我身后追赶，招呼我小心。她每小跑几步，就会累得蹲在地上动弹不得，还用双手死死地按住腹部，脸上露出痛苦的表情。我根本不知道，那时候，死神已经盯上了母亲。可每当我回头瞥见母亲时，她都会吃力地从地上站起来，假装露出欣慰的笑容。她不想让我看见她的悲伤，她用她的爱掩盖了她的痛。从泗河游玩后回到家里，母亲都要卧床几天，有时甚至粒米未进。我担心母亲，开始学着给父亲写信，把母亲的病情告诉给他，并希望他能抽空回家来看望一下母亲。

父亲接到我的信后，很快就回了信。可让我纳闷儿的是，他在信上并未过多言及母亲的病情，只是轻描淡写地嘱咐我让母亲多休息。除此之外，便是他反复叮嘱我要珍惜光阴，熟读诗书。而且，他还随信寄来了我祖父杜审言的诗作，让我认真研读。

也是从那时起，我真正迷上了祖父的诗。虽然，我并未真正读懂诗的内涵，也不能从美学上去剖析，但我能感受到他诗的气势。特别是他那首长到四十韵的《和李大夫嗣真》，读来真有排山倒海之势。每天晨昏，我为哄母亲开心，就趴在床沿背诵祖父的诗给她听。你还真别说，这倒是治疗母亲顽疾的特效药。母亲见我记忆力强，又聪明懂事，好学深思，她的精神状态好起来。看到母亲面色红润，我心里如盛开了鲜花。我越背越起劲，我真想那么一直背诵下去。我希望母亲能在我的背诵声中尽快康复，我还等着她再次带我去泗河玩耍呢。遗憾的是，我的愿望落空了。不久之后的一个黄昏，我的母亲崔氏永远告别了这个世界。至今我都还记得母亲咽气时痛苦的眼神，她那带着对我的不舍和担忧的最后一瞥，像一道闪电，从我的心上划过。

母亲的离世，是我一生的痛。我这辈子写了千余首诗，却较少有写母亲的作品。这倒不是如后来很多人猜测的那样，说我对母亲印象不深，没什么感情。

恰恰相反，我对母亲的印象太深刻了。因为深刻，才不愿意去触碰。我只愿意将她珍藏在心里，很质朴、很纯洁地珍藏着，像春天珍藏着蓝天和白云，大地珍藏着生长和死亡。

那段时间，我突然变得沉默了。整天把自己关在屋子里，读书和学习写诗。父亲担心我无法承受丧母之痛，特地从奉天县赶回家来陪伴了我几天，而且还把我送到瑶湾一家私塾学习。父亲鼓励我要学会独立，意志要坚强。他说，你未来的路还很长，在人生途中还会遇到诸多坎坷和磨难，这些都得你独自去承受和解决。父亲还吩咐用人，跑到瑶湾的山坡上给我采回来一堆草药，熬汁给我喝。他说我体质羸弱，那些草药对健脾有益。那短暂的几天，是我感受父爱最温馨的几天。我原本以为，父亲只知道为官和劝导我求知，殊不知，他也有柔情似水的一面。

但好景不长，几天过后，父亲又匆匆去了奉天县。他临走的前一天夜晚，将我叫到床前再次告诫我，一定要认真求知，不能荒废光阴。他说，只有学业优异了才能为官，那将是人生唯一的出路。那晚，父亲还给我仔细讲述了我们的家族史。当讲到我的先祖杜预和祖父杜审言时，他满面红光，气冲霄汉。那种浮现在他脸上的自豪感，让我终生难忘。父亲的讲述让我也热血喷涌，我为自己拥有这样显赫的祖宗而骄傲。据父亲说，我的先祖杜预是晋代赫赫有名的将领，被人称为"杜武库"。我这位远祖是位全才，不但精通法律、经济、天算、工程，而且还研究过《左传》。当年他与东吴作战时，因精于韬略，骁勇善战，在百姓中有口皆碑，其事迹曾被编成歌谣传唱。父亲越讲越兴奋，我也越听越激动。不知不觉，天色将明，邻居鸡栅里的公鸡在开始打鸣了。父亲吹灭蜡烛，吩咐我去睡觉，他得叫人准备行李赶路了。

我回到自己的房间，却怎么也睡不着。我的脑子里还在回想祖辈的辉煌事迹。我暗自思忖，既然我的祖辈如此光耀门楣，倘若我今生不能如他们那样"奉儒守官"，创下一番业绩，势必无颜面对列祖列宗。况且，先前父亲在跟我讲述家族史时，讲到后来，我发觉他明显有些沮丧。他觉得自己目前的身份只不过是一个县令，若比起先祖杜预和祖父杜审言来，他是一代不如一代了。他的言谈明显是在暗示我要重振祖辈雄风，把家族辉煌延续下去。

大概从那晚开始，我便有了自己的志向——做一个像祖辈那样卓越的人。

我决定刻苦用功，把自己从失去母亲的悲痛中拯救出来。我减少了玩耍的时间，下午从私塾回家后，还夜以继日地苦读。一到吃晚饭的时间，要是祖母不叫我吃饭，我几乎都忘了人还需要吃饭这件事。时间一长，我本来就多病的身子越加清瘦，脸色苍白，一双手跟干柴棍似的。瑶湾的同龄伙伴以前每天都来约我玩儿，我也乐意跟他们在一起玩儿。但突然之间，我变得讨厌他们。我觉得他们都是一群胸无大志的野孩子。而我跟他们不一样，我的先辈个个都是贤臣文豪，我打心眼儿里有些瞧不起他们。渐渐的，这群玩伴儿见我不屑于理他们，他们也渐渐地疏远我。我失去了童年的欢乐。但我不怕，我甘愿牺牲自己的欢乐。我不能让父亲失望。一天深夜，可能是我看书太入迷了，也太疲倦了，看着看着竟然睡了过去。不知是窗外的风，还是屋里的猫将我桌上的蜡烛弄倒了。烛火烧着了桌面，通红的火光照亮了整个屋子。而我居然毫无察觉，足见我实在困得不行了。要不是上茅房的一个用人大呼救火，我怕是早就葬身火海了。

或许正是因为这起事故，我住在洛阳的二姑不放心，专程赶来看我。我的二姑是个宅心仁厚的妇人，她一见我骨瘦如柴的样子，眼泪就止不住地往下流。那天，二姑紧紧地将我抱在怀里，不愿放手。自从母亲死后，这种母爱般的温情我是久违了。二姑的行为引发了我对母爱的怀念，我躺在她怀中，哭得稀里哗啦。我明白自己是想念我的母亲了。二姑跟祖母商量，提出要带我去她洛阳的家中生活，由她照顾我的饮食起居。年事已高的祖母思忖再三，觉得这是个不错的法子，遂采纳了二姑的建议。

离开瑶湾时，我提出再去后山看看我母亲的坟堆，给她磕几个响头。二姑被我的想法所感动，连连称赞我有孝心。她陪我一起来到母亲坟边，我跪在坟头，想哭，却流不出一滴眼泪。最后，我抓了一把黄土，装在衣袋里，我想把母亲永远带在身边。

就这样，我跟着二姑，一路坐船去往洛阳。

可以说，二姑是我生命中的一个贵人。她不仅改变了我的生活处境，还改变了我的人生态度。我至今仍清楚地记得跟随二姑坐在船上看到的沿途美丽的自然风光。那是我第一次走出瑶湾，我被眼前的景物震撼了。我原以为，整个世界就只有瑶湾那么大，瑶湾既是我的天堂，也是我的梦境。之前，如果说我眼中的颜色只有白色和黑色，那么，现在我的眼里突然增加了赤橙黄绿青蓝紫……这使我感到兴奋和激动。那一刻，我才知道自己是多么渺小和无知。天地之大，宇宙之阔，即使穷尽人类的想象，怕也是探究不到边际的。我站在船头，迎着初升的朝阳，心里五味杂陈。二姑非常热心，船每过一处，诸如净土寺、八卦台、孝义镇等，她都会耐心地给我讲解那些地名的来历和人文。朝霞照在二姑圆圆的脸盘上，像敷了一层粉霜，红润饱满。我感觉二姑美若天仙，简直就像从壁画里走出来的女子。水汽从船的两旁升起，有一种朦胧的意境。我陶醉在如诗如画的美景里，也陶醉在二姑精彩的讲解中。要是口渴了，我们就喝竹筒里的清水；若是肚子饿了，二姑就安排家仆去岸上买来菜蔬果腹；如果困了呢，我们就躺在船舱里睡上一觉。在船上睡觉的感觉实在太美妙了，眼望着蓝天，头枕着波涛，摇晃的船只发出欸乃之声，那真是人间仙境。

我喜欢那种把自己融入自然的感觉。仰躺在天地之间，我的毛孔是张开的，我能聆听到各种天籁之声，我的生命顿时充满了力量。记得是船过伏羲台时，我恰好做了一个梦。我梦见有一只金色的凤凰，将我驮着在苍穹上翱翔。我不知道它要把我驮到哪里去，凤凰的翅膀很长，它一振翅，就快速滑过流云，向更高更远的地方飞去。我紧紧地抓住凤凰的羽毛，随它一会儿扶摇直上，一会儿俯冲而下。凡是凤凰经过之地，皆祥云缭绕，花团锦簇，发出万道金光。那个梦太有寓意和象征了，使我终生难忘。后来，我开始学写诗时，就作了一首歌咏凤凰的诗来纪念我的那次梦中奇遇。

从瑶湾到洛阳有很远的路程，我们在船上行走了好几日才抵达天津码头。当二姑将我从睡梦中唤醒的时候，我更是被眼前的繁华惊得目瞪口呆。在二姑的牵领下，我战战兢兢地上了岸。从洛阳的街衢上走过，我瞬间被它的喧嚣所包裹。我第一次体会到什么叫"帝王之家"。这里漕运发达，茶寮酒肆林立，唱戏的、画画的、吟诗的，随处可见。用你们现在的话说，叫政治、经济、文化的中心。很快，我便喜欢上了这座城市。

在洛阳，给我印象最深的一件事，是我在郾城看过一次公孙大娘舞剑。这位是当时教坊中的舞蹈名角儿，能亲眼看见她表演剑器浑脱舞，是件非常难得的事情。那天正是上午十时左右，我随姑父在街上闲逛，忽然听到街东边有锣鼓声响起。顿时，街上的人群都朝街东拥去。姑父长得人高马大，他一把抓住我的手说：甫儿，走，看公孙大娘舞剑。说完，我就被他拖入了人群之中。当我在姑父的带领下，拼命挤到演出地附近时，观众已经将一片空场围得密不透风。好在姑父反应敏捷，双手一举，迅速将我驮至他的肩上。这时，锣鼓声一歇，只见空场上出现一个戎装女子。她先在场上静立了一分钟，四周观众屏气凝神，鸦雀无声。俄顷，她右脚一踩，双剑齐舞，其动作流畅洒脱，似行云流水，如龙翔凤飞，有雷霆的震怒，江海的清光，博得观众喝彩声不断。我姑父一时入迷，鼓掌叫好，险些把我从他肩上摔下来。我真没想到，一个人的舞姿竟然有那么大的魅力。从那时起，我便隐隐觉察到艺术的力量。我从公孙大娘舞剑的神韵中得到不少的启示，这对我日后无论是写诗还是写书法都产生过影响。

　　人真的是跟随环境而变化的。洛阳良好的文化氛围开启了我的智慧，激发了我创作的欲望，我慢慢地开始学着写诗了。但那会儿我毕竟尚幼，写得不好。诗写出来，也不好意思拿给别人看。只有我二姑——这个善良的女人，始终在鼓励我。我只要写了新作，她都要求看。她充当了我诗作的第一个读者。我一直对她心存感恩。无论我的诗写得咋样，她都一味说好。她经常勉励我说：甫儿，你有作诗的天赋，要多写，要相信你自己。每当听到二姑的话，我的心里都像吃了蜜糖。

　　这里我不得不补充说一件事。我到二姑家生活的第二年秋天，我与二姑的儿子同时感染了流疾。那会儿，二姑的家庭条件本就很拮据，我的到来，更使她雪上加霜。眼看着我俩的病情一日日加重，二姑整日心急如焚，以泪洗面。她没钱去请郎中，即使请来郎中，也无法支付昂贵的药费。无奈之下，二姑只好使用一些民间单方替我们治病。入夜，万籁俱寂，只有我和二姑儿子的呻吟声在屋内响起。我们的呻吟，是一颗颗无形的钢针，扎在二姑脆弱的神经上。往往是二姑好不容易安抚我刚睡着，她的儿子又呻吟声骤起。待她细致入微地安抚自己的孩子入睡后，我又开始接着呻吟。那些个夜晚，二姑是没有睡眠的。她的黑夜就是她的白天，她的白天也是她的黑夜。在昼与夜的交替中，我的二姑被折磨得身心俱疲。那段时日，我能明显感受到二姑对我投入的爱，要比对她儿子投入的爱多出许多。在我俩病情最严重的时候，二姑于一天上午请了一个女巫到家里来，说是要给我们治病。那位女巫烧钱化纸，口中念诵着咒语，围着我们做驱邪大法。她那蓬头垢面的半人半鬼的扮相，吓得我俩直打哆嗦。法事做完，没想到女巫大声地跟二姑说："你这两个孩子，只能活一个啊。这是命定，我也没办法。"言毕，二姑吓得双腿都站立不稳了。良久，二姑恳切地试探着问："可有破解之法？"女巫坚定地摇了摇头说："没有。"二姑顿时脸色煞白。女巫一边收拾做法事用的道具，一边告诫二姑："两个孩子中，唯有被安置在卧室东南角睡觉的那个孩子方能活命。"二姑扶着墙壁，客气地送走女巫后，想也没想，就跑进屋里将我睡觉的位置调换到了东南角，而将自己的孩子调换到了我睡觉的西墙下。晚上睡觉时，二姑还老是用一床棉被将我裹住，整夜整夜地将我搂在怀里睡觉，而只将她的孩子用一件棉袄裹住安置在凄冷的另一张床榻上。几天后，女巫的话居然一语成谶。我的病情出现转机，渐渐地康复了，而二姑的孩子却被病魔夺去了幼小的生命。二姑坐在床边，用手抚摸着自己死去的孩子那冰凉的尸体，泣不成声。她悲痛至极，我也悲痛至极。我不知道该怎样安慰二姑，我欠她一条人命。这样的命债，我是偿还不起的。

但二姑并未因此而责怪我。此事之后，她将丧子之痛全部转化成了对我加倍的爱。在她眼中，我就是她死去的儿子。我活着，她的儿子就活着。二姑的无私大爱压得我喘不过气来。尤其当几年过去，我又长大几岁的时候，一旦想起这事，我都有种深深的负罪感。我多么希望二姑能骂我一顿，打我一顿。尽管这样依然不能弥补她的剜心之痛，但起码可以减轻哪怕一丁点儿我心里的罪愆。

我感觉自己是无法再面对二姑了。我想逃避。我多次想离开二姑家，回到父亲身边去。但我父亲那时已转任兖州司马，又续了卢氏为弦。且卢氏接连为我生下弟弟和妹妹，根本无法顾及我的存在。我父亲更是忙得团团转，既要劳于公务，又要照顾妻小。如此一来，我只好打消了返家的念头，索性继续待在二姑家。一则可以当她的儿子，以慰她千疮百孔的心；二则可以安心读书、习字作诗，不负二姑厚望；三则洛阳毕竟属富庶之地，有更多机会接触文化名流，对自己日后发展有利。

不知不觉，带着沉重和忏悔的心情，我在二姑家竟也长到了十八岁。

3. 枣熟时节

或许真是想为二姑争口气，这十多年来，我刻苦用功，一边写诗，一边有意识地去结交一些在洛阳的文朋诗友。我时常往洛阳城里那几家文人们聚会的茶寮或酒肆跑，我希望有人会赏识我，我在替自己寻找机会。但是，要在洛阳这样的文化繁盛之地寻找一个机会是多么地难啊！起初，我利用一切机会展示自己的诗才，但几乎没有人理睬我。那些稍微在洛阳有点名气的诗人派头都很大，但他们不一定真的有才华，只是运气比我好一些罢了。他们都不屑于理我，只跟自认为与自己名声相匹配的诗人们交往。但这并未使我意志消沉，我始终记得二姑的话，她说我有作诗的天赋，我也自觉我写的诗并不比那些已经在诗坛博得名声的人差。夜深人静的时候，我将蜡烛的灯芯剪亮，又从枕边拿起祖父杜审言的诗作来诵读和揣摩。祖父的诗再一次让我找到了勇气和信心，我相信我的身体里流淌着"大诗人杜审言"的血液，我遗传了他的文学天赋和才华，我就是专为写诗而生的，我确切地相信"诗是吾家事"。有朝一日，我也必定会如他一样，写出让世人叹服的诗作。我相信自己是一只"凤凰"，只不过这只凤凰目前羽翼尚未丰满罢了。那些瞧不起我的人，不屑理我的所谓诗人都是鼠目寸光，有眼无珠。今后，他们一定会后悔的，他们必将羞愧于自己当初看错了一个"天才青年"。

写诗之余，我还钻研书法艺术。我的书法还是有一定基础的。我九岁时，就临摹过虞世南的书法。我不断临摹前人的作品，纳众家之长，补自己之短。写诗和书法的艺理都是相通的。我常常从书法的线条、结构和气韵中悟出写诗的法门，又从写诗的体悟中感受书法的美学变化。有时练习累了，我就坐在院子里的石桌上喝酒。我姑父也是个嗜酒之人，他在家中藏有不少好酒，诸如椒酒、柏香酒、菊花酒，以及竹叶青。趁他不在的时候，我就偷偷溜进他的房间，抱一坛子酒出来，一碗一碗地喝。即使喝他个天旋地转，人事不省又如何！在醉酒中，我是那样地快乐，可以忘掉一切忧愁。我感觉自己在御风而飞，凌空起舞。我在空中狂奔，我的诗在胸中狂奔，我的书法在手腕间狂奔……我今生就是为艺术而生的。

然而，醉酒总是会醒来的。醒来后的我又会陷入迷茫，我看不清未来的路该怎么走。我感觉横亘在自己面前的是一座山，壁立千仞；又是一道渊，深不见底。我就那样在醉与醒之间徘徊，在痛苦与希望之间徘徊，在梦境与憧憬之间徘徊。

我记得院子西侧有棵大枣树。枣子成熟的季节，树上挂满了果实。风一吹，鼻孔里会嗅到一股清香味。上午或下午，都有鸟雀来树上啄食大枣。我心疼那些新鲜而香脆的枣子，跑去墙角抓起一根竹竿赶鸟。可那些鸟雀或许太饿了，根本不怕人。我竹竿一扫，它们立刻飞走。待我放下竹竿，它们又聚拢飞来，接着偷食果实。我不忍心再去赶走它们。我觉得这些鸟雀跟我一样，都是可怜的弱小的生灵。于是，我爬上树杈，想去陪陪它们。可没想到，这些鸟雀以为我要伤害它们，竟然全都飞走了，一只也不剩。之后的许多天，那些鸟雀再也没有飞来。我不知道它们都去了什么地方。我就那样坐在树杈上，望着满树的枣子，感到深刻的孤独。在树杈上待累了，我就从树上下来，喝几口酒，再爬上树杈上去。那些日子，我就这么千百回地从枣树上爬上爬下。现在回想起来，那个曾经爬上树杈的青年是我也不是我，他是我的影子，是我在苦闷之中借以消磨光阴而进行的"影子游戏"。

二姑似乎觉察到了我的颓废情绪，她故意安排姑父时不时地带我到城中闲逛散心。我明白二姑的良苦用心，在跟姑父去城里闲逛时，我的衣袋里也不忘揣着我的诗稿，我依然在替自己寻求机会。我知道，此时的洛阳儒士云集。在这之前，玄宗皇帝重儒尊贤，先后任用姚崇、宋璟、张说、张九龄为相，这些贤臣个个才智过人，忠君守节，为治理国家献计献策，故而开元时期政治清明，经济稳定，文化繁荣。开元十三年，玄宗亲率百官贵戚移驾洛阳，封禅泰山，并于京城各司中遴选仁人志士分赴十一州任刺史，此举引起豪绅商贾、文人墨客大批拥入洛阳，分享盛会。如今数年过去，从洛阳城里走过，依然能够感受到浓厚的文化氛围。

终于，我的机会来了。

那是一个风和日丽的日子，我跟随姑父走到洛阳城东街的一个酒肆，见有几个文人在那里吟诗。从诗人的气度和所吟诗作的内涵来看，我感觉这几个诗人绝非等闲之辈。尤其是其中有一个年龄稍微偏大的，面容端庄，头发和髭须都被岁月的风霜染白了。他一举手一投足都透出名士风范。他的气质是我所喜欢的。我站在酒肆门口，静静地看着他们，心里却在琢磨着如何才能靠近他们。恰在这时，有位诗人因即兴作诗而犯难抓腮，不知如何应对，我见时机成熟，脱口大声地吟出一句诗来。几位诗人同时扭转头，用诧异和怀疑的目光盯着我。我微微躬身，向他们谦卑地行礼。过了一会儿，那个年龄偏大的白首老者立起身，推开身后的凳子，朝我走了过来。而其他几位诗人这时也都立起身，将目光聚成一团火，投向门口站着的我。那个老者上下打量了我一番，捋捋胡须说："不知这位才俊如何称呼？"

"晚辈不才，巩县杜甫见过诸位前辈。"

老者颔首微笑着说："我乃魏州刺史崔尚，你刚才所吟的那句诗真是佳句也。"

随后，他指着站在左侧的那位诗人说："这是豫州刺史魏启心。"

又指着站在右侧的那位诗人说："这是北海太守李邕。"

继而，他们将我引入酒肆，吟诗作乐。入座后，我才知道那天是李邕从北海回洛阳短住，崔尚和魏启心两位大人为他接风洗尘，找了这家酒肆猜酒赋诗。

我作为一个青年，首次见到刺史大人，心里既忐忑又兴奋。尽管，那天在酒肆里，大家都玩儿得开心。可我的心还是战战兢兢的，放不开。我怕自己言多失礼，得罪几位大人。哪晓得，这几位大人都为人正派，又很有教养和内涵。他们并未因为我的年轻和身份而蔑视我。在言谈中，他们都很尊重我，夸我有才华。我从他们身上真正感受到什么是儒士风范。渐渐地，我在他们所营造出来的和谐氛围中放松了紧张情绪，像一滴水珠融入了河流那样焕发出生机。我第一次感受到存在的意义。我之前所遭受的种种白眼和羞辱，都在我们愉悦的吟诗过程中烟消云散了。那天，我不记得都说了些什么，我酒喝高了。崔大人和魏大人也喝高了，只有李邕太守的酒量比我们三人大，喝到最后，他都是清醒的。他看到我们都摇头晃脑的样子，坐在一旁呵呵地笑。那笑声，是那样地清脆，像初春的阳光洒在三月的花朵上。

那天过后，我的人生发生了变化。崔大人和魏大人经常邀请我出席他们的聚会，而我也乐在其中。而且，他们还介绍我结识了不少其他生活在洛阳的诗人。从那时起,我的诗逐渐被圈内的人所认可,在洛阳诗坛崭露头角。只要我出现的场合,他们都让我作诗,甚至说我的出现无异于班固、扬雄转世。听到这些赞扬之声,我真的是热血喷涌。每次聚会回到家里,我都会失眠。烛光将我的身影投映在墙壁上,我目不转睛地盯着自己的影子看。我发现自己的影子竟然是那么高大,我指着那高大的影子问:"你是杜甫吗?杜甫是你吗?你真的是那个从巩县瑶湾走出来的杜甫?"影子不说话,只是随着烛光摆动。

午夜是那样深不可测。命运是那样深不可测。

我的诗名在洛阳城不胫而走。

在与洛阳的文朋诗友交往之中,我也从他们的身上学到了不少东西和做人的道理。同时,我还从他们口中,知道了当时我所不知道的一些事情。尤其是那关于国家前途和社会变迁的事,更是让我心生忧戚。

经过崔尚大人和魏启心大人的援引,我有幸结识了岐王李范和玄宗的宠臣崔涤。岐王也是个喜好文艺之人,他经常在邸宅里设宴,邀请洛阳城的名人前去宴饮。岐王爱才,每次设宴,都叫崔大人和魏大人带上我。我第一回去岐王邸宅时,我被宅子的豪华惊呆了。那一排排玉石雕砌的栏杆,围着朱漆镏金的大门。高高的屋顶盖着碧绿的翠瓦,人在廊檐下走着,像是走在梦境里。后院和前院,都安放着石头雕刻的瑞兽,让人心生畏惧。那些门柱上,描绘有仙鹤和牡丹,处处透露出富贵的象征。我小心翼翼地紧跟在崔大人和魏大人身后,唯恐稍有不慎,将某个花瓶或瓷罐碰碎了。好在二姑知道我要去拜见岐王,去之前在家里交给我一些礼仪。不然,我心里会更加发慌,手足无措。但去的次数多了,我也就适应了。通常,我坐在那里都不说话,只静静地坐着。只有岐王让我作诗时,我才斗胆立起身,有分寸地显露一下自己的才学。吟诗完毕,我复又坐下,听崔大人和魏大人他们闲聊。他们聊得很投入,也很起劲,只有我坐在旁侧,心里充满了紧张和畏惧。好在,那天岐王邀请了举世闻名的李龟年进宅献艺助兴,我的畏惧才稍稍有所缓解。

李龟年真不愧是乐坛名宿。他一开腔唱歌,整个邸宅都安静了下来,就连那些院落里的花花草草都在聆听他的清音似的。他的歌声时而婉转如百灵,时而如清泉出幽谷,时而如雪山化流水,时而似春笋破新土。无论是谁,只要是听过他的歌声，都会失魂落魄。你的魂早已跟随他的歌声飘走了。李龟年让我感受到除诗和书法之外的来自声乐艺术的巨大魅力。

不过，再美好的歌声也掩盖不了现实的残酷。

跟几位大人交往的时间长了，我时常能从他们的口中听到不少关于时政的议论。尤其崔大人和魏大人，他们都是贤臣，忠君爱国，还写了很多歌颂朝廷和盛世的诗作，但他们在私底下又经常流露出对朝廷的忧思。一天夜晚，我跟随两位大人从岐王邸宅宴罢出来，他们都喝高了，醉意蒙眬。晚风从他们酡红的脸上刮过，皎洁的月光照着我们摇摇晃晃的身影。我左手搀扶着崔大人，右手搀扶着魏大人，慢慢地朝前走。他们都不愿坐轿，非要在黑夜里去触摸黎明。可刚走没一会儿，两位大人都喊内急。我只好将他俩扶到一棵柳树底下，看他们宽衣解带。趁着夜色，两位大人竟然当着我的面说起了悄悄话。

"魏兄，不知咱们像今晚这样豪爽喝酒的日子是否会久长啊？"

"崔兄何出此言？"

"你难道没看到朝廷如今岌岌可危吗？"

"你指的是来自吐蕃的威胁？"

"可不是吗，当年大唐与吐蕃和亲，表面上牺牲的是金城公主，实质上牺牲的却是黄河九曲啊！"崔尚大人打着酒嗝说。

魏大人沉默了一会儿："这是大唐王朝在战略上的一个巨大失误啊！"

"如今，这帮吐蕃贼寇，截断河西走廊和安西四镇，直接威胁秦川。导致河西、陇右之地皆成了吐蕃麦庄。"崔尚大人叹息着说。

听崔大人如此一说，魏启心大人好像忽然从醉酒状态中醒来，怒不可遏地说："每年麦收时节，这群恬不知耻、穷凶极恶的吐蕃狗大肆驱赶我边塞黎民，搞得户户鸡犬不宁啊！"

"是啊，大唐陪送给吐蕃的这份妆奁，实在是太过沉重了，那可是王朝人民的血泪啊！"崔尚大人也酒醒似的高声说道。

我依旧不疾不徐地搀扶着他们朝前走，月光将我们三人的影子拉得很长，我们都像是拖着自己的影子在赶路。那天晚上，听到两位大人的对话，我心里有了一丝隐隐的不安。之前，我一直以为自己身处太平盛世，人民安居乐业，不想，我朝的边塞人民早已无路可走。一阵巨大的伤感击中了我。我觉得自己活得过于封闭了，我只知道自己身边的事，却不知道除自己之外的更为广大的社会的现实境况。

那天夜晚过后，我有一种想要出去走走的强烈冲动。这冲动像一股洪水，从我闭塞的心间汩汩流过。

4. 凤凰鸣

人都是孤独的。正因为孤独，我们才要写诗、喝酒、交友。我们以这些方式来对抗时间的流逝，来消解孤独对生命的侵蚀。我们也以这些方式来寻找另一个自己。我们写诗是在跟另一个自己对话，喝酒也是在跟另一个自己对话。那么交友呢，自然也是在跟另一个自己交往。你从朋友身上，看到了自己的气息、个性、爱好、品质。所以，我们都愿意跟志同道合的朋友待在一起，那是另一种精神的碰撞和思想的交流，是一个孤独的人遇到了另一个孤独的人，像山遇到山，像水遇到水。凭我的人生经验，我以为只有当两个孤独的灵魂相遇时，才可能产生大欢喜和大幸福。

在我早年间结识的朋友中，李邕绝对是一个让我留恋和依赖的人。尽管从年龄上来说，他比我大三十四岁，但这丝毫不影响我们之间的以心换心。不知道为什么，我这辈子喜欢跟比我年龄大的人交朋友。无论是李邕也好，还是后来结识的李白、高适也好，他们都比我大。这些朋友都才华横溢，我大概是被他们的才华所征服了吧。跟他们在一起，可以提高自己的诗艺，增长见识和阅历。他们会把自己生活的经验毫无保留地传递给我，让我少走弯路。他们每个人都是一座山，我站在他们面前，都有高山仰止的感觉。

自从与李邕熟悉之后，我变得越来越敬仰他。这位大唐著名的文人，不但学问出众，且为人谦虚，没有一点架子。他经常屈尊来二姑家拜访我，让我感动莫名。这样的至交，我是非常珍惜的。李邕每次来二姑家找我，都要带他的新作来给我看，并说请我"指教"。我那时也狂妄，年轻气盛嘛。看过他的新作，总不免品头论足，发表一通高见。李邕听完我的意见后，总要右手捋着胡须，思忖好一会儿后，才开口说道："贤弟所言颇有道理。"然后便与我推杯换盏，喝起酒来。现在想起来，我那时其实哪有资格去评论他的诗作啊。人年轻时，总会心高气傲，甚至目空一切，这是无法避免的错误。

待酒过三巡，我也会将我写的新作拿给他看，听他高见。而他也是有好说好，有坏说坏。不过在我的记忆里，他说我诗好的时候，比说不好的时候多。我那时不明白，那其实是李邕在鼓励和鞭策我，他不想打击我这个诗坛新秀，他太爱才了，他不忍心伤害一个热爱写诗的年轻人。

每次陪李邕喝酒，我都会喝醉。我在他面前放得很开，也很任性。也许，在我心深处，我不只是把他当作我的朋友，还把他视为我的父亲。他不但给我生活带来快乐，更给我精神带来力量。他就是一束追光，我走到哪里，那光就跟到哪里。李邕只要见我酒喝高了，开始胡言乱语，就会扶我进屋躺下，将我的靴子脱掉，再用被子将我盖住后，才在我的鼾声中转身离去。

我每次醒来，恍惚觉得不是躺在床上，而是继续在院中与李邕对饮。我问二姑："李邕呢？"二姑笑笑说："早走了，他把你扶上床就离去了，你看你都醉成啥样了。"这时，我感到内心一阵空虚。我怀疑，是李邕把我的魂给带走了。我继续躺在床上，眼望着窗外明亮的朝阳，默默地念诵他的《六公》。我非常喜欢他的这首诗。我必须承认，这首诗曾深深地影响过我的诗风。我不是那种忘恩负义的人，明明受过某些前辈或同辈诗人的影响，却偏偏羞于承认。尤其是当自己某一天有了点小名气之后，更是闭口不提那些曾影响过自己的诗人及其作品。觉得那样会被人瞧不起，这是人性的弱点，也是人性的阴暗。坦白说，我后来写的那组《八哀诗》，就明显有《六公》的影子。我今天把这事说出来，并不丢脸。任何诗人的创作，都是从模仿别人的诗作开始的。我感谢李邕给了我这样的诗之养分。我从李邕的诗中，悟到了许多诗艺奥秘。他给了我艺术探索的勇气。读过李邕的诗后，我不再满足于五言八韵或五言十二韵诗体的创作，我的思路变得开阔起来，这一切都是李邕带给我的启示。

探讨诗艺之余，李邕还时常带我去洛阳周边观光赏景。记得那年暮春的一天上午，我跟随他去洛阳城南面的一个寺庙游玩。那个寺庙不大，但香火鼎盛，前来敬香之人络绎不绝。寺内青烟袅袅，给人飞升仙界之感。由于人太多，我们只在寺庙周围转了一圈就离开了。

李邕请我在寺庙山脚的一个小酒馆吃午饭，饭毕，他问我还想去哪里游玩。我见他有些犯困，就建议他返城休息。可就在我们走到洛水河畔的时候，忽见一官吏凶神恶煞地指使差役叱骂一制陶老者。那些差役仗势欺人，高高举起皮鞭，似要抽打老者。李邕见状，困意全无，快速跑过去制止。谁料，那位官吏越加跋扈，怒斥道："我以为是谁，原来是李大才子啊，怎么，你又想当好人么？"李邕一看，说话者竟是洛阳户部参军严祝罗。此人为官一向心术不正，又阴险歹毒。李邕说："呵，原来是严参军，有事好说嘛，何必欺负一个老人。"严祝罗嘿嘿一笑，露出狡诈的嘴脸说道："我奉旨征缴三彩瓷器，此人拒不呈贡，该打不该打？"

"该打。"几个差役异口同声地回答。其中一个个头略高的差役，抓住老者就是一记耳光。我握紧拳头，体内似有一团火在燃烧。我想推开差役，去搀扶老者，李邕及时制止了我。他继而对严祝罗说道："既然参军奉旨行事，那我就告辞了。"随即，他给我递了个眼色。我便尾随他转身离开。我们的身后，传来制陶老者低声下气的告饶声和嘤嘤的哭泣声。

那一刻，我如遭雷击，五脏俱焚。

我问李邕，严祝罗为何要征缴三彩瓷器。李邕回身看了看严祝罗和差役，待确定我们已离他们较远后，才语气平缓地说："你还年轻，不要惹火烧身。"稍后，他便给我讲了事情原委。

朝廷之所以征缴三彩瓷器，是供皇上御赐高力士之用。高力士这位自幼被阉入宫为奴之人，因辅佐玄宗皇帝铲除太平公主势力有功，深受皇帝宠信。加之那时玄宗皇帝提倡孝道，而高力士恰好就是个奉行孝道之人。他从小与母亲分离，入宫后，日夜思念生母，数十年寻找母亲下落。后来经过努力，终得母子相见。玄宗皇帝被高力士的德行和毅力所感动，恩准其接母入京，封为"越国夫人"。高力士感激涕零，对皇帝更是百依百顺，忠心耿耿。不久后，高力士的母亲因病去世，皇帝还特赐其皇家葬仪，这一切让其他官吏十分钦羡。朝廷本就是一个势利的地方。当高力士成为皇帝身边的红人后，不少官吏都去巴结讨好他，暗中给高力士送去大量三彩瓷器，这就导致户部所需出现空缺。严祝罗无法按期按量完成皇帝规定的御赐品，只好跑到各个地方去强行征缴，以保住项上人头。

我们下午亲眼所见的一幕,便是此事导致的悲惨场景。听完李邕的讲述,我真是欲哭无泪。难道我们的朝廷竟为了犒赏一个有功之臣而欺压鱼肉百姓么?官吏是人,老百姓也是人啊。可在严祝罗这样的酷吏眼中,老百姓都变成了牲口。我又想到了曾经梦到的那只凤凰,我多么希望它能俯冲下来,将那些可恶的酷吏统统都叼走啊。

5. 洪水与晨曦

我渴望做一只鹰,而不是笼中的小鸟。我那时虽然只有十九岁,但我感觉羽翼早已丰满。我不能长久待在二姑家,我应该有所作为了,虽然我还不知道我的作为是什么。二姑的年龄越来越大了,又疾病缠身,她的两鬓已经出现了银丝。我不能守着二姑老去,我一定要让二姑看到我干出一番事业来。那样的话,即使哪天她离开了人世,也会含笑九泉的。

机会终于来了。那不是我选择的机会,而是命运替我制造的机会。开元十八年夏月,洛阳遭遇特大洪灾。洛水和瀍水一片汪洋,两岸的树木和田畴全部被淹没。各种动物诸如蛙、蛇等四处乱窜。街巷的茶寮和酒肆也都成了泽国。强劲的暴风雨摧毁了往来的船只,泄洪之水还冲垮了天津桥和水济桥,水面上到处都是漂浮物。桌椅、凳子、房盖、被褥、牛羊等随处可见。大量的居民住房倒塌,成千上万的居民无家可归。老人扛棍扛箱,妇女牵儿抱女游走在街上,去寻找暂时能够遮风避雨的地方。我二姑家的房屋也遭受损失,只是没有其他人的严重。眼看洪水一天比一天高涨,灾民也越来越多。二姑语重心长地拉着我的手说:"甫儿,你出去避一避灾吧。"

"大难当头,我怎可抛下你和姑父,独自逃险?"我流着泪说。

"不要管我们,你若认我这个姑,就听我的话,立即动身。"二姑也流着泪说。

"我即使走,也要等洪水平息后再动身,我必须要看到你们平安,才放心啊。"

二姑扑通一声跪在地上,声泪俱下地说:"甫儿,你今天若是不走,我就长跪不起。"

在二姑的催逼之下,我怀着痛苦的心情开始了人生的第一次远行。那时,我也不清楚到底去哪里好,情急之下,就那么糊里糊涂地北渡黄河,到达了晋地的郇瑕。离开了洪灾之地,我整日恐慌的心稍稍安稳了些。初到一个陌生之地,看什么都是新鲜的。况且,首次远行的我,对外面的世界充满了好奇。我每天都借助二姑临行前给我的盘缠东游西荡,写诗自娱。很快,因为写诗的缘故,我在郇瑕认识了韦之晋和寇锡等人。我们一见如故,没事就聚在一起谈诗论文,喝酒唱和。我很欣赏他们那种潇洒的人生态度,这对我后来的漫游产生过影响。但我到底还是不放心二姑。每天入夜,我一个人睡在郇瑕客店的旧榻上辗转反侧。我的耳边老是有洪水泛滥的波涛声响起。迷迷糊糊中,我似乎还看见二姑在洪水中挣扎,那浑黄的浊水已经淹到她的颈部了。我站在岸边,流泪看着她。我使劲伸出手去抓她,却怎么也够不着。我大声喊她,嗓子都喊破了,可她就是听不见。喊着喊着,忽然一个激灵,我睁开眼,满头的大汗。我再也睡不着,就那么靠着旧榻,坐待天明。我必须回去看看我的二姑。于是,在秋季的一天上午,我从郇瑕启程,重又回到了洛阳。那时洪水虽已平息,但灾后的洛阳仍是一片狼藉。

二姑和二姑父见我回来,喜不自禁。他们经历洪灾后,又苍老了许多。二姑说:"甫儿,我以为你这一走,我们就再也见不到你了。"二姑的话,平添了我更大的悲戚。我一下跪在二姑和二姑父面前,泣不成声。我们都为这劫后重生感到庆幸。这次回来,我帮着二姑他们把被洪水冲毁的房屋重新修葺了一下。我不希望他们没有一个遮阳避雨的地方。

开元十九年,二姑再次鼓励我走出洛阳,出去见见世面。姑父也说要让我立志,通过游历增长见识。我思虑再三,觉得他们说得很中肯。而且,我内心深处一直蛰伏着的那只渴望翱翔的苍鹰也在蠢蠢欲动。这年的暮秋时节,我终于下定决心,去往吴越之地漫游。不料我这一去,就是整整四年光阴。

我是从洛水的天津桥坐船出发的。那天上午,我意气风发地背着二姑熬夜给我做的两双靴子,站在船头,目力所及皆是一片浩茫之水。运河之上,帆影点点,如梦如幻。岸两侧的堤坝上,秋风吹拂着杨柳。不时有飞鸟在河面上空飞翔,唱着不倦的歌谣。这是我第一次真正意义上的远游,心情自是跟上次出去避难时不同。心中了无挂牵,不再担心二姑,也不再为眼见的那些遭难的百姓伤怀。我要把自己彻底放逐一次,那将是只属于我的生命的意义。在我出发之前,二姑早已给我父亲寄去书信告之他我要出去漫游。父亲非常支持二姑的想法,他说那也是他的心愿。他希望我能独自去外面的世界经风历雨,并特意给我送来足够我到外面游历的钱资。

大运河的水是那样碧波荡漾,我第一次感受到生活的惬意。大运河水流的方向,也是我人生河流的方向。我顺着大运河的水流,开启了人生历史的航道。船就是我移动的家。我随着船行的速度,走走停停,一路游山玩水,自得其乐。在大自然的怀抱里畅游,我感受到一种从未有过的生命的力量。我仿佛变成了一棵树,立在悬崖边已经千年万年;我仿佛变成了一棵草,长在高山之巅守望着落日与晨曦;我仿佛变成了一条溪流,从山间的石缝中流出,流过了日月和四季……

我忘不了在嵩山留宿的那个夜晚。我住在太室山侧旁一座庙宇里的客房里,深夜的嵩山孤寂而高耸,峰峦在黑夜里形成一道屏风,将太室山团团围住。那晚来山上留宿的香客很少,只有一个中年男人。他住在我隔壁的房间,一脸倦容。晚上用过素斋过后,他就早早地躲在房间里,将房门关得死死的,再也没有出来过。我原本也想学他,早些入睡。到了房间,却怎么也睡不着。秋月挂在天空,将冷冷的光辉照进窗棂,沐浴着我和我睡的床榻。那月光干净极了,我长久盯着月光看,越看越难以入眠。我披衣起床,想到房间外面的小院里走一走。那小院也铺满了秋月的光辉,我围着小院里的几棵古树踱步,好似了悟到些什么。但具体是什么,我又说不清楚。后来,夜越来越凉,我准备回房睡觉。却猛然间看见有位僧人坐在小院左侧回廊的台阶上打坐。月光笼罩着他,他的肉身似散发出万道金光。我悄悄向他靠拢,发现这位僧侣正是白日里与我下棋、品茗的上人。他在白日里是那样健谈,这会儿却安静参禅,不说一语。我们相顾无言,各自保持距离地站着。隔离我们的是月光,连接我们的也是月光。我不想打扰上人悟道,遂转身回房,却依然无眠。离天明尚早,我透过窗子,看着寂寞的月光和同样寂寞的上人,突然有写诗的愿望。我握笔蘸墨,伏在窗台上,借着月光就那样写了整整一个晚上。以前写诗,我都是倚马可待。唯独那晚,我才思枯竭,手握着笔,却无法落在纸上。即使写出一句诗行,也要耗费几个时辰的月光。但我后来察觉到，那晚的留宿体悟对我一生的诗歌创作是非常重要的。或许正是那晚干净的月光度了我，那位打坐参禅的上人度了我，才使我明白诗应该为何而写，为谁而写。以至于，我虽飘零一世，历经百劫，却始终觉得自己是一个坐在寺庙前的门槛上写诗的人。

那晚的夜宿，传授给我的是写诗的"心法"。只是当时我不自知罢了。人都是要在经历许多的事情之后，才能了悟到过往的诸般因缘。

离开嵩山后，我又继续顺着水路向江南漫游。我之所以选择去江南，倒也不是没有缘由。我那时虽个性狂妄，初生牛犊不怕虎，发誓要用脚步丈量完大唐的每一寸土地。然而，漫游毕竟还是凄苦的，尤其是一个人的漫游。在异地会遭遇诸多的难处和危险，人生地不熟，没有一个亲人和朋友，有时心里也怪难受的。况且，走那么远的路，连个说话的人都没有。孤独时，我就只有喝酒，不停地喝酒，以此来麻醉和安慰自己。再美好的景色有时也难以慰藉一个孤旅之人的乡愁。我选择去江南，就是为了消解孤旅之愁。因为我的大姑父贺撝当时正任常熟县尉，而且，我的叔父杜登也任武康县尉，我想去他们那里住上一些日子。有他们在，我心里就踏实多了，吃住都不用操心。有亲人的地方，就有家的温暖。他们为官一方，对当地的名胜古迹也都了如指掌，我想他们肯定会安排我去游玩很多地方的，这样岂不是两全其美么？

不知不觉，自春徂夏，经冬历秋，在光阴的更迭中，我就这样顺着流水漂到了江宁。在江宁的那些日子，也是我此生难以忘怀的。江宁多石，地势十分险要。但此地自古繁华，山水绝佳。那时已是暮春时节，灯火辉煌的秦淮河畔日夜充斥着喧嚣。入夜之后，大腹便便的商贾在芙蓉巷内往来穿梭，谈笑风生。歌伎涂脂抹粉，站在阁楼上，手捧琵琶弹唱小曲，那柔曼的歌声在整条街巷飘荡。我坐着船，在秦淮河上游走，桨声和灯影交错，物我两忘。偶尔，从遐思中返回现实，我又会联想起六朝旧事，吴越争霸，不禁唏嘘慨叹。过去的铁蹄和硝烟，如今都被歌伎口中那曼妙的歌声给抹平了。

我最喜欢的，是去河畔的一家小酒馆喝酒。那个酒馆是芙蓉巷里最简朴的一家店，我喜欢那种简朴，它的风格与街巷的豪华形成反差。大概文人都喜欢朴拙的东西。不止我，江宁的诸多艺人也都喜欢到这家酒馆喝酒。我去酒馆的第一天，就遇到一个名叫许八的朋友。此人敦厚而又精明，平素喜欢吟诗和收藏字画。当时江南很多画家的画作,他都有。许八为人大方、耿介,当地的文人雅士都愿意与他交往。他在江宁做着生意,经济条件比很多人都优越。有时遇到落魄的文人来酒馆里喝酒后,付不起酒钱,他就主动帮他们付账。而那些受过他款待的文人们,酒足饭饱后,觉得就这么白吃白喝地离去挺对不住他的,于是就写一首诗或画一幅画给他以抵酒钱。如此一来,许八的家里便藏了不少墨宝。

去的次数多了,我自然跟许八更加熟络。他知道我是杜甫后,眼里流露出对我的崇拜。我每回到店,前脚刚一跨进酒馆的门槛,就见早已坐在酒馆桌前等我的许八故意高声喊道:"呀,杜大诗人驾到。"这时,酒馆里所有的顾客都会朝我投来崇敬的目光,搞得我很不好意思。我多次告诫许八:"你不要当着这么多人的面嚷嚷我来了。"许八嘿嘿一笑说:"你的光临,是我的荣幸,也是这酒馆里所有人的荣幸,我就是要嚷嚷,让大家都知道杜甫杜大诗人来了。"我真是拿这个许八没有办法。在许八的热烈鼓吹下,这家酒馆的老板更是视我为上宾。他每次都会把店里最好的女儿红端来给我喝,我付他酒钱,他又不收。我明白老板的用意,他是想要我的诗作。偶尔,为满足和酬谢店老板,我也会即兴写一首诗送他。得到我的诗作后,那老板可高兴坏了,向店中的顾客大肆炫耀。甚至,他还把我的诗稿拿去贴在酒店门口的墙壁上,以招徕顾客。不但如此,他料定我某天会去他店里喝酒,还提前邀请来一些公子王孙、千金小姐在店中恭候我,以期得到我的诗作。这让我痛苦不堪,但又不好不给他面子。这之后,我便减少了去酒馆的次数。

诗怎么能用来如此糟蹋呢?

许八到底是个聪明之人,他猜测店老板可能得罪了我,而这事他也难辞其咎,想给我赔不是。一天下午,他专门邀请我去瓦棺寺看顾恺之画的维摩诘像。那是我早就想去看的一幅画。我钦佩顾恺之的画艺和人品既久,特别是他以"点睛之笔"画维摩诘像募款修葺寺庙的事,更是让我心悦诚服。

也是那天下午,我在瓦棺寺门口,结识了另一个朋友旻上人。我跟许八去的时候,他正坐在寺门口的一块平石上独自下棋。他没有对手,他自己就是自己的对手;他也没有朋友,他自己就是自己的朋友。我对他的举止深感好奇,便凑近身子与他攀谈。最先旻上人只是斜眼看了我一下,继续下他的棋。我感觉此人应该是位高人，遂赋诗一首赠予他。旻上人听到我吟诵的诗句后，才眉开眼笑，与我对谈。旻上人知道我迫切想进寺内看画，未及多言，便起身收了棋盘，领我和许八随他进寺。旻上人果然满腹经纶，学识渊博，他不但给我们讲书画，还给我们讲解佛经。当时，我便觉得旻上人可交。那天离去之后，我真的跟他成了莫逆之交。他经常陪我去江宁周边游玩，赏湖光山色，在船上谈诗论画，下棋品茗。直到暮年，我偶尔都还会想到他。

我在寺庙里伫立半天，眼睛一直盯着墙壁上的维摩诘画像看。那果真是一幅上乘之作，画像上维摩诘的神态安详，无尘无垢，让人一看就身心安泰。尽管岁月的淘洗已经使壁画的局部出现斑驳，但人物的光芒依然金光灿灿。只有像顾恺之这样境界高尚的人，才能画出如此超凡脱俗的画作来。我又联想起前两年在嵩山夜宿的那个晚上，那晚上的月光，月光下打坐的上人。他们与这幅画一样，皆能给我一种安宁之感。

许八见我对此画如此痴迷，说："杜兄可要此画拓片否？"

我一愣，两眼放光："你那儿有？"

许八拍拍我的肩膀，露出一脸坏笑："走，去酒馆，咱们边走边说。"

"真有你的。"我也拍了拍他的肩说，脸上露出如获至宝的喜悦。

到得酒店，许八照样吩咐店小二炒了几个小菜，端出上好的女儿红，陪我喝酒。那天，我俩都喝得畅快无比，喝的时间也是最长久的一次。直到黄昏降临，店里的顾客都散去了，许八才醉醺醺地领我去到芙蓉巷一个拐角处他的家里。他给我沏了壶茶，让我喝茶等候，自己转身去卧房鼓捣半天，才拿出一个卷轴来。他撤去桌上茶盏，又用抹布将桌面的水滴清理干净，才小心翼翼地将卷轴展开。借助暖红的烛光，寺庙墙壁上的维摩诘又复活了，他来到了我的眼前，正与我对话呢。我同许八盯着画幅欣赏良久，他才将拓画重新卷起，郑重地交到我手中说："此画现在属于你了。"我望着许八真诚的脸，没有说一句话。第二天一早，我便邀约许八来到酒馆，亲手将自己连夜写的一首诗赠给了他。许八是我在江宁认识的最仗义疏财的一个朋友，而他带领我去看的那幅顾恺之的维摩诘画，也是我毕生看到的最早也是印象最深刻的古代名画。

在江宁住过一段时间之后，我便去江南其他地方寻幽探胜，遍访名胜古迹。那段日子，我置身于江南秀丽的风光里，抛却了一切烦恼，与自然人文水乳交融。我对吴越文化尤为钟情，不管是儿时从私塾先生口中，还是从二姑的谈话中，我都对吴越文化充满了好奇。现在，当我真的踏足在这片历史深厚的土地上，心情自是兴奋异常。我每天都在游走，像一只雨燕，飞遍锦绣江南。我在吴王阖闾的墓冢前，聆听过随他死去的亿万尸骸发出的呓语；在虎丘山的剑池目睹过水的光滑和皱褶；在长洲苑见证过荷花盛开时的灿烂和凋零时的哀婉；在太伯庙梦见过一树槐影；在钱塘江追逐过潮涨潮落；在西陵古驿台，看见过旭日照临大地和落日融进夜色；在会稽山上，幻想过勾践的爱恨情仇，歌哭悲欢。我也曾在鉴湖感受过季节的温婉和薄凉，那是五月里的一天，湖畔上走着几个洁白如花的姑娘，她们有说有笑，仿佛身后挂着一串铃铛。我还曾坐船到达过曹娥江上游的剡溪，在天姥山下濯足和戏水……我徜徉在现实和梦境之中。白天，我用心感受风光，夜晚，我就写诗抒怀。我那时的诗大多是歌颂自然的，这个世界太美好，太神奇了。我想把它们都记录在我的诗作中去，因此那些诗无不充满了浪漫情怀。这种浪漫是朦胧的，令人憧憬的，它将我带向了一个彼岸的世界。这种美好在我的人生中不是常有的，至少在我进入长安以后就再也没有出现过。这段日子是那么令人怀念！

　　我说过，我最初选择来江南，是考虑到我大姑父贺撝和叔父杜登在这边。游历之余，我曾抽时间去拜访过他们。我还是在幼年时见过他们，阔别多年，我都快认不出他们了。尤其我叔父，一见到我，就泣不成声，缠着我问这问那。我知道，我叔父长年在外地为官，他也是想家了。突然见到我这个从家乡来的亲人，控制不住自己的情感。叔父对我很好，还给了我不少钱资。我大姑父贺撝和大姑对我也是关怀备至，嘘寒问暖。他们让我感受到亲情的可贵。我在叔父和大姑父家先后住过一段时间。从他们口中，我了解到一些当时的社会情况。自从离开洛阳后，我一直在跟山水游玩，对政治和社会生活日趋疏远。故当我听到他们说起朝廷的现状时，心中不免重新灌满忧伤。

　　他们说，朝廷去年推行赋税改革，实行高利贷措施。其主要做法是以民间大户负责推行高利贷，将息金作为官员的支出，这种工作称为"捉"。很多官绅见缝插针，将私人用度乱摊在老百姓头上。而且，有时在"捉"钱时，官绅不但不给本钱，反而要求大户变本加厉地收息，这就致使人民生活负担加重，甚至逼得群众家破人亡，妻离子散。再加上当时的玄宗皇帝已经开始骄奢淫逸，朝内已出现各种势力明争暗斗的局面，特别是奸臣李林甫又深得皇帝宠信，朝廷大小事务，全交给这位左丞相处理，反而把正直不阿的右丞相张九龄排挤在外。每每言及此，我叔父和姑父都要扼腕长叹。但他们也只是长叹一声而已，对于像他们这样的小官员，纵使你赤胆忠诚，为朝廷操碎了心又能如何呢？照样看在眼里急在心上，不能挽狂澜于既倒。这就是做小官的悲哀和无奈。他们只是朝廷这个庞大的国家机器上一颗小小的螺丝钉。上面怎么说，你就得怎么做，服从是唯一的原则。他们没有自己，没有个性，没有尊严，只能明哲保身。故凡是官吏，无论官职大小，他们都有一套"屠龙术"，懂得在皇帝或上级面前阿谀奉承，摇尾乞怜。不这样，你就可能遭受流放，甚至性命堪忧，脑袋搬家。

　　姑父和叔父的讲述让我的心情郁闷了很长时间，我再也没有心思去游山玩水。我观察到人活着的不易。为官的活着不易，老百姓活着更不易。我开始担心我的父亲，他一生清廉，为人正派，在如今这个奸臣当道忠良受害的朝代，他能否活得出来呢？我出来漫游已经快四年了，那是我第一次如此真切地想念他，想得痛彻心扉。我原本还想顺着扬子江的水，去看看传说中的"扶桑"到底是怎样的景象。但那刻，我什么都不再奢望了。我只想回家，回去看看父亲，看看二姑和二姑父。我不知道他们是否都还安好。可人生往往是荒诞的。促使我真正返回洛阳去的，恰恰不是因为我对亲人的挂怀和思念，而是参加开元二十三年的进士科考。

6. 幽梦影

　　开元二十三年晚冬，我沿着来时的路，一路颠簸，回到了阔别已久的故乡巩县。瑶湾的一草一木，一山一水，还是我当年离开时的样子，只是多了几许沧桑。我原先住过的老房子早已残破不堪，祖母也已去世多年。残砖断瓦堆在荒草丛中，几只老鼠在墙缝间钻来钻去。我围着废墟转了一圈，我的回忆也呈现出一片废墟。唯有院落中那棵枣树，依然苍劲，粗粗的枝干结着岁月的霜茧。面对眼前的一切，我知道，曾经带给我欢乐的那个故乡，我是再也回不去了。

我站在枣树下，手摸着锉手的树皮，竟然落下了几滴清泪。

我的心很痛，但我来不及凭吊和缅怀。我这次回来，不是游子回乡还愿或祭祖的，我是专为科考而回。尽管我后来十分厌恶科考，但那时我却对科考向往非常。人活在世上，很多事你都没得选择。你是你自己的，你也是你所处的时代的。既然命运把我安排在唐代，我就必须得参加科考，那是我唯一的出路。我一定要放手一搏。否则，我不但对不起自己，也对不起时代，更对不起关心我的父亲、二姑和更多的亲朋。

每年，各地都有大量的考生奔赴长安参加科考，他们像候鸟迁徙一样，不辞辛劳，只为实现人生梦想。在这群怀揣梦想的生徒中，有的笑了，有的哭了，有的疯了，有的死了。考场既是他们的殿堂，也是他们的坟墓。我在返乡途中，就碰到一个姓黄的生徒，背驼得不成样子了，胡须花白，仍旧风餐露宿地奔赴在赶考的路上。他从弱冠之年就开始参加科考，考一次，失败一次。但他不愿放弃，他说他如果不死在考场，也要死在参考的路上。

我没有黄姓考生那么悲壮。我想凭借我的实力和阅历，考个进士是绝对没有问题的。这一点我非常自信，要不然，我就不配做杜预和杜审言的后人。我要让那些吏部考功员外郎看看，什么样的人才是有才华的，我一定要抓住这次机会，大展宏图，实现"致君尧舜上，再使风俗淳"的理想。

从瑶湾的故地回到县城，我便直奔县府求取保荐书，只有这样，我才有资格去洛阳参考。以往，科考场地是没有设在洛阳的。只因开元二十三年秋天，长安一带遭遇水患，致使五谷歉丰，难收税赋，玄宗皇帝决定迁往东京，暂避灾患，并昭告天下，将开元二十四年的进士科考设在洛阳举行。

拿到保荐书后，我星夜兼程赶往洛阳仁风里的二姑家中，以期安心准备，等待科考那一天的到来。四年不见二姑了，她已经瘦得脱了形。我很难相信，眼前站着的这个满脸沧桑、白丝裹头的女人就是我的二姑。我的心碎了。二姑颤抖着拉住我的手，半天才哽咽着喊出一声："甫儿啊！"就再也说不出话了。我和二姑父将她扶上床上，大约两个时辰过去，二姑才慢慢苏醒过来。刚睁开眼，二姑便急不可耐地询问我这几年在吴越漫游的收获，我如实向她作了汇报。二姑对我的长进感到欣慰。临考前的那段日子，二姑顿顿给我做好吃的，鸡、鸭、鱼，把我的肚子都快撑破了。我让二姑歇息，别再那么累。我说自己已经长大成人,不用再劳她费神。二姑偏不听,仍把我当个孩子似的呵护。二姑的无私奉献,瞬间把我带回到了童年时在她家里生活的情景。我受二姑的恩泽实在是太多了。

父亲杜闲知道我回洛阳参考,专门从兖州发回家书,嘱咐我勿急勿躁,静心准备,要对得起死去的列祖列宗。他还在家书中告诫我,要遵循考场规则,不要作弊,以沉着冷静的心态完成科考。看完父亲的书信,我笑了。我想父亲真是小瞧我了。我会去作弊么?分别这么多年,看来他已经不太了解我这个儿子了。

洛阳的一切还是让我觉得熟悉。我没有听从父亲和二姑的告诫,闭门苦读,我不需要花那种临阵磨枪的功夫。我整日都跑去洛阳街上曾经游玩过的茶寮和酒肆偷度光阴,我喜欢洛阳的文化气息,它的繁华丝毫不亚于昔时。坐在街头的酒馆里,望着来来往往的人群,过往的生活重又浮现,往事并不如烟啊。

一时间,洛阳街头突然多了许多外地口音,这些人都是从异地赶来参考的。他们三三两两,呼朋引伴,聚集在洛阳的大小酒馆里谈诗论文,猜测此次科考会出什么题目,以及该怎样应对,等等。我听到他们的谈论,总是一笑而过,从心里流露出一丝不屑。我觉得他们都很浅薄,尽干些投机取巧的事。不过,这也不能怪他们。要怪也只能怪当时的社会风气不好,生徒们都知道在开考前想法宣传、推广自己,这已是公开的秘密。究其原因,是当时没有实行"糊名制"。也就是说,考官能够在卷面上直接看到考生姓名。倘若在开考之前,考官在某个场合,或经某个权贵引荐下,对考生留有印象,那么,他在评卷时就可能给予照顾,打出高分来。这样,取得功名的概率就会大许多。

我只要从街市上走过,都能看到不少考生提着礼品,匆匆忙忙地奔赴在拜谒权贵的路上。家里有背景的人,就直接去敲亲戚家的门。没有背景的人呢,就花费钱财八方张罗,找人穿针引线,恳请权贵把自己引荐给考官。而既无背景又无钱财的穷考生呢(这类考生往往是人数最庞大的),那只好卖弄才华,成天游走在各大酒馆和歌伎堆中,吟诗赋词,以期引起他人的注意,获得赏识,靠文采博得考官的青睐。更有甚者,干脆厚着脸皮,直接跑去权贵门口守株待兔,毛遂自荐。他们把自己的诗作或文章抄录,带在身边,只要看到权贵一出宅门,就借机上前打躬作揖,呈上行卷请求过目。如果这位权贵恰好那天心情好，又有闲情，就会拿过行卷匆匆瞥上一眼。如果恰好考生的某段文字或几句诗感动了权贵，他就可能向当时握有话语权的同僚推荐和引述，那这位考生的名声就会很快传播开来。

有天傍晚，夕阳照着河边的柳树，柳枝划破河面，泛起点点金黄。我喝酒后正朝家走，路过一个官员的府邸时，看到门口的石狮子旁蹲着好几个自荐者。他们大概蹲了几天了，脸上明显出现饥饿的神情。其中一个，还靠在石狮子上睡着了。我从他面前路过，听见他鼾声如雷。我不知道这个不远千里来到洛阳逐梦的年轻人，他那一刻到底梦到了什么？是梦到金碧辉煌的屋宇，还是美若天仙的娇妻，抑或故乡的小桥和母亲的笑靥。我边走边回头看他，此时，这家官邸的主人回来了，刚落轿，其余几个原本蹲在地上精神萎靡的考生迅速跑去跪在官轿前，一声一个大人地叫。而那个正在做梦的年轻人似乎也听到了叫声，猛然惊醒，揉着惺忪的眼蹿到轿子前，双手托着行卷，头都差点磕破皮了。但那天这位官爷的心情好似不大美妙，看都没看一眼他轿前跪着的这几个人，只恶狠狠地骂了一句"滚"，就拂袖大步流星地进了宅门。那几个考生还不肯罢休，继续跪着大喊，期待官爷回心转意。几个差役见状，立马冲过来夺过他们手中的行卷，撕得粉碎后朝天一撒，就把他们给轰走了。那翻飞的白色纸屑在空中飘来飘去，像极了清明节前后坟头上飘飞的纸钱。

回到二姑家里，我的心情糟糕透了，连夜饭也没吃。二姑问我遇到什么事了，我没有回答她，一个人跑进屋子，用被子将头捂得紧紧的。从那天晚上起，我便发誓，今生绝不学那几个自取其辱的考生，长了一身的贱骨头。我要凭真才实学赢得荣誉。我躺在床上，翻来覆去地想，越想心里越升腾起一股孤傲之气。我自认为读书破万卷，下笔如有神，当时很多人的才华都不及我。别说在同辈人中，即使屈原、贾谊、曹植、刘桢这些文士，我也可以与他们匹敌。重回洛阳后，我没去拜见任何朋友，包括李邕和王翰两位老友，我怕他们误以为我动机不纯。临考在即，我必须洁身自好，免得授人以柄。后来还是王翰大人重情重义，知道我回来参考，非要前来见我，并约上李邕一起前来。我推辞再三，他仍要坚持。我不好为难他，怕他说我恃才傲物，忘恩负义，才咬着牙在一家酒馆里共同喝了一次酒。

开元二十四年初春,科考如期举行。那天上午,崇业坊福堂观人潮涌动。贡院门口,排着长队的考生正在一一接受卫士的检查。考生们大都战战兢兢,跟上战场似的,吓得满头大汗。卫士每隔一会儿就要揪出一个有作弊嫌疑的考生,严加拷问,这更是让胆小的考生吓得尿了裤子,转身抱头鼠窜。我站在他们中间,觉得这些作弊或临阵脱逃的人,真是丢尽了生徒们的颜面。我不齿于与他们为伍,待轮到我接受卫士检查时,我气定神闲,脸不红心不跳。卫士反复搜我的身,连衣裤都查验仔细了,才放我进入贡院。

试卷分发下来后,我匆匆浏览了一遍试题,顿时胸有成竹。我当时想,一定要充分发挥自己的才情,在答题中不落窠臼,标新立异,让阅卷官刮目相看。略一沉思之后,我便迅速投入到答题之中。也许是平时我博览群书的缘故,加之我在吴越之地游走这么多年,见多识广,写起文章来自觉灵感迸发,才思敏捷。而且我早已忘记了自己是在应考,以为自己是坐在家中的窗台边挥毫疾书。我写得那样酣畅淋漓,监考官不停在我面前走来走去,看我字迹工整,又才情勃发,不禁频频颔首表示欣赏。没过多久,我便按考试要求完成了墨义、帖经、策问、诗赋科目。我不清楚自己是不是第一个完成试题的,当我放下手中毛笔那一刻,我感到神清气爽,内心仿佛吹过一缕春风。凭我那天在考场上的上佳表现,我认为中进士是没有问题的。

然而,我怎么也没想到,就在我们全身心投入科考,以期报效朝廷,建功社稷之时,我们的江山却岌岌可危了。玄宗皇帝可能自觉已经坐稳了宝座,骄奢淫逸的本性开始如初春的种子一般萌芽。他不但兴致高涨地张罗女乐,还置宜春院,企图培养"皇家梨园弟子",专门排练他创作的乐曲,有时还亲自参加演出。同时,他还下令成立皇家歌舞杂耍团,三天两头在宫中表演各种精彩纷呈的节目,供他和妃子观赏。礼部侍郎张廷珪、酸枣县县尉袁楚客见皇帝整日沉迷歌舞,荒废朝政,曾斗胆联名上疏,提醒玄宗以政务为重。皇帝看过奏疏后,没有责骂两位贤臣,但也没有采纳忠良的建议,只是给予上疏的两位臣子嘉奖,以示自己宅心仁厚,是个明君。越到后来,玄宗皇帝更是耽迷于闲情,爱上了打球、拔河和斗鸡比赛。或许是他从斗鸡中体会到争斗的乐趣吧,他还在宫中建了鸡坊,遴选出六军小二五百人专职管理斗鸡训练。在这五百个训鸡教练中,最受玄宗宠爱的是一个名叫贾昌的人,被人称为"神鸡童"。当年玄宗到泰山封禅，就曾命贾昌随驾带了三百只鸡，供他闲时享乐。贾昌的父亲原本是玄宗皇帝的卫士，不幸在外病故，贾昌将父亲的灵柩护送回长安安葬，玄宗皇帝疼爱贾昌，责令官府厚葬其父。这事曾引起轩然大波，还被时人编成歌谣在坊间传唱。

更为荒唐的是，玄宗皇帝贪色成性。他将王皇后废除后，很快就迷上了武惠妃。可惜天不假年，没多久，武惠妃如一朵迅速凋谢的荷花，刚到盛年就死去了。这使玄宗深受打击，他整日忧心忡忡，无心上朝，躲在寝宫里哀叹相思之苦。对于一个皇帝来说，没有自己心仪的女人，实在是太孤独了。纵使拥有整个大唐天下，那又如何呢？玄宗深刻感到活着的孤苦。他派人四处为他选妃，朝中那些奸佞大臣投其所好，每天都要从各地抓来美丽倾城的少女供皇帝选择，可玄宗大都看不上眼，这可急坏了那些佞臣。最后还是玄宗自己选中了他的意中人，只是这人有些特殊，是他的儿媳妇。他这个媳妇有个好听的名字叫杨玉环，长得资质丰艳，羞花闭月，人又年轻，小巧玲珑。尤其是那双水汪汪的大眼睛和性感的朱唇，更是令玄宗神魂颠倒。在此之前，他就觊觎杨玉环很久了，只因担心受到朝中正直的大臣诟病，动摇根基，才未妄动。

皇帝到底还是聪明的，尤其在对待自己的私利上，更是手腕高超。他没有明目张胆地霸占儿媳妇，而是将这位刚满十八岁的如花似玉的姑娘安排去出家，先成为女道士。他如果想念玉环了，就借进香之名去道观与其幽会。这样过了一段时间后，玄宗皇帝见时机成熟，便暗中迎接杨玉环进宫，将这朵娇艳的红花揽入自己的怀抱。

此次科考后不久，玄宗皇帝即正式下诏，纳杨玉环为妃。可令梦想成真的他怎么也不会想到的是，这是他幸福的开端，也是她厄运的肇始。

我从贡院回到家，二姑早已焦虑不安地站在门口等候我了。她一见到我，开口就问："甫儿，考得如何？"我微微一笑，说："区区科考，小菜一碟。"二姑一听，脸上笑靥如花，她把我拉进屋。我一看饭桌，她居然弄了一大桌丰盛的菜肴。那天二姑父也替我高兴，拿出他平常都舍不得喝的好酒与我共饮。离开洛阳四年之久，我又重与二姑和二姑父相聚。这种其乐融融的家庭氛围，让我再一次体会到亲情的弥足珍贵。

接下来的日子，便是等待科考揭榜。二姑每天都催促二姑父去察看榜单是否张贴出来，二姑父果真听从二姑的吩咐，不辞辛劳地跑来跑去。倒是我压根儿就把这事给忘了，整天睡到日上三竿。起床后，就慢悠悠地跑去洛阳城找旧友喝酒品茗。

有天上午，我正躺在床上看书，透过窗户，我看见二姑父神色慌张地从外面跑回来。他伸头从窗户外瞅了我一眼，见我在家，就赶紧将头缩回去，将正在择菜的二姑拉到一边叽叽咕咕地说什么。我感觉诧异，下床站在窗边伸长了脖子仔细聆听。虽然二姑父尽量在压低自己说话的声音，但我还是清晰地听到了他们两人的对话。

二姑父说："科考的榜发布了，没有甫儿的名字。"

二姑不相信地问："你看仔细没，莫不是看岔眼了？"

二姑父扭头朝窗子这边看了看，说："不会看岔的，我一个字一个字地看了几遍呢。"

这下子，二姑没再说话，愣在那里，傻了一样。

我也不相信二姑父说的话，立刻从屋子里冲出去，大声问道："二姑父，你此话当真？"

二姑父知道我听到了他俩的对话，盯着我吞吞吐吐地说："甫儿，你，你，你别激动，这次没考上，下次再，再考。"我没有耐心再听二姑父的劝慰，转身就朝洛阳城里跑去。一路上，我的双脚像踩了云，快得四周景物风一般地呼啸后退。在一条街巷的转角处，我撞到了一棵柳树上，前额凸起一个大青包。但我不知道疼痛，我只想箭一样射向榜单，亲自求证二姑父所说的话。

当我奔到榜单下，盯着红榜上的名字一个挨一个地念：贾至、李颀、萧颖士、赵骅、李华……我反复念了几遍，可就是没有"杜甫"二字。那一刻，我傻眼了，脑子里滚过一片雷声，那雷声比春雷更响亮，比夏雷更猛烈。我不相信自己的眼睛，但眼前的事实又让我不得不信。我在红榜下伫立良久，才拖着灌了铅的双腿一步一步地回到家。二姑担心我遭受打击，红着眼眶不断地安慰我。但她究竟说了些什么话，我一句也没听清。

直到多年以后，我才明白自己科考落第的原因。这次共有三千余名生徒参考，而录取名额只有二十七名。我之所以落榜，并非我才华不够出众，而是我的文章和诗赋写得太创新、太超前了,既不符合当时流行的那种诗文的通俗特质,又超出了评卷官的思想审美和认知水平。他们都看不懂我的诗文,只能欣赏那些烂俗的平庸之作。如此一来,我的落榜就是必然的了。

人的命运是不可知的,也是没办法设计的。有时,我们眼看着自己的人生轨道正在朝东边延伸,可走着走着,上天突然使轨道拐个弯,朝西边延伸而去,你有什么法子呢?只有眼睁睁看着它罢了,顶多无奈地叹几口长气而已。

说心里话,科考的落第的确使我的心情低沉了一阵子。但很快,我就从失败中站立了起来。大丈夫能屈能伸,我一个饱读诗书之人,岂能就这么掉进科考的峡谷摔死了?我要重新鼓舞斗志,游走四方,天下之大,难道就没有我杜甫的立锥之地吗?只是我心里到底还是有几分内疚。这内疚不是为我自己,而是为呕心沥血抚养我长大的二姑一家,以及对我抱有殷切期望的父亲。

7. 鹰和马

我那在兖州任司马的父亲很快就知道了我科考落榜的消息,他以最快的速度给我二姑发来一封家书,嘱托二姑一定要好好安慰我,并在家书中写了一大堆鼓励我的话。而且,他还叫我去兖州住上一段时间,散散心。我原本以为父亲会责骂我,不想,他那么体贴和温厚,没有在家书中对我说一句责怪的话。这使我更加觉得对不住他,我拿着家书,喉头嚅动,眼眶潮红。我那刻唯一的想法,就是跪在父亲的膝前痛哭一场。

开元二十五年初春,我听从了父亲的安排,辞别了二姑和二姑父,前往兖州与父亲会面。当我又坐着船,看黄河浊浪飞溅,惊涛拍岸,几年前漫游吴越的场景又历历浮现在眼前。对往昔那种自由洒脱、放荡不羁的生活的回忆,又激发起我再次漫游的兴致。我从黄河北边上岸,辗转到达邯郸。此地文化悠久,才杰辈出,令我眼界大开。如果说吴越文化是阴性的,有水般的柔秀,那齐赵的文化就是阳性的,有火般的悲烈。尤其是在古邺城,我目睹过曹氏父子和"建安七子"手书的诗文辞赋后,更是感慨丛生,不忍离去。

我本想一路游玩到兖州,又怕在途中耗费时日太久,让父亲挂念。遂从古邺城出来，星夜兼程赶往兖州。多年不见父亲，他变瘦了，仿佛风都能吹倒。父亲见到我，眼泪一下子就从眼眶中滑落。他想说什么，嘴唇嚅动半天，却一句话也说不出。继母和其他几个弟妹第一次与我相见，既激动又陌生。他们站在我旁边，像一个枝头开出的几朵花。我作为家中的长子，不能不懂礼数，我向继母施礼问安，接着又向弟妹们问安。他们见我主动说话，也都礼貌地予以回应。特别是二弟和三弟，不到半天时间就跟我混熟了。他俩都性格开朗，天资聪颖，说我长年在外游历，诗也写得好，老是围着我问东问西。见他俩一脸真诚的模样，我第一次深切地感受到什么叫"血浓于水"。

父亲大概是不想戳我的伤疤，自我到兖州后，他只字不提科考的事。我知道，他心里其实是在乎的，只是为了顾及我的感受，才故意避之不谈。这一点，从他鼓动我去齐赵一带走走即可看出。他表面上是让我出去散心，实则却是让我调整心态，继续为下一次的科考做准备。他没挑明，我也不说破。父子之间，有时不需要说得那么直接。一个眼神，一个表情，足以让彼此心照不宣。我父亲是个含蓄的人，他即使真要向我说什么，也不会直接说，而是让继母和弟妹来向我转达。就像有天下午，二弟和三弟正在书房下棋，我一个人站在窗前发呆。父亲连日病重，咳嗽得厉害，痰里还带血，躺在卧室静养。他可能见我郁郁寡欢，便交代继母来跟我说："甫儿，你要是觉得憋闷得慌的话，就到处去走走吧，走远一点都可以。食宿路费你尽管放心，你父亲会给你的。"

我知道继母的话是父亲的意思，便恭敬地回答："好的。"父亲为了我，真是舍得花钱。我前几年去吴越漫游，主要也是靠他接济。我父亲那时的经济条件倒也优越，他作为兖州司马，除正常的俸禄外，还额外拥有两份田产，加上我祖父还留给他一部分财产和田地，这就使得父亲家境越加殷实。而他和继母，以及弟妹们的住房都是官府提供的，平时出行的马匹和开销也大多由官府负责。别说让我出去漫游三年五载，就是让我所有的弟妹都出去漫游个三年五年，也不会使父亲在经济上遭受多大损失。

在兖州，我跟父亲生活了不到大半年，便从他那里得到一笔钱，这足够让我在齐赵间放荡好长时间了。离开兖州后，我一直在兖州北部和西北部地区游荡。那里绿草如茵，森林覆盖浓密，是天然的狩猎好场所。我经常策马去那一带游玩，早晨骑马出去，往往暮晚忘记归途。人在树林里穿梭，有一种隔世之感。若是跑累了，我就将马放去河边饮水和吃草，自己则靠在树上吹箫或吹笛。后来，我跟几个当地的猎手学会了马术和箭术，便时常跟随他们一起，跑去林中追逐野兽，射击飞鸟。我很享受那种无忧无虑，纵横山林的快感。比起在吴越的漫游来，这次在齐赵的漫游更能使我心旷神怡。

也正是在这样的游猎过程中，我认识了苏源明。可以说，源明是我在齐赵期间认识的第一个朋友，他陪我度过了一段美好的人生光景。说起源明啊，我不由得会生发起颇多的感慨。他的身世是相当可怜的，很小的时候，他的父母就去世了。但他自力更生，志向远大，刻苦求取功名。他年少时长期住在泰山读书，因无亲奉养，常常要到山下的莱芜县背口粮回去吃。由于路途遥远，他的双肩和脚底被磨破了。旧伤未愈，又添新伤，这使幼小的源明受尽磨难。他太贫困了，一年四季就只有一套衣裤，小伙伴都不跟他玩儿。他们说他衣裤上有霉斑，且发出难闻的恶臭。面对他人的嘲讽，源明只好偷偷躲到墙角落泪。夜里，他经常看书到天明。没钱买蜡烛和灯油，他就将柴块点燃，坐在火堆旁读书。成年后，他以勤奋和才学博取了功名，出为东平太守，召还为国子司业。我到兖州之前，他已经在这一带寓居了。

源明欣赏我的诗作，而我却欣赏他的为人。我俩时常相约骑马射箭，他在前面御风而行，我在后面随风狂奔，我们本身就是两匹骏马，在追赶时光和流水。春天的时候，我跟源明同登过丛台。站在丛台上极目远眺，山岭之上的淡绿植被爬满了春天，山岭之下的湖水也是绿波盈盈。源明触景生情，仰天浩叹后，就放开歌喉唱了起来，他那洪亮而高亢的声音在丛台周围的山岭间回荡。我与他并排站着，受了他情绪的感染，我也跟着他放歌。我们像两只大鸟，在呼唤春光的临照和万物的生长。源明唱得声泪俱下，我也唱得涕泪滂沱。

是年冬，源明还邀我到齐景公曾经畋猎过的青丘射猎。青丘山深林密，形成一道屏障。积雪覆盖在皂荚树和栎树上，骑马从树底下走过，树枝上的冰凌就簌簌朝下掉。我俩一前一后走着，源明依旧走前面，我走后面。在途经一面斜坡时，我的马脚掌打滑，向坡下滚去。我也从马背上滚了下来，幸好我被一棵栎树挡住，才没有摔伤。而我的马还在继续朝下翻滚，滚到中途，才被两棵皂荚树卡住。马被摔疼了，挣扎着发出一声长啸。这时，丛林中惊飞起一只鹭鸪。我立马抓起身旁的弓箭，迅速对准鹭鸪一射，那鸟儿便跟箭镞一起掉在了雪地上。这一幕，恰好被听到马嘶声后匆忙返回来营救我的源明看见。他见我没事，也就没有下马，一手握鞍，一手握弓地开玩笑说："贤弟箭术不凡啊，躺着也能将鸳鸽射落下来。"

我忍住疼痛，扶着树立起身，脸上露出尴尬的笑容说："让兄台见笑了。"

源明手臂一扬，说："我若是晋朝的征南将军山简的话，那贤弟就是爱将葛强了。"

说完，我俩都哈哈大笑。那笑声，震落了树枝上的雪沫。

跟源明成为朋友后，在他的引荐下，我还先后认识了高适和张玠。这也是两个性格豪爽，侠义磊落之人。我是在齐南鲁北的汶水见到高适的，源明说高适那时官场失意，正在这一带客居，遂要领我去见他。他说："你只要见到高适，就会喜欢上他的。"我相信源明的话，物以类聚，人以群分嘛。我之前虽未见过高适，但我其实是知道他这个人的。他写的那首《燕歌行》，早已在坊间流传，我也非常喜欢。我相信文如其人这个理儿，因此对他存有好感。

果不其然，高适的形象跟我想象中的非常吻合。中等身材，不胖也不瘦，说话虽然略带激愤，倒也儒雅，是个谦谦君子。他那时生活过得似乎并不很好，未到不惑之年，却满脸的沧桑。我跟源明见到他时，他正手握锄头在房舍旁的菜地里挖土。

"高兄别来无恙？"源明远远地招呼他。

高适站直身，一看是源明，喜笑颜开地说："原来是苏兄，哪股风把你给吹来了啊。"

"想你了嘛，特来看看你。怎么，不欢迎？"源明半开玩笑半认真地说。

"你光临寒舍，岂有不欢迎之理。"高适放下锄头，拍拍手上的泥土。

这时，从房舍侧面的小径走出来一个身材高大之人。他手里提着一小筐菜秧，看样子，正在帮着高适种菜。他一见到我们，先开口发问："呵，有稀客来访？"

高适见我们都傻愣着，遂向我们介绍说："这位是我的朋友张玠，我俩早就约好同去游历，不想他提前到来，只好帮我种完菜再启程。"

我跟在源明身后，未发一言。此刻，高适和张玠都注意到了我。为避尴尬，我主动拱手并说:"拜见二位仁兄。"

高适盯着我问源明:"这位是?"

源明顿时反应过来:"你看我,刚才只顾跟老友寒暄,忘了介绍新朋友了。这位是洛阳杜甫。"

高适一听,上下打量了我一番:"原来你就是杜甫,真是后生可畏。"

站在一旁的张玠放下菜筐,向我拱手:"幸会,幸会。"

我们四人在菜地旁聊了一会儿,高适便将我们领进他的房舍内入座。沏上茶后,他便去厨房做午饭。

那顿午饭很简单,一荤两素。高适说:"我如今躬耕山野,自给自足,粗茶淡饭,请诸位将就着吃。"我们谢过高适,便饮酒佐餐。酒过三巡之后,他们开始议论起时政。我知道,无论是苏源明也好,还是高适和张玠也好,他们虽过着游隐自适的生活,却从来没有忘记过关心国家社稷。从他们身上,我明白了什么叫"位卑未敢忘忧国"。

话题是高适最先提起的,他喝了一杯酒后,说:"当今圣上也算狠心,居然在没有任何罪状的情况下,同日将太子瑛、棣王琰、鄂王瑶赐死于城东驿。"

苏源明叹口气说:"皇帝而今沉溺女色,又重用奸臣,还不断进行对外扩张,恐怕不日天下将大乱啊。"

张玠也端起酒杯,一口干掉后,说:"李林甫是罪魁祸首啊,他不但向皇帝进献谗言,自己接替了丞相张九龄的职位,还使得庸人牛仙客擢升为工部尚书,这势必引发各边将邀功争宠,增加人民负担啊。"

高适说:"可不是么。关键是皇帝采纳了李林甫'以胡治胡'的建议,重用安禄山这个突厥杂胡。此人阴险狡诈,善于溜须拍马,深得皇帝欢心。你们说让一个这样的白丁官居要职,是国家的幸还是不幸呢?"

苏源明接着说:"各位都是明眼人,看得深透啊,可为何皇帝就故意装糊涂呢?"

张玠继而说:"加之朝廷改革赋税,各地官府将大量粮食卖出去,兑换成珠宝和锦帛运往长安。这样下去,必将民不聊生,生灵涂炭啊。"

我坐在他们中间,想插嘴却插不上话。在他们你一言我一语的谈论中,我再一次感受到人在时代面前的渺小,难道历史都必须得以人民的鲜血来写成么?

那天，我们都喝醉了。我们为自己而醉，也为我们生活的时代而醉。然而，倘若真的是醉了，那倒也好。可大家偏偏又都醉得很清醒。

清醒者的命运，注定只能以悲剧收场。

这之后，我们四人已成知交，结伴游玩过周边的一些名胜古迹。最令我难以忘怀的，是那次我们在泰山的游玩。我写的那首《望岳》，即是明证。源明、高适、张玠和我沿着盘曲的山路自下而上，经南天门、东西三天门到达绝顶。一路上，我们走走歇歇，吟诗赏景，完全被泰山的雄奇、险峻给征服了。他们几个年龄都比我大，体力自然不如我。当他们还在山路上气喘吁吁地攀爬的时候，我早已到达了顶峰。

伫立绝顶之上，我感觉自己是离天最近的人。奇峰异谷，尽收眼底。而且，我还发现了泰山的景色随自然气候变化的秘密——向阳一面的天亮得早，背阴一面的天黑得早。分割这阴阳变化的，恰好就是那高峭的岱宗。我登临峰顶那天，层云回荡、萦绕在峰间，山鸟穿过层云，一会儿飞出，一会儿飞回，抬头即可看见。如此幽深和灵气的峰峦，我想必是造化所钟的神秀。

我在绝顶上独自徘徊了好一会儿，他们三人才说说笑笑地爬了上来。也许是他们都太累了，一到山顶，就找块石头坐下，再也无心赏景。从泰山归来后，我们四人都写了一首关于泰山的诗，高适还写了两首。但只有我那首小诗，还偶尔被后人提及。其实，他们三人写的诗，未必就比我差，可后人就是将其遗忘了。可见，写诗有时也靠运气的。好的作品不一定必然就有好的命运。

下山途中，我们依然走走停停。爬过山的人都知道，下山比上山难走，腿肚子是软的。源明边走边说："歇歇吧，我腿都快断了。"高适和张玠也说："我们也快走不稳了，两腿发颤。"我只能依从他们，四人一同坐在山路旁休息。张玠还眯眯眼打起盹儿来，高适也靠在崖壁上，似睡非睡。就在我也快昏昏欲睡时，源明突然指着山路不远处说："大家快看。"我们三个人都被他的话惊醒，同时扭头看过去。只见一个僧人拿着画板，在那里专注地作画。我们都来了兴致，起身跑过去围观。

这位僧人骨瘦如柴，满身正气，却自始至终不说一句话。只见他在宣纸上挥毫泼墨，忘乎所以。他画的是一只鹰。那鹰活灵活现，超凡绝俗。画师笔尖所到之处，仿佛都腾起一片肃杀之气。看着看着，我似乎觉得那只鹰正在苍穹之上翱翔，它时而觊觎着一只狡兔，时而斜眼盯着一只野猴。那天空是如此高远。绦镟闪着光亮，简直伸手可摘。我猜想，那只鹰莫不是某个猎人放出来的吧，它那样大胆、敏捷，目光锐得好似两把利剑。这样的鹰是不该被圈养的。要让它搏击风浪，划破长空，出击凡鸟，把那些凡鸟的毛血抛洒在平芜的草地上。

此情此景，使我的心久久不能平静。离开僧人，我边走边回头看他。源明提醒我，不要再回头看，要注意脚下的路。可我控制不住自己，我的心潮一直在澎湃，我被僧人笔下的那只鹰震撼了。仿佛我就是那只鹰，我正在长空上穿越雨滴和流云，朝着太阳的方向，发出嘹亮的嘶鸣。我蹲下身，顺手捡起路旁的一块小石子，在一面崖壁上写出《画鹰》这首诗来。我写得是那么地酣畅淋漓，一气呵成，根本不用构思和踌躇，那是我平生写得最为顺畅的一首诗。至今想来，都还热血喷涌。他们三人本来已经走到我前面去了，见我在后面的崖壁上狂涂乱抹，遂转身回来一看究竟。当他们见我写出的是一首诗时，诵读之下竟不断摩拳擦掌，连连叫好。他们都说："杜甫，你就应该去做一只苍鹰啊！"

他们说得没错，我那时的确想做一只苍鹰。我渴望翱翔，渴望搏击，渴望穿越，渴望俯瞰。不但如此，我还想去做一匹马，一匹驰骋千里、四蹄生风的大宛国的马。这个想法，在我从齐赵重返洛阳之前就形成了。起因仍是我跟着源明外出游玩时，无意间看到一匹马，一匹令我销魂的马。此马产自西域，是一位姓房的兵曹的坐骑。它那精瘦的筋骨一如刀锋，两耳如斜削的竹片。跑动起来好像不是蹄子着地，而是在空中飞奔。我一眼就爱上了它。我幻想自己骑着它正在沙场上驰骋，耳边响起一片金戈铁马之声。马过之处，黄沙漫漫，长风猎猎。我早已将自己的生死托付给它，马即是我，我即是马。我们早已融为一体。纵然在马背上死去，也是无上荣光。这样的心情，这样的愿望，都被我写在了那首《房兵曹胡马》的诗中了。

在假想中，我开始崇拜我自己，我成了自己的英雄。我的左心室里住着一只雄鹰，我的右心室里住着一匹烈马，它们时刻在我体内扑腾和冲撞。我已经关不住它们了，那只鹰就要将我用皮肉搭建的鸟笼啄破；那匹马就要将我用肋骨修筑的栅栏踢翻……

遗憾的是,这一切最终都不过是我在裘马轻狂岁月里的幻想而已。幻想是什么,幻想就是一个气泡。气泡是要破的,气泡一破,就什么都没有了。要知道,在我生活的那个时代,是不允许有雄鹰翱翔和烈马奔腾的。那个时代正像一颗滑过天空的流星,正沿着美丽的轨道不断下坠。

面对如此残酷的现实,我左心室里的鹰和右心室里的马,注定只能当我身体的囚徒。我只能眼睁睁地看着它们在对理想的绝望中,一个折断翅膀,一个截失前蹄。

8. 孤独与死亡

开元二十八年是一个伤感的年份。那一年落了一场梅雨。我与苏源明、高适和张玠天天坐在屋檐下,望着天空中的细雨哀叹。我们都想说点什么,却都不知道从何说起。只有不停地喝酒、吟诗。酒是孤独的,诗是孤独的,我们也是孤独的。高适说,等雨住了,我们就结伴继续游历。源明和张玠都表示赞同,只有我的心里焦躁不安。连日来,我都失眠。我的大脑里好像被塞进了一团棉花,这团棉花已经被梅雨打湿了。我不知道这场雨对我到底意味着什么,是吉还是凶。

在我们漫长的等待中,梅雨终于停了,天空重又光芒万丈。我们都掩饰不住欣喜,纷纷整理好行囊,准备再次迎着初升的太阳去转山转水。可就在我们决定出发的前两天,另一场梅雨开始降临到我的生活中,使我的内心瞬间潮湿,布满水渍和霉斑——我接到了父亲杜闲去世的消息。我站在屋檐下,背靠木柱,整个身子却好似往下陷。源明见我状态不对,过来问我怎么了。我没有说话,双腿颤抖得像风中的树枝。高适和张玠也觉察到了我的异常,跑过来急急地问我。我依旧没有说话,无助的眼角挂着两行清泪。他们三人都被吓着了。半响,我才说出一句:家父杜闲归西了。说完,我的脑子一片空白,唯有那无形的梅雨在我心灵的天空哗啦啦地下个不停。

他们都劝我立刻赶回兖州,处理父亲的后事。我带着悲伤的心情与他们告别后,便匆匆上了路。

我跪在父亲的灵柩前,欲哭无泪。继母躲在一旁偷偷地抹泪。我的其他几个弟妹同样跪在父亲灵柩前,哭得呼天抢地。他们哭得越凶,我越不认为他们悲痛。也许,在他们懵懂的心灵里,还不知道什么是真正的死亡。我也不知道死亡是什么,我只知道我的父亲杜闲不在了,他从这个世界上永久地消失了,去了一个我所不知道的地方。我又想到了我的母亲,这个给了我生命后就急急地离开人世的女人。她在另一个地方孤独吗,她想念父亲和我吗?这下好了,我的父亲赶去陪伴她去了,她再也不怕天黑和天冷了。可我怎么办呢,他们都把我遗弃了。我虽然还有继母在,有弟妹们在,但我依旧觉得自己是个孤儿。

我家族的一棵大树倒了。从此,我将成为一片凋零的落叶,在天空随风飘荡。我没有根了,我的血脉之藤被死神的利斧给斩断了。我站起身,揭去盖在父亲脸上的火纸,我看见他的眼睛是睁着的。我伸出手,轻轻地抹了两次,他仍不闭眼。我不知道父亲到底有何心愿未了,让他死不瞑目。是他挂念继母,还是挂念弟妹们,抑或挂念我呢?我不得而知。我问他,他不开口。他的牙齿咬得很紧,像闭合的贝壳。

后来,还是在二姑的提醒下,我才恍然大悟。二姑说:"你父亲怕是想归宗了。"听二姑如此说,我再次伸出手,抹抹父亲睁开的眼睛。向他承诺:"父亲,请放心,我一定将你安葬在家族的墓地,不让你成为流浪鬼。"

父亲的眼睛闭上了,很安详,很平和。在二姑父裴荣期的帮助下,我将父亲的遗体拉到洛阳东北的偃师下了葬。因为在这里,躺着我的先祖们的魂灵。这是父亲惦念的地方,只有将他葬于此,他才能认祖归宗,与我的远祖杜预和祖父杜审言团聚。

在为父亲服丧期间,我的继母每天哭哭啼啼,几个弟妹也闷闷不乐。父亲的遽然离去,使他们的生活失去了依靠,一夜之间从山坡掉进了谷底。我作为家中长子,有责任和义务照顾他们,替他们排忧解难。所幸父亲生前在偃师置下了一些产业,又留给继母和弟妹们一笔钱财,才让我们一家的生活没有立刻捉襟见肘。我思来想去,觉得应该重新给继母和弟妹们一个家,哪怕这个家简陋一点,毕竟也是个落脚之处。

开元二十九年的寒食节,我终于在首阳山下修筑了一座房舍,取名"陆浑庄"。为纪念新居落成，也表达对远祖的追思，我写过一篇《祭远祖当阳君文》。那年，我刚好三十岁。想到我的先辈们都已离世，而自己却尚无作为，不免心生悲凉。我觉得自己不能再到处漫游了，况且没了父亲，我失去了他的资助。若再不为未来打算，人生必定越走越窄。尤其当我整天望着远祖杜预的坟墓时，想起他那辉煌的一生，更是心生愧疚。那段时间，我的眼前老是出现幻觉，我看见我的先辈们同时坐在坟头，耳提面命地说："甫儿，你一定要给家族争口气啊！"每次听到他们的告诫，我都发誓"不敢忘本，不敢违仁"。我要以他们为榜样，争取在政治上有所建树。

我的内心升起从来没有过的纠结和迷茫，关在我心房里的鹰和马又开始扑腾和嘶鸣。有时心里憋得实在难受，我就跑去二姑家住上几天。父亲去世后，二姑成了我在这个世上最亲的长辈了。二姑的身体越来越差，病魔一直在蚕食她的健康。我每次见到她，都有一种说不出的忧伤。我有种不祥的预感——二姑不久也将告别人世。这种预感使我心里非常恐慌。大概二姑也觉察到了自己病情的严重性，她担心自己一旦闭眼，我的处境不好。我是她唯一牵挂的人。我懂二姑的良苦用心，我不想看到她悲伤。

为让二姑放心，我在很短的时间内结了婚。我的夫人姓杨，是司农少卿杨怡的女儿。杨氏是我这辈子深爱的女人，我俩的感情比海还深。我很爱她，她也很爱我。她为我吃过很多苦，却从无怨言。她为我生儿育女，辗转流亡，一生奔波。只要一想起她，我的心里便充满悔恨和歉疚。

结婚当天，我领着夫人给二姑和二姑父各敬了一碗茶，感谢他们对我的养育之恩。二姑接过茶碗，高兴得泪水流满两腮。在我的记忆中，从来没有见到二姑这样高兴过。那一刻，她多年来遭受的屈辱和磨难，仿佛都化为了烟雾。病魔也似乎顷刻远离了她，她重又变得年轻了，健康了。二姑的欢心就是我的福祉。

婚姻真的可以改变一个人，特别是美好的婚姻。三十年来，我都是自己跟自己相处，一个人漫游，一个人面对外部世界，一个人接受阳光的沐浴，也承受风雨的吹打。可突然间，我的身边就多出一个人来，她与我同床共枕。肚子饿了，有人做饭；衣服脏了，有人清洗；寂寞了，有人谈心；欢快了，有人分享……我体会到两个人在一起生活的滋润。这一切，都是我的妻子杨氏带给我的。她是我的另一片天空。

有了杨氏后，家中大小事情她都料理得井井有条，我又过上了一段短暂的清闲日子。我那会儿最爱去的地方，是离我的陆浑庄不远的隐士巳上人的茅舍。那是一间僻静的茅庵，庵内的池塘上开着朵朵白莲，风一吹，犹如鹭鸶的羽毛般轻盈。茅舍岩畔上生长的天门冬漂浮着青青的丝蔓。我去的时候是夏季，巳上人在林木下放个枕簟，我们一块儿坐着吃西瓜。他好似东晋高僧支遁那样给我讲经谈禅。我虽然也略微懂点佛学，但粗而不精，只能洗耳恭听。他给了我诸般教益。

跟巳上人一道，我还去左氏庄赴过夜宴。那是一次美好的经历。赴宴的细节，我几乎都已忘记，但那晚的感觉却记忆犹新。微风吹拂着林木，纤月坠落西方。夜露将我们的衣裳都给打湿了。我们一边弹琴，一边听着水声，不时有花香在夜间弥漫。我坐在蜡烛的余辉中，作诗查检书籍，看见墙上挂着的剑影在酒杯中晃荡。诗写成后，夜已经深了。忽然，院外有人用吴音在吟诵，那婉转的声音不禁把我带回到当年漫游江南时的情景了。

陆浑庄附近还有两处地方，也令我难以忘却。一处是唐初诗人宋之问的陆浑别业。宋之问是我祖父杜审言的老朋友，他一生的经历跟我祖父极其相似。他对唐代律诗的发展做出过较大的贡献。当我有一天绕道经过这里时，面对人去屋空的别业，内心真是感慨丛生。我怀着寂寞和惆怅的心情，凭吊像我祖父那样的前辈。我在别业里走了一圈，还看到了宋之问胞弟宋之悌亲手种植的树木，悲凉的晚风从树间穿过，发出一阵又一阵飒飒的响声，仿佛是已故的人在诉说着什么。

另一处地方是位于偃师、洛阳之间的一座老君庙。开元二十九年的冬天，我去探望病重的二姑，路过此庙时曾去拜谒过。那是一座巍峨的庙宇，高踞在山顶。庙前的几根铜铸连接着天地之气，庙顶的琉璃瓦闪着冬日的寒光。庙壁上绘有画家吴道子绝妙的画作，画上的五位圣帝穿着龙袍，千官如雁行般分列两旁，太阳和月亮在他们头上轮流发光，让人看到道教壮大的根基。遥想当年，周王室衰颓，老君身退归隐，把真经传到汉代，受到汉皇的尊崇。那么，如果老君不死，活到现在呢，他又该隐居在何处啊！我不由得想到我自己，我隐隐发觉我的身上也存在着多面性。我一心想走仕途，光宗耀祖；又热爱自由，落拓不羁，羡慕那些闲云野鹤似的隐士。加之当时的整个时代，从上到下都在流行道教的炼金术，人人都在寻求长生不老药。我对此也亦步亦趋，追赶时尚和潮流。我的内心有两个杜甫在搏斗，一个是奉行儒家精神的杜甫，一个是受道教影响欲羽化成仙的杜甫。我不知道哪个是对哪个是错。我是夹缝中的一块石头，卡在了悬崖的边沿。

我心房里的鹰和马再一次发生了激烈的厮杀。可这厮杀没有持续多久，我的精神大厦再一次被来自现实的灾难给摧垮了。

天宝元年，我的至亲，哺育我成长的二姑在洛阳仁风里病逝。我感到万念俱灰，仿佛整个天地都已是一片废墟。丧父的悲痛才刚刚抚平，新的打击接踵而至。这次打击比父亲死时更大也更严重，可以说将我碾压成了齑粉。我不知道该怎样诉说我的哀伤。我也不知道上苍为何要在我刚刚新婚不久的时候，带给我死亡的阴影。命运真是太不公正了，它像手握镰刀一样挨个将我的亲人刈走。我披麻戴孝，长跪在二姑的灵柩前，我感觉自己也正在死去。我好似跟她一起，走在长长的没有尽头的路上。那条路没有阳光和灯火，也没有草木和花朵，更没有蝴蝶和蜜蜂，有的只有黑暗和比黑暗更黑的死亡的幻影。我像幼时那样跟着二姑，她牵着我的手，送我渡过黄河，去远方流浪。二姑的手冰凉，脚步也轻得没有声音。我问二姑："姑，咱们这是要去哪里？"二姑默不作声，牵着我的手继续朝前走。路越走越窄，我越走越害怕。就在我们翻越一个山坳时，我的手猛然从二姑的手里滑脱了。我伸出手，想再次去抓住她，却看见面前立着两个凶神恶煞的人。一个穿着白色衣服，一个穿着黑色衣服。穿白衣的人抓住二姑的左臂，穿黑衣的人抓住二姑的右臂。他们要将二姑带走。我想冲上去，推开那两人。可我被那两个人定住了，挪不动步。我哭着大喊："二姑，二姑，你不能抛下我啊。"但二姑似乎并没有听见我的呼喊，她被那两个一黑一白的人押着，正向山坳的另一边走去。在快要翻过山坳时，二姑还扭转头看了我一眼。我看见她满脸是血，那血像溪水般从她的眼里、嘴里、耳朵和鼻孔里流出来，顺着山坳流到山底。不一会儿，整座山都被血水给染红了。我趴在山坳上，大口大口地喝二姑的血。我不要她的血朝外流。可我喝得越快，二姑的血流得越快。喝着喝着，那被血水染红的山渐渐恢复了原来的颜色。我知道，是我将二姑的血喝干了，她再也流不出一滴血。我挺着被血水胀大的肚皮，撑得晕死了过去。

我是被二姑父裴荣期救醒过来的。

他那时正在做济王府录事参军，得知二姑病故，才急忙赶回来料理后事。据二姑父说，我那天因伤心过度，在二姑灵柩前跪着跪着，就栽倒在地，人事不省。他又是给我掐人中，又是给我按穴位，才使我苏醒过来。我醒来后，看着面前不再开口喊我甫儿的二姑，又想起刚才在昏迷中经历的骇人一幕，背脊一阵发麻。我真感觉是我榨干了二姑的血，才使她过早亡故。忍着悲痛，我为二姑写下一篇墓志，刻下一块碑石。那是我唯一能够为她做的事情。这个一生都在替我着想、为我付出的女人，我只能以一篇毫无价值的文字去祭奠她的亡灵了。

二姑死后，我再次感受到活着的虚幻。我知道，我的最后一根精神稻草折断了。从此，在这个冷冰冰的世界上，没有人再关心我、呵护我、心疼我了。我成了一个真正的孤儿。

在为二姑服丧期间，我的心头阴云密布，意志消沉。二姑父安慰我说："甫儿，我知道你与二姑情同母子。可人死如灯灭，你要节哀，要振作啊！不然，你二姑在地下也会不安的。"二姑父的话像一瓢冷水，浇到我的头顶，让我幡然醒悟。

我必须要振作。我那些先后死去的亲人们都在冥冥之中看着我呢。

天宝二年、天宝三年这两年时间，我一直寄居在洛阳。殡葬了二姑后，二姑父又匆匆履行他的录事参军职责去了。他把二姑生前住的房屋留给我住，他说那也是二姑的心愿。每天晚上，睡在二姑生前睡过的床榻上，我老是觉得她的身影在屋里走来走去。她仍旧在厨房忙碌，帮我做饭、洗衣，催我起床看书。

二姑活着时一直在激励着我，死后照旧在无形地激励着我。

本来，按照我的打算，安葬二姑后，我要回偃师去居住的。我想多陪陪继母和我的弟妹们，我要替父亲完成这个任务。但我转念一想，这样做也有些不妥。自我父亲杜闲去世后，我们家的经济条件一日不如一日，贫穷正像瘟疫一样在我们家悄悄蔓延。我又新婚，家中添了人口，全家七八口人要吃饭。父亲去世时，我将他从兖州送回偃师的安葬费又花掉不少，加上我后来修建陆浑庄，更是耗资无数。继母天天都在精打细算地掰着指头过日子。我曾想再次去参加科考，求得一官半职以改善家人生活条件。可我自从天宝二十四年那次考试失利后，就发誓再不参加这种捉弄人的游戏，我不想遭受他人的羞辱。

面对日趋艰难的生存，继母感到与原先父亲活着时生活的反差，她开始有了抱怨，甚至指桑骂槐，说些难听的话。我理解继母的心情，为不给弟妹们带去压力，我对继母尊敬有加。即使她有时话说过了头，我也不作声，默默地忍受着。

凭我长子的身份，自父亲去世后，我是有机会通过荫补方式进入官僚体制的，但我没有这样做。我主动放弃了这个权利，把机会让给了我的弟弟杜颖。之所以如此，是我希望我的做法能博得继母的心安，免去她的后顾之忧。事实证明，我的做法是完全正确的。杜颖获得荫补后，继母像变了一个人，抱怨减少了，对我也变得愈加亲切。这是我愿意看到的结果，也是我父亲在九泉之下愿意看到的结果。

只要我的亲人们过得幸福，我宁愿一辈子做个平民。我甘愿为他们牺牲我的一切。

最终，我选择寄居洛阳。但在洛阳我不可能长期那么闲着，尽管我的妻子杨氏温柔体贴，从不对我说一句抱怨的话。记得刚到洛阳不久，我便问她："假如我今生一事无成，饭都吃不饱，你将如何是好？"

她靠着我的肩，轻声地说："你若去沿街乞讨，我就给你端碗。"

我再问她："倘若真的那样，你一点都不后悔么？"

杨氏用柔情的眼光望着我说："今生，我活是你的人，死是你的鬼。"

我紧紧地搂着她，她也紧紧地搂着我。窗外，一弯新月如钩。

我想，我只不过是一个会写点诗的人，能得到一个女人如此真爱，已然非常满足了。我一定要想法使她过得好一点，至少别跟着我遭受那么多的委屈。

那两年里，我都在洛阳东奔西走，寻找谋生的机会。我有时被人请去，给官宦人家的子弟教授诗学。这些纨绔子弟，其实并不热爱诗，他们要么是迫于父权，要么是想附庸风雅，出去在公开场合卖弄卖弄，装点门面。但我还是教得很认真，我不能误人子弟。人家付了钱给我，我就必须对得住人家。至于他们到底能学到多少，那就不是我能把握的了。毕竟写诗这件事，它是个技术活儿，又不仅仅是技术活儿。倘若学徒自身天赋不够高，悟性不够好，我哪怕教他个十年八年,那也是瞎子点灯白费蜡。只是很多人不懂这个道理罢了。

教授诗学之余,我偶尔也会受邀给某位达官显贵书写一些案牍文卷,以换取一点口粮,或给妻子买一枚她喜欢的发簪。或许是我当时靠写诗博得了一点文名之故,洛阳的不少显贵都知道我这个人。他们点名要我帮忙执笔为文,按篇支付报酬给我。这个差事,让我有机会接触到上流阶层的生活。秘书监李令问、驸马郑潜曜都曾请我写过文章。我写出的文章,他们都十分满意。交稿后,不但会多支付我报酬,还请我赴宴饮酒。我每次从他们那豪华的宅邸归来,内心都充满了愤慨和失落。想到这些有权有势的显贵们,一日三餐都是大鱼大肉,好酒好茶,还有仆人迎来送往,鞍前马后,而我自己却要靠卖文为生,过着食不果腹的寡淡生活,心里宛如灌满了寒冰。更让我憎恶的是,这些官宦之人,个个都戴着一副面具,钩心斗角,尔虞我诈,落井下石。我讨厌这些伪君子的王孙习气,但又不得不对其笑脸相迎,说些言不由衷的话。一个诗人活到这个样子,也算是有辱斯文了。

我的心灵再次遭受复杂的撕裂般的疼痛。

这种感受,是我在漫游吴越和齐赵时所没有的。我开始重新反思我的过去,开始重新认识生活,认识人生。短短几年时间,我也像变了一个人。我过去的狂妄没有了,自负也没有了。有的是对现实生活的怀疑,对未来理想的怀疑。

还好,我在洛阳逗留的时间不长。不然,我真不知道究竟该如何面对生存的折磨。天宝三年仲夏,我的继祖母卢氏在陈留郡去世。同年仲秋,归葬于偃师家族墓地。那几年,我都在死亡的阴影里穿梭。一个又一个亲人的离世,让我看淡了人生。我觉得人生都是悲剧性的,惨淡的,虚幻的。故当继祖母去世时,我已经没有了悲痛。像二姑去世时一样,我只为继祖母写了一篇墓志,证明在这个世界上,曾经有那么一个人短暂地存活过而已。

9. 邂逅或送别

亲人的相继亡故和世态的炎凉将我陷入水与火的煎熬之中,妻子杨氏见我整日忧心忡忡,每晚睡觉前都要劝我放宽心,凡事朝前看。她说:"凭你的才华，生活不会永远如此局促的。你得等待机会，你现在是一条龙，潜伏着，假以时日，就会冲天而起。"听了妻子的话，我焦躁的心稍微好受了一些。我要感谢我的妻子，她不但给了我情感的抚慰，还让我学会了柔慈和包容。好女人是一根水做的绳子，能套住一个男人坚硬的心。

在妻子的劝慰下，我准备继续忍气吞声，夹起尾巴向那些达官显贵出卖自己的才华，希望他们能够赏给我和妻子一口饭吃。我突然觉得洛阳好陌生，在这座城市里，我没有其他亲人了，也没有别的人再心疼我。除了和妻子相依为命，我没有别的出路。

然而，就在我百愁难解之时，有一个人出现在了我的生活中。他不但改变了我的人生态度，还改变了我的命运轨迹。他宛如夏日正午的日光，烤干了囤积在我心中的湿寒；又是一道电光石火，瞬间照亮了我阴霾密布的精神的天空——这个人便是赫赫有名的大诗人李白。

我是在洛阳城里的一个酒馆里见到他的。那天，我正匆忙赶去一个官宦家里替他的公子讲诗。路过酒馆时，见门口站了一大圈有头有脸的诗人。他们望着酒馆里一个清瘦且俊逸的男子谈笑风生，请教作诗技艺。那位男子个性鲜明，有侠义之气。他一手端着酒碗，一手拿着筷子。夹一夹菜，喝一口酒，边喝酒边吟诗。只要他一开口，旁边的人都鼓掌叫好。那阵仗、那气势、那豪迈，真是气场宏大。我不由得停下了脚步，站在店门口围观之人的后方，聚精会神地看着这个男子。

忽然，人群中有一个人端起酒碗说："今日得见'谪仙人'，真是三生有幸，我敬大诗人一杯。"

我的心一下如波涛翻滚，难以平复。"谪仙人"不就是李白吗？先前，我听闻这位翰林学士待招被朝廷赐金还乡，苦于无缘会面，不料，却在这里邂逅了。我猛地从围观的人群里挤过去，站在了酒馆里面靠近李白酒桌的地方。我本想拱手作自我介绍，却见李白也端起了酒碗回答："兄弟客气，我如今不过是一个尚无功名的布衣，徒有虚名啊，惭愧惭愧！"

敬酒的人继续说："你的许多诗我都能吟诵呢。"

李白笑笑，说："不值一提。"

敬酒的人立刻当众吟诵："谁家玉笛暗声飞，散入春风满洛城。此夜曲中闻折柳，何人不起故园情。"

吟毕，旁边的人异口同声地喊道："好诗啊，好诗。"

只见李白一脸平静地复又端起一碗酒来一饮而尽，抹抹嘴说："旧作，旧作。"

我实在忍不住了，怕那敬酒者继续缠着李白说话，便见缝插针地一拱手，说："晚辈杜甫，平素也喜欢写写诗，久慕先生大名，今日有缘相识，实乃上苍厚爱啊！"

李白放下酒碗，仔细端详了我一番，说："你就是杜甫杜子美？你的诗我读过，写得很严谨，很有才情。看来，真不愧是杜预和杜审言之后啊。"

见李白如此夸赞我，周围的人都拱手向我问好。我的脸上顿时一片羞红，感觉很不好意思。还未等我回话，李白接着说："尤其是你写泰山和龙门的诗，气势非凡啊。"

我的脸更加红了，火辣辣的。我低着头说："还望'谪仙人'不吝赐教。"

李白说："都是爱诗写诗之人，不必谦虚，来，我们喝一碗。"说完，他倒满一碗酒递给我。

我谦恭地接过酒碗，与他对饮。这时，旁边的其他人也都挤过来，纷纷跟李白敬酒。我见那天李白一时难以脱身，便请他告知住处，改日再登门拜访。李白爽快地答应了。

从酒店出来，我早已将去官宦家讲诗的事忘得一干二净，怀着兴奋的心情回到家中。妻子见我喜上眉梢，问我碰到什么事了。我告诉她我见到了李白，妻子也替我感到高兴。

第二天一早，我便提了一罐二姑父留给我的好酒去拜访李白。他暂住在洛阳的一家旅舍里，那旅舍临窗。窗外柳丝披拂，河水澹澹。我与李白同坐窗前，喝酒谈诗。从上午一直谈到午后，又从午后一直谈到黄昏。我没想到李白名气那么大，又比我年长十一岁，对我却那么谦逊，没有一点架子。最开始，我的心情还是颇为紧张的。我明白，我虽然在诗坛上收获了一点名声，但若跟李白这样的诗人比起来，那还是有相当大的差距的。我早就读过他的诗，那种汪洋恣肆的气势，不是每个写诗的人都有的。我被李白的才华征服了。在我心中，他就是天才式的诗人。他来到这个世界上，就是专门为写诗而生的。

李白对我也抱有期望，他说我有写诗的潜质，将来的成就必定在他之上。

我权且把他的话当作对自己的鼓励和鞭策。这以后，我跟他成了忘年交。他是我今生写诗路上的精神引路人。非但如此，他当时的思想和言行，还对我构成了极大的影响。

或许是仕途失意的原因，李白那会儿情绪有些低沉，一心只想着隐逸、求仙。私底下，他还跟我讲过自己遭贬还乡的真相。我听后，唏嘘感叹。人生之跌宕，如太阳之升落，月亮之圆缺，花木之盛凋，是时也，也是命也。

李白说，自被召入朝后，他看到了仕途的希望。他本想借此良机，一显身手，实现个人在政治上的抱负。起初，玄宗皇帝对他还信任，时常邀他同游御花园，且每次游园，都要命他即兴作诗。李白那时本就恃才傲物，如今又当着众多大臣的面深得皇帝宠爱，更是飘飘欲仙，肆意表现自己的才华。他写了不少夸赞皇帝和杨玉环的诗，只要能博得杨玉环开怀一笑，李白就会得到皇帝的奖赏。凭李白的性格，一旦他得到奖赏，又少不了会在大臣面前炫耀，这使得很多人都看他不顺眼，怀恨在心。但因有皇帝这把保护伞，他们都不敢明目张胆地拿李白怎么样，只好在暗中使坏，欲将之驱逐出宫。

那时，李白正沉醉在浩荡皇恩带给他的幸福之中，根本没有意识到有无数张多人联手编织的大网，正悄悄地张挂在他经过的任何一处，等待他自投罗网，束手就擒。他整天优哉游哉，逍遥无比，不是陪皇帝吟诗，就是躲在宫中喝酒。酒喝高了，就在宫中撒野，满嘴胡话。他甚至还跑到宫殿的廊檐上，解开衣扣，袒胸露乳地躺着晒太阳。这一有失体统的举止，曾遭到文武百官的指责。众人骂他是野狗、酒疯子，连猪都不如。李白对那些唾骂毫不在乎，照旧我行我素，狂癫无忌。有大臣实在看不下去，公然在朝堂之上请奏，要求惩罚他。可玄宗皇帝力排众议，极力袒护李白，未予准奏，这使得李白在宫中的地位越来越高，已然成为皇帝身边的红人。如此一来，那些仇恨他的人也就愈加仇恨他，恨不得将他五马分尸，剥皮食肉。

一段时间过去了，天天醉酒的李白仿佛突然之间清醒了。文人骨子里的那种济世情怀如睡醒的雄狮一样使他意识到自己是在堕落，他入宫来不是专为皇帝卖笑的。他有自己的抱负和理想，岂能摧眉折腰事权贵？他再也不能这么糊涂下去了。醒悟之后，他主动向皇帝请缨，要求把精力放在翰林院上来。可令李白心寒的是，那时的玄宗皇帝早已生活腐化，成天陪着杨玉环躲进温柔之乡，连早朝都不愿再上了。朝中一切重大事务，全都交给李林甫这帮奸佞之臣来处置。

李白的请缨未能奏效，皇帝仍是隔三岔五地命他即兴作诗，还问他一些关于炼丹的问题。至于翰林院的事务，则一概不提，这让李白终于看穿了玄宗皇帝的心机。他被召入宫，不过是皇帝要借用他的才华，供自己和杨玉环娱乐之用。在皇帝眼里，他也许从来都不是一个名动京城的诗人，而是一只关在笼子里被人围观遣怀的小丑而已。

想明白这件事之后，李白感到深深的悲痛，犹如有人用钝刀在割他的皮、挖他的心、砍他的骨。一气之下，他想到辞官出宫，炼他的仙丹去，过一种隐逸生活。但他气消之后冷静思忖，又没有那个勇气。他舍不得这个皇宫，舍不得皇帝赐给他的这个虚职。他虽然明显感到大唐摇摇欲坠。可他要是真的离去，又怎么实现自己的政治抱负和人生理想呢？罢了，不如暂时忍辱负重，等待时机。李白又开始每天跟在皇帝身后作他的诗、喝他的酒。喜欢他诗的人继续喜欢得不明不白，仇恨他的人继续仇恨得咬牙切齿。

可没过多久，李白的厄运就降临了。那些无形的大网终于形成合力，死死地将他罩住，将他强行扔出了皇宫。此事源自他的一次醉酒。那次李白真的醉得不轻。他借着酒胆，竟然在众目睽睽之下让宦官总管高力士给他脱靴。高力士当时脸色铁青，感觉遭受了极大的羞辱。但为了不让皇帝扫兴，他还是硬着头皮，捏着鼻孔将李白穿褪了色的靴子脱了下来。那一刻，群皆哗然，朝堂内好似突然被放进了千百只鸟儿。事后，高力士耿耿于怀。经过精心预谋，他最终撺掇杨玉环向皇帝进言，说李白曾在《清平乐》诗中，隐含历史典故来侮辱她。皇帝一听，勃然大怒。皇帝的驸马张垍素来嫉妒李白文才，也借机向皇帝进谗，说李白在某次醉酒后泄露了朝中机密，这更使得玄宗皇帝对李白不再信任。平时那些嫉恨李白的大臣们见时机成熟，觉得是斩草除根的时候了，纷纷联名请奏，要求将李白处死。说如若再留之，必将祸患无穷。好在玄宗皇帝也有仁慈的一面，他或许觉得李白这个"小丑"毕竟给他带来过无数的欢乐，才未按大臣们的意见将他斩首，而是赐给李白一大笔钱，让他从哪里来就回到哪里去。

天宝三年三月，李白带着政治理想破灭之后的阴郁情绪离开了长安，来到了洛阳。他对仕途已经不再抱有任何幻想，他正准备前往梁宋求仙访道，一心一意"拾瑶草"去了。

我被李白的人格魅力和浪漫的生活态度所吸引，决心跟他同游梁宋。我把这个想法告诉了妻子，她先是沉默了许久，继而依依不舍地对我说："你心意已定，我唯有支持。大丈夫志在四方，李白才高八斗，见多识广，你跟着他肯定会有所收获的。"妻子的话让我心里像喝了蜜糖。一个好妻子总是能在关键时刻跟丈夫分忧，她懂得丈夫的心思和想法，她尊重丈夫的决定，这便是爱的直接体现。

天宝三年秋天，安顿好妻子后，我便跟随李白正式启程前往梁宋。碰巧的是，高适这时也独自漫游到了此地。前几年我跟他在齐赵分别后，一直很想念他，没想到，我们会再次重逢。那天，我跟李白在梁州的一家路边酒馆喝酒，正喝得兴起，李白放声高歌，我也跟着哼唱。我们像两只欢快的小鸟，沉浸在自己的丛林之中，根本不顾及旁人的感受。唱到后来，我们还拿筷子敲打起桌上的碗碟来，我们需要找到属于自己的节拍。就在我们快忘记自我的时候，我依稀听见有人在喊："杜兄，杜兄。"我没有理会，以为是幻觉，眯着眼继续摇头晃脑地哼唱。可那喊声越来越大，越来越清晰，也越来越熟悉。我睁开眼，回头一看，那不是高适吗？我跑过去握住他的手，却相顾无言。高适又沧桑了许多，他的白发明显多了。这时，李白也停止了哼唱，默默地看着我们。高适那天也是到街上来找酒喝的，路过酒馆，听到我的吼声，认定是我，便驻足细看，见我跟李白正为酒而狂。我将高适请进酒馆，三人一阵寒暄，遂又开怀畅饮。那是我们到梁宋之后的第一场醉，三个诗人的醉，三个落魄文人的醉。

这次相逢之后，我们又多了一个诗友同游。梁宋的秋天格外迷人，处处是肃杀苍凉之景。我与李白、高适一同游览梁园、平台等古迹。隔着历史的尘烟，我们站在单父台上，把酒临风。夕阳照着琴台，眺望远山，一片寒芜。那山脉连成的线条仿佛可以通至渤海。面对斯情斯景，既让我们想起汉高祖当年的丰功伟业，又感叹当下朝廷的混乱。

高适触景生情地说："玄宗初年，人民倒也安居乐业，我本以为朝廷大有希望,哪曾想,几番更迭,竟变成如今这等凄凉景象,真是比眼前的秋景还要悲凉!"

李白长叹一声,说:"罢了,罢了,你我皆生不逢时,替朝廷操心干吗,还不如随我一起求仙访道的好。"

我见李白此话说得挺无奈,便插嘴道:"看来朝廷早晚要毁在李林甫的手中。"

李白看了我一眼,那意思是我到底没在朝中待过,不知内情,他说:"李林甫自然是罪魁祸首,他通过行贿、买通宦官等手段,早已掌握了皇帝的一言一行,皇帝都快成傀儡了。这还不算,比李林甫更坏,更会耍手腕的,还有一个奸臣啊!"

我好奇地问:"谁?"

李白说:"还有谁,安禄山这个贼人呗。"

这时,高适插话:"此人也是个恶棍啊,长得其貌不扬,矮小肥胖,满肚子装的都是坏水。"

李白看着高适:"你说得对啊,这个靠拍马屁献媚的文盲,深得皇帝和杨玉环喜欢,早早就被封为平卢节度使了。我跟你们讲两件真事,你们就知道这个家伙是个什么样的人了。"

我迫不及待地说:"请讲,请讲,愿闻其详。"

李白取下腰间的酒壶,喝了一口酒,说:"一次,安禄山受邀参加宫廷宴,皇帝指着他的大肚子问:'你腹中为何物?'安禄山笑笑说:'无他,陛下,忠心而已。'这马屁拍得皇帝喜笑颜开。还有一次,他拜杨玉环为母后,在宫中替自己庆祝生日。杨玉环为取乐,让一群女子用一块丝绸当尿布将他兜起来,惹得在场的人哈哈大笑。皇帝听到笑声,过来观看,被告知这是养母在给养子沐浴。皇帝听后,非但不生气,反而乐不可支。"

我和高适都摇摇头。李白索性一口干掉了他壶中剩余的酒。天色渐渐暗了,我们三人披着秋风,朝暮色苍茫处走去。

相逢总是短暂的。我们在梁宋只停留了几个月时间,便如出巢的鸟儿般分了东西。那时高适要南游楚地,李白又急不可耐地要渡黄河到王屋山去寻访道士华盖君。我是跟着李白出来的,必须跟他一块儿前往。李白的求道之心是虔诚的,而我跟随他一起求道的心同样是虔诚的。

我们一路上跋山涉水,带着朝圣般的心好不容易到达了王屋山上的道观。但令我们怎么也没想到的是,华盖君早就去世了。出来迎接我们的是华盖君的大弟子卢老当,这位弟子宅心仁厚,他被我们的真诚所感动,特意破例开启了封锁已久的华盖君生前修行炼丹的密室。我们站在丹炉跟前,向华盖君致凭吊之意。环顾室内,各种器物上沾满了捣药的微尘,草药的味道仍旧四处弥漫。只是那曾经亮堂的炉火早已熄灭,只有屋外的松风声和涧水声还在幽谷里响起。我看见李白在丹炉前打坐,双目紧闭,他幻想华盖君能够复活,授以他金丹妙诀。他似乎已经与华盖君的灵魂在进行交流了。然而,事实告诉他,这不过是一场幻梦。他静坐了整整一个下午,丹炉的火苗也没有重新燃烧起来。他不得不带着失望的心情离去。

时间转眼到了天宝四年的初春。在这个万物生长的季节,我跟李白也暂且分开了。他要独自赶去齐州的紫极宫领受北海高天师的道箓。而我也正好想去拜访时任北海太守的老朋友李邕。在与李邕会面之前,我先去了他的从孙李之芳处落脚。李之芳也是我儿时的朋友,我们很谈得来,无论是性格还是爱好,我们都有相似之处。此时的李之芳正在齐州作司马,他一见到我,总有说不完的话。忆及当年,我们都还是少不更事的孩童,现如今都已人到中年,不免生出几许感慨。李之芳安排我住下后,便立即给他叔祖李邕送信去,告知我来了。不久,时任北海太守的李邕因事公干,借道来看我,我们这对忘年交在阔别经年之后,又再度相逢了。往事如潮水般向我涌来,我又想起多年前他屈尊来看我这个毛头小子时的情形。我们一起论诗,一起喝酒,一起下棋。弹指间,真是沧海桑田啊。

李邕虽已年近古稀,仍精神矍铄。在他和李之芳的陪伴下,我们同游了大明湖畔的历下亭。夏日里,亭台楼榭倒影在湖面上,游鱼在荷叶间穿梭,放眼望去,满眼绿意。李之芳真不愧是个心细和仁义之人,他早就吩咐随从,在历下亭设宴款待我们。我们边饮酒边赏景,可喝着喝着,李邕竟然老泪纵横。

我以为他是被眼前的物景所触动,遂问:"前辈为何落泪?"

李邕掏出手巾,擦了擦眼角,说:"子美啊,老夫一生中正不阿,全力辅佐皇帝，不想却遭李林甫嫉恨，被排挤在朝廷之外啊。"

我见李邕越说越伤心，安慰他说："前辈不要难过，如今奸臣当道，忠良受害，我们又能怎样呢？"

李之芳放下酒盏，无奈地说："皇帝已正式册封杨玉环为贵妃了，这恐怕不是什么好兆头！"

李邕端起酒杯，一饮而尽，继续说道："这个女人将是大唐之祸水啊！自她受宠以来，她还将自己的三个姐姐崔氏、裴氏和柳氏以姨姊的身份引进宫来，成为皇帝的新宠。而且，皇帝还分别册封她们为韩国夫人、虢国夫人和秦国夫人。"

李之芳继而说："这还不算，可怕的是杨玉环的三个从兄，在她的暗中帮扶下，一个做了鸿胪卿，一个做了侍御史，一个做了判度支郎。"

我问之芳："你说的判度支郎可是杨国忠？"

李之芳点了点头，想再度开口，话头却被李邕接了过去："看来如今的朝堂早已不姓李，而改姓杨了。"

我们的谈论使得那天的游玩略微有些沉重。我不想让李邕伤心过度，便主动将话题撇开，引到了对诗的评论上来。李邕骨子里究竟还是一个诗人，他一提及诗的话题，便又青春焕发，豪情满怀。那天他具体谈论了些什么，我都不记得了，只记得他把几十年来他自认为写得好的诗人都梳理了一遍，谈了他的看法和意见。

这无疑是一个值得铭记的夏天。我与李邕和李之芳见面之后，还专程去临邑看望过我的弟弟杜颖，他那会儿正担任当地的薄曹。我在杜颖那里住过一些时日，他对我这位同父异母的兄长尊敬有加。他时常言及我对他的恩德——当初将荫补的机会让给了他。我劝他好好珍惜现在的一切，替死去的父亲争口气，杜颖点头应允。

这年的秋天，我再次回到了兖州。此时李白也受完道箓归来，他知道我的行踪后，主动邀请我与他同游，我自是十分愿意。能与自己喜欢的人一起游山玩水，求仙访道，那是人生难得的乐趣。受道箓之后的李白更是仙风道骨，一举手一投足都透出隐士风范。在他的引领下，我们前往兖州城北拜访一个姓范的居士。我们骑着马，一路东奔西突。走到一片荒坡地时，马迷了路，把李白摔落在路旁的苍耳丛中,他的臂膀和脸都被扎伤,身上穿的那件翠云裘也被划破。以至于范居士见到李白后,竟然没有认出他来。

随后的日子,我还跟着他前往东蒙山拜访过道士董炼师和元逸人。我俩在东蒙山住了好久,李白天天向两位道士请教丹方。那两位道士见李白求道心切,又才华过人,都乐意传授仙方给他。那一阵,我和李白都是快乐的。我们忘了红尘中的一切,朝廷不存在了,我的妻子不存在了,甚至连我们自己也都不存在了。我们心中只有道术和金丹,那是唯一可以使我们羽化登仙的东西。特别是李白,他早已下定了要在求道中终老的决心。他说:"政治于我如浮云,仕途于我如浮云。我今生唯有酒和诗和仙丹而已。"我知道,他是在以求仙学道的方式排遣内心的苦闷。离别时,董炼师和元逸人还分别送了他几粒仙丹。他每服用一粒,都说自己有成仙的感觉。

李白曾劝我不要再回洛阳了,跟他一起浪游江东,过闲云野鹤般的日子。我也曾为他的规劝动过心,但我做不到他那种彻底的洒脱。出来这么久了,我非常想念我的妻子,我不知道她一个人过得怎么样。她是否会在每天晨昏,依偎着门窗或守在某棵垂柳之下,等待我的归期呢?想到这些,我滋生了重回洛阳的念头。我即使不能给自己一个好的未来,也应该给妻子一个好的未来。做人是不应该那么自私的,不能只为了自身的得道,而断送了亲人的福祉。

我跟李白是在石门辞别的。我不能再跟着他走了,我听到了一种心的呼唤,我必须跟着自己的心走。李白见我执意要回洛阳,便也不再挽留。他请来几个旧友,在石门为我举行饯别宴。那天,我们都依依不舍,仿佛生离死别一般。多少个日子的风雨陪伴,都化作了美酒四处飘香;多少个白昼的嬉笑怒骂,都化作相思入了愁肠。

李白端起酒杯,深情地对我说:"何时石门路,重有金樽开?"说完,他的眼角溢出一颗泪珠。那是我第一次见他落泪,我也忍不住泪落如雨。我哽咽着说:"前路多艰,请多多珍重。他日有缘,我们还会相见的。"李白放下酒杯,我也放下酒杯,我们紧紧地相拥。帘外,天凉好个秋。

可谁知,此一别,我们就再也没有见过面。李白和我成了两枚方向相反的箭镞,各自射向命运的靶心。以至于后来,我们都做了自己人生路上的孤魂野鬼了。

第二章　上半夜

诗人说

杜甫在回溯他的童年和青年。

我也在回溯我的童年和青年。

我们都在穿越时空,返回生命的原点。

倘若要真正地读懂一个诗人的作品,不能不了解他生长的环境,性格的养成和内心的遭遇。

我很羡慕杜甫有一个浪漫、温馨的青春岁月。

我也很羡慕他有一个写诗的爷爷和当官的父亲。

他童年所拥有的一切,是我想都想不到的。

难怪他早年的诗,写得那么有才情,视野宏阔,这是需要有文脉传承和家风濡染的。而且,他自幼不缺衣穿,不少饭吃,这也是我无法与他相比的。

我的童年是贫苦的。

我今生穿的第一件衣裳,是从山的另一边吹来的凉风。

我今生听到的第一首乐曲,是我父亲在深夜里的呻吟。

我今生看到的第一颗金子,是我母亲流下的泪珠。

我今生体验到的第一次尴尬,是饥饿带来的羞愧。

好在,我并不是一个悲观主义者。我的父亲和母亲也不是。

他们每天黎明起床后,就教我认识生活。

我在他们的带领下,去山坡放羊、放牛、割草、锄地,迎接冉冉升起的朝阳。

傍晚回到家里，就点燃灶火和灯盏，顺便把希望和梦想也一并点亮。

我没有机会像杜甫那样去远游。

但我用稚嫩的双脚走遍了故乡的每一寸土地、每一条山道、每一个坡、每一道梁。

我没有机会结识像杜甫结识的那些有文化的朋友。

但我结识了故乡的每一棵树、每一条河、每一朵花、每一株草、每一只鸟。

我高兴的时候，就站在山顶上唱歌。

我孤独的时候，就躺在草丛里睡觉。

记得有一年秋天的下午，我睡着后做了一个梦。

我变成了一只展翅翱翔的苍鹰，衔着落日在飞。

我飞过了高山和平原，飞过了草地和雪山，飞过了现实和梦境。

醒来后，我有一种要将这次神奇的梦幻之旅记录下来的强烈冲动。

我没有笔，也没有纸。

我从地上捡了一粒石子，在一块石头上写出了人生的第一首诗。

诗写出来后，我就转身走了。

我忘记了那是我写的诗，就像我忘记了我有过那样一个梦境。

但令我怎么也没想到的是，在接下来的日子里，那首诗竟然会在我的故乡流传开来。

它居然会拥有如此众多的读者。

蚂蚁是它的读者，蜗牛是它的读者，蝴蝶是它的读者，蜻蜓是它的读者，蜜蜂是它的读者，鸟雀是它的读者。

太阳是它的读者，月亮是它的读者，星星是它的读者，清风是它的读者。

从那时起，我正式开始了写诗。

我想写下那些大地上的事情。

写下我所经受的悲和喜、苦和乐、痛和爱。

10. 曙光乍现

年轻人，看来你的青年时代比我的有意义得多、也丰富得多啊。我给你讲我的青年时代，不是要在你面前炫耀，我没有炫耀的资本。我只是想让你知道，我的一生到底是怎么过来的。人，有先甜后苦的，也有先苦后甜的。我就是属于先甜后苦的人，而我相信你是先苦后甜的人。你不要抱怨，也不要心急，你听我把故事给你讲完。来，喝酒，碰一个。

我从东鲁回到首阳山陆浑庄的那天，在庄外徘徊了许久。庄园周围长满了翠竹，离开这么长时间，它们都长高了，也长茂盛了。翠竹下面的小石路上，还长满了青苔。远远地，我就看见妻子杨氏拿着扫帚在打扫被风吹落的竹叶。我不在家，她时刻没有忘记将陋室清理干净。她说过，她要做我的贤妻。扫完落叶，我又看见她从屋里端出秕谷来喂鸡。我仔细数了一下，一共有五只鸡。三只大的，两只小的。目睹妻子辛勤劳动的样子，我忍不住热泪盈眶。要说，她也算是大户人家的小姐，自从嫁给我后，甘愿过着素衣简食的生活，真是苦了她了。

还没等我从对她的感激中回过神来，妻子已经看见了我。她每天都会朝庄门外张望，不管天晴还是下雨。可她每天眺望多少次，就会失望多少次。但这次不一样，我回来了，我没有再让她失望。

妻子放下手中装秕谷的筛子，急忙朝我跑来，说："夫君，你回来了。"话音刚落，泪水就挂满了两腮。

我掏出手巾，拭去她眼角的泪滴："是的，夫人，我回来了。刚才我默默地看你操持家务，真是心疼啊，委屈你了。"

她摇了摇头："别这么说，不委屈，你回来就好，回来就好。"

当天，妻子为喜迎我的回家，特意宰杀了一只大红公鸡，做了一桌丰盛的晚饭，还拿出她亲自酿制的桂花酒让我品尝。我跟她边吃饭边聊天，聊我跟李白一起访道的见闻，聊我对她的无限思念。我说，我无时无刻不在想她。没结婚之前，我游览吴越和齐赵时，根本体会不到这种相思之苦。那时心里只有自我的潇洒，一个人吃饱，便可从日出游到日落。可自从结婚以后，我的心里就多了一份牵挂。尤其是我跟李白一起求道的那些日子，时不时地就会念及妻子。看到一朵花，我会想到她；看到一条溪流，我会想到她；看到夜晚的星宿，我会想到她；看到湖里游弋的鱼儿，我会想到她……那种念想，是温热的，也是钻心的，带着刻度的。

妻子听完我的表白，羞怯地低下了头，脸上盛开着一朵莲花。我知道，她也在日夜思念着我，而且，她思念我的痛苦一定比我思念她的痛苦更甚。吃完饭，我要帮忙洗碗，她不让，让我在卧室歇着。我来到房间，点燃蜡烛，暗红的烛光把一间小小的屋子照得透亮。我坐在木床的边沿，看见光线如何照亮土墙和椅凳，如何照亮床上的被褥和妻子洗脸用的瓦罐，如何照亮我投射到墙上的清瘦的身影。瞬间，我找到一种强大的归属感。我突然厌倦了漂泊，我的内心获得了片刻的安宁。这间屋子虽然简朴，可它到底是我的家，是我的身体和精神歇息的地方。

我放松地将头躺在枕头上，正要享受家带来的温暖，这时妻子已经收拾好碗筷，来到了房间。我让她坐下歇一歇，她侧身坐在我身旁。借着烛光，我仔细打量她，我明显感觉妻子瘦了。她的肌肤已经失去了结婚时的光滑，我握着她的手，她的手也变得粗糙了，手心上还有了几个茧子。我不知道该说什么，我的心在破碎。

片刻之后，妻子开口给我讲起了我走后发生的一件事情。她说她必须要把这件事告诉我，她要向我道歉，她对不住我。妻子的话使我一头雾水。我急切地问她到底发生了什么事，不料妻子却放声大哭起来，这更是把我吓傻了。我紧紧地拥抱着她，安慰说："别怕，有我呢，你快跟我说，什么事？"妻子这才道出了原委。她说，自我离开陆浑庄的第二个月起，她就发现身上不见红了。她有些害怕，以为身体出了问题，后来才知道自己有喜了，怀了我的骨肉。从此，她每天都带着喜悦生活。睡觉时，她要用手抚摸自己的肚子，悄悄地给正在孕育的孩子说话。起床时，她还会用同样的方法盼望孩子的成长。她迫不及待地想把这件喜事告诉我，但不知道该使用怎样的方法。于是，她对刮过陆浑庄的风说，希望风能把喜讯吹到我的耳边。她也对飞过陆浑庄上空的鸟儿说，希望飞鸟能把喜讯传递给我。随着她的肚子一天天大起来，妻子的喜悦也像湖中的涟漪般在扩散。可令她无论如何也没想到的是，当孩子在她腹中成长到五个月大的时候，她不小心摔了一跤。胎儿从她腹中滑落，血流了一地。妻子昏迷了过去，要不是施救及时，她早就一命归西了。说完，她又嘤嘤地哭泣，边哭边说："夫君，是我的错，没能保住你的骨血，请你原谅我。"我听后，心里很不是滋味。我想，要是我早知道她已怀孕，我就不会跟李白走了。

看到妻子伤痛的模样，我顿生怜悯之情。我说："夫人，请不要自责，这不是你的错。你好好调养身体，我们日后再生孩子不迟。"她听我如此说，悲痛的心情稍稍宽慰了一些。那天夜晚，我们坐到很晚才睡。我想，这个未出世的孩子或许跟我们无缘吧。也或者，他见我们这个家太寒酸了，就果断投胎到那些王公贵胄家里去了也是说不定的。一个人，若出生在乱世，还真不如不出生的好。

孩子没了，也就算了。但我不能没有妻子，我不能让她活得没有尊严，跟着我活受罪。我作为一个男人，如果不能给自己所爱的人一个家，那该多丢人。即使他人不说什么，我自己都会瞧不起自己，会扇自己的耳光。

为实现这个愿望，我于天宝五年来到了长安。当然，我来长安的目的，也不仅仅是为了妻子，更多的则是为了个人政治抱负的实现。说得直白点，我希望能在长安得到一个官职。只有这样，我和妻子的未来才可能得到保障，我们的命运轨迹也才可能获得改变。从我内心来说，我尽管非常讨厌长安这个充满政治阴谋和竞争的旋涡中心，但我身处那样一个时代，不去这个权力中心寻求发展的机会，又怎能出人头地呢？

我没得选择。

在那时，一个人即使再有才华，倘若得不到皇帝的赏识，那也将黯淡无光啊。你看我的朋友岑参早在天宝三年就已经担任官职了。若仅仅靠他的才学和诗名，他能直上青云么？只有到首善之区去闯荡，我才有机会。

妻子对我的想法极为支持，她鼓励我去走仕途。这倒不是她爱慕虚荣，幻想过夫贵妇荣的生活，而是她看中我的才学。她觉得国家若连我这样的人才都不能被重用，那将多么可惜。这便是爱的信仰，一个女人对他深爱的男人的信仰。

我之所以选择这年来长安，是要参加朝廷将于次年举行的遴选和诏征天下贤士之事。这将是我唯一的机会，我不能错过。很多事情，一旦错过了，就永远错过了。

长安不知比洛阳要繁华多少倍。当年我从瑶湾初到洛阳，曾被洛阳的繁华所震撼。如今来到长安，我才觉得自己那时在洛阳的所见根本就不算什么。我无法用脚步去丈量长安的辽阔，也无法用目光去测量长安的景深。它东西长十八里，南北长十五里，全城除皇宫和东西两市，共有一百一十个正方形或长方形的坊。坊与坊之间被笔直的街道串联起来，像一条线上挂着无数的方格子。我来长安的第一天，就被它那宏伟的气象给迷惑了。尤其是那些园林，让我有走入仙境之感。这里的任何一处宫殿或庙宇，商店或旅社，都透出帝都的霸气和辉煌。我踱步在长安街上，心情久久难以平复。难怪有那么多南来北往的人拼死拼活地跑来长安求仕，谁不想在这样的地方生活一辈子啊。长安是一个梦，一个让无数天下寒士魂不守舍的梦。为这个幻梦，有人抛妻别子，有人长歌当哭，有人筚路蓝缕，有人客死异乡。

我陷入茫然而惶惑的心境。我也是这无数追梦人中的一个。我不知道我的未来会怎样，是在长安获得一杯羹，靠俸禄终老一生，还是功亏一篑，成为长安街头一片凋零的黄叶？我是我梦的主人吗？我是我梦的殉葬品吗？长安没有回答我，梦没有回答我。命运也没有回答我，它只是继续推着我朝前走。命运这个东西，真是高深莫测啊！它只晓得拿着鞭子像赶牛一样赶着你走，却从来不指给你一个明确的方向。有时，你走着走着天就亮了。天一亮，你或许就会收获空气、阳光和水分；可有时，你走着走着天就黑了，天黑后，带给你的，就只有寒气、黑暗和惧怕。但愿我能顺着命运安排的轨迹，穿过黑夜，抵达天明吧。

我替自己祈祷！

可我的祈祷是无效的，命运并未给我以垂怜。它冷若冰霜，麻木不仁。到长安后没多久，我的生活就陷入了窘境。我没有钱，生活失去了保障。现在的我，早已不是当年无忧无虑地漫游吴越和齐赵时期的我了。那时有父亲在，我完全不用担心经济问题。现在父亲死了，再也没有人可以周济我，只能靠自己了。人都是跟随环境而变化的,家庭条件好的时候,我没想过这些问题。反正没钱了,父亲会给。我不用愁吃,不用愁穿,不怕风吹,也不怕雨淋,只管一心游玩和写诗。不像现在,我整日流落街头,东瞅瞅西瞧瞧,没有人心疼我,没有人关心我。有时实在饿了,我就去买一个馒头,蹲在某个屋檐下一口一口地吞咽。看见那些穿金戴银的达官显贵从我面前走过,我会赶紧背过身去,我怕他们认出我来。其实,在长安,并没有多少人认识我,这都是我的自尊心在作祟。文人的高傲心态使我的脸皮很薄。我怕他们嘲笑我,讥讽我。

每每遭遇这样的尴尬,我就会想起死去的父亲。我多么渴望他能复活,给他这个长子一些足可过得体面的钱财。我需要他的呵护。但转念一想,我又觉得自己很窝囊,很无能。难道我可以依靠父亲一辈子么?人都是要死的。没有人可以保护你一辈子,路还得靠自己去走。这样想过之后,我会抬头仰望长安的夜空。我把那些头顶闪烁的星星,假想成我的琉璃。我要在琉璃的照耀下,去擦亮自己未来的人生。

在残酷的现实面前,我不得不低下理想的头颅。这使我充分意识到,活命远远比写诗重要得多。但我不是一个商人,也不是一个官绅,我没有其他求生的门道。除了写诗,我没有别的法门。我不知道如何是好。正在我一筹莫展之时,我想到有一个叫杜济的族孙住在长安城的南郊。我想去拜访他,求他暂时给口饭吃。最初几天,杜济见了我这个长辈,倒也客客气气,彬彬有礼。他每天吃什么,我就跟着他吃什么。可几天过去,杜济就像是变了个人。他见了我,脸上不再挂着笑。饭煮熟,也不再主动叫我吃。偶尔,他还会借着什么事情指桑骂槐,故意说些难听的话。我知道,他是在讨厌我,暗示我走。但除了他,我在长安举目无亲,我又能去找谁呢?我只好忍气吞声,任凭他骂。人一穷,志就短。我像一条寄生虫那样赖着杜济,为了活命,我只能承受羞辱。可有一天上午,又到了做午饭的时候。杜济提着水桶去井里打水,他故意当着我的面,把水桶扔进井里使劲摇,将井水搅得浑浊不堪。随后,他又跑去菜园里,用刀乱砍一气,把菜叶砍得绿叶纷飞。杜济的举动深深地刺伤了我。我觉得要是我再不知趣地离开,他那把磨得锃亮的刀怕就要落到我的脑袋上来了。我不能再待下去了,人情似纸张张薄啊。人一贫贱,亲人也是靠不住的。

想明白这些之后,我决定自力更生。在这个世界上,除了自己,没人能够真正帮助你。

我不能把希望寄托在任何亲朋身上。朋友或亲人的帮助，一次两次可以，长期这样，那是不可能的。谁也没有亏欠谁的，人家条件好，那是人家的。人家凭什么给你，他们没这个义务。人家能够施舍一点钱财给你，那已经是人家的慈悲和积德了。仅凭这点，你就应该感恩人家一辈子。做人不能太贪，要懂得知遇之恩，懂得滴水之恩当涌泉相报的道理。

思来想去，我跑去长安周边的山野采挖草药，自己在阶前也种植一点。我把这些草药晒干、归类后，拿到街上去卖，以换回一点口粮。卖药的时间长了，我可以勉强靠这种方式维持生计。空闲之余，我又开始写诗。尽管诗有时毫无用处，但它是我活着唯一的慰藉。哪怕我穷困潦倒，郁郁而终，我也愿意念着我的诗稿死去。我希望我的诗是我最后的经文，也是安抚我灵魂最有效的单方。

如果不让我写诗，我宁可立即去死。

这个世界太让人沮丧和无奈了。只有诗是干净的，它是治疗我心灵疾病的灵丹妙药。

一提起诗，我脑子里总要浮现李白的身影。自与他分别后，我很怀念这位老朋友，我把对他的思念写成诗。我不知道他现在过得好不好，求仙访道是否有收获。跟着他漫游那两年，是我精神最饱满的两年。这种饱满跟妻子带给我的饱满还不一样。妻子给我的是爱的潮水，而李白给我的是人生意义的洪流。这两股泉水我都需要，缺一不可。它们同时浇灌我，给我以洗礼。如果只有爱情而没有人生意义的追寻，这样的人生注定是残缺的；但如果只有精神意义的探寻而缺乏爱情的滋润，那这样的人生也必然是苍白的。

其实，每个有追求的人都需要一个精神意义上的李白。不管现实如何残忍，如何缺少诗意，我们都需要放飞自己，去营造内心的浪漫和精神的飘逸。我期待与李白能够再次相会。没有他，我真的很寂寞。没人与我谈诗，没人与我论文。人无知己，如鸟雀孤飞。即使飞得再高，再远，又有什么意思？你心灵再丰富，成就再大，身边连一个懂你的人都没有，这样的人生难道不悲哀吗？我不知道李白会不会也像我思念他一样地思念我。

这样过了一些日子，我在长安卖药求生的事被传到了贵族的耳朵里。或许是他们觉得好奇，纷纷邀请我去府邸做客。起初，我不愿意去，李白的遭遇时刻在警醒着我。但我暗自一想，生在这个利欲熏心的时代，仅凭一己的正直和才能是难有出头之日的。我不能忘记来长安的目的，不妨借机认识一下他们，说不定日后能有用得着的地方。

拿定主意，我开始出入长安的某些官宦人家，成了他们府上的"宾客"。这些官绅果然会过日子，其生活之奢华远非我这种人能够想象的。他们经常在庭院里设宴，延揽长安知名的乐工、书家和画师前来献艺，供他们消遣。活动结束，前来献艺的人都能领取犒赏。也只有在这种场合，这些官家才是自如的，放松的。平时，他们都戴着面具，全都一个表情，你看不到他们的喜怒哀乐。是前来献艺的人给了他们快乐，让他们暂时回归。所以他们需要这些搞艺术的人，他们愿意出钱养着这群供他们娱乐的人。

在我所结交的官宦之中，接触最多的，是汝阳王李琎、左相李适之和驸马郑潜曜。我经常被他们邀请去府上作诗唱和。他们都叹服我的才学，每至酒酣耳热之际，都要叫我献诗。我很痛恨自己，感觉自己正在走一条李白曾经走过的道路。但我毕竟是个初入长安，渴望通过仕途改变命运的普通人。我没有资格和勇气去抵挡什么，他们能够委身邀请我，已经是对我的高看了。要知道，不只是我，所有来长安参加征召的才子都渴望能与这些大贵族交往呢。那些没有机会受邀的人，不知还在何处抓耳挠腮，四处找寻巴结的门路呢。

每次去赴宴，我的身段都放得很低。我向所有邀请我的人献诗，我怕得罪他们，我必须与他们建立起良好的关系。如果我日后想在长安立稳足跟，这将是迈出的第一步。特别是李琎，每回酒一入肚，他都答应要帮我，举荐我。听到他的许诺，我心里非常高兴。我好像看到了曙光，我的未来将不再是梦想。郑潜曜也许诺一定举荐我，他说像我这种人才，今后必定会成为朝廷的栋梁。后来，我才逐渐看清，郑潜曜之所以夸赞我，也许是看在郑虔的面子上。他知道我跟郑虔关系不错，而他作为郑虔的侄儿，不得不如此说。至于李琎的言辞，我更是觉得他是虚情假意。他每次都承诺得很快，可酒一喝光，就忘了自己说的话了。这是做官之人惯常使用的伎俩。

待看穿他们的本来面目之后，我有一种上当受骗的感觉。我讨厌这种自欺欺人醉生梦死的生活，但我又没有别的办法。

人活着，真的是一个困境。

11．殇歌

在这个世界上，从来都是有人跳舞，有人上坟。

就在如我一样的寒士为了仕途游走在王公贵族的酒宴场而备受熬煎之时，玄宗皇帝却终日躲在深宫里纵情声色，置天下人的生死于不顾。一个人要堕落，真是如水推沙般容易。普通人如此，帝王将相同样如此。要知道，玄宗原本也是一个精明的皇帝，处处为天下黎民作想，可如今，他却越来越昏庸。

天宝六年，这个浑浑噩噩的皇帝，总算清醒了那么一点点。他诏告天下，要征诏一批在文学艺术上有一技之长的人到京都就选，以给那些在此前科举考试中失利的才子们一次机会。我就是冲着这个机会来的，我很感激皇帝这回的英明决断。我在长安忍饥挨饿流浪一年，就是希望能够凭借这次良机脱颖而出。

机会终于来了。征诏如期举行。我带着当年参加科考的心情参加了这次考试。经过这么多年的积淀，我想这下该是我出头的日子了。我对自己的实力充满了信心，我感觉自己是一艘鼓满风的帆船，正在破浪前行，驶向人生的大江大海。考试的前夜，我彻夜难眠。我望着天空的明月诉说对妻子的思念，就像她当年望着风和飞鸟诉说对我的思念一样。我请她放心，我们的好日子即将来临。我去年在长安所受的苦、遭的罪都将成为历史。明天过后，我的人生将被改写，我要补偿对她的亏欠。我相信妻子一定听到了我的诉说，她是最懂我的心的。我望着月亮的时候，我想象她也在望着月亮。那月亮是我们相思的圆盘，是我在孤独的异乡守望家人的一面镜子。它既能照出我的心事，也能照出我深爱之人的心事。

可命运无常，人生的美好愿望总是不能按照自己的想法兑现。我再一次成了考试的牺牲品。我输得是那么惨烈，那么没有尊严。当得知自己考试失利后，我跪在长安的大街上号啕大哭。难道真是天要灭我吗？我该如何向妻子交代，我活着还有什么意义？我写了几十年的诗，却写成了一个笑话。我自以为才华过人，却无法替自己的人生画出一个圆满的句号。我不知道该朝哪边跨步，我站在原地，呆若木鸡。我是自己的箭镞，我也是自己的靶心。

这次考试，我以为只有我失败了。但令我诧异的是，前来参考的才子们居然一个都没有考上。我感到此事非常蹊跷，难道这些天下英才都是浪得虚名吗？然而，纸是包不住火的。考试后没多久，真相就像沉到水底的异物渐渐浮出了水面。追根究底，还是因为玄宗皇帝的昏聩造成的。他竟然将这次考试全权交由李林甫。且不说此人如何诡计多端，嫉贤妒能，单凭他是个毫无学问的粗莽之人，就不配考核我们这帮有真才实学的人。这个老家伙真是个害群之马啊。他自幼就是个纨绔子弟，因早年得志，官运亨通，一直过着极尽奢华的生活。他完全靠玩弄权术纵横官场，有时因公务所需，要他动笔写点文字，都是由他的心腹文人郭慎微和苑咸捉刀，此事朝中人尽皆知。

李林甫在主持选部时，在选用严迥的判语中有"杕杜"二字。可他不认识"杕"这个字，就开口询问吏部侍郎韦陟："这个'杖杜'，是什么意思？"韦陟只好低着头，保持沉默，不敢回话。更为可笑的是，他的表兄弟太常少卿姜度的妻子生儿子，他亲自写了一封贺信道喜，其中有一句话："闻有弄獐之庆。"按古人习俗，若妇女生男，则送一种叫"璋"的玉器给孩子玩儿；若生的是女儿，就送原始的纺锤"瓦"给孩子玩儿。可李林甫竟把"璋"错写成了"獐"，众人拆开贺信一看，都暗自发笑。这就是李林甫，一个十足的庸才。当庸才遇到昏君，就像浊水遇到浊水。不过，话又说回来。李林甫也并非一无是处。他虽然心术不正，又不学无术，但精通音律。玄宗皇帝也颇爱此道，二人算是知音。故他当政二十年，深得皇帝宠信。他又擅长拍马屁，走后门，拉关系，以阴谋权倾朝野。

他住在长安的平复坊，府邸中有一座堂屋形如偃月，故他取名叫"月堂"。每天，他都坐在月堂内，挖空心思想办法陷害忠良。他有时在里面一坐，就是大半天。只要看他兴高采烈地从月堂出来，就说明他又想出了一条害人的好主意。李林甫除了构陷朝中大员以外，尤其忌恨当时那些有名的文士。他自己没有文化，怕驾驭不了这些人，会给自己添乱子。

这次考试，就是他担惊受怕之下阴谋的结果。他既怕我们这些来自民间的文人，不识"礼度"，任意批评朝政，于他不利；又怕我们在试卷里写出涉及他的不想让皇帝知道的内容，故他劝说皇帝不必亲自主持考试，由他任命另外的官员主持。待考试完毕，李林甫顺理成章地上奏皇帝，说所有考生均未通过考试，祝贺皇帝"野无遗贤"。玄宗竟也相信了他的鬼话，被他蒙混过关了。

一批德才兼备的英才就这样不明不白地被李林甫给葬送了。

从此，大唐的土地上又新添了不少披头散发、流离失所的书生。

不但我，像元结、孔巢父这样文学天赋极高的人，也都成了这场考试的殉葬品。有什么办法呢，在一个奸臣当道的朝野，真正满腹经纶的人，反而被一个大草包所扼杀。

这是国家的悲剧，也是历史的悲剧。

非但如此，这次考试只不过是李林甫阴谋的一个序曲。考试后不久，他才正式拉开了阴谋的帷幕——展开了对朝廷要员的大迫害、大清洗。

在这场大清洗中，我的多位友人受害。

最先受害的，是太子妃的哥哥韦坚。韦坚的妻子原本是李林甫的堂妹，因这层关系，李林甫最初很信任他，希望他能辅佐自己成就大业。谁知，韦坚才干过人，能力超凡。在他担任江淮租庸转运史期间，政绩突出，大获成功。他凿潭通漕，将满载货物的船只引入扬子江流域，沿着水路直送到长安的皇宫。数百只船列队而行，井然有序。船上的人载歌载舞，一派欢庆。玄宗皇帝见此壮观场面，欣喜不已。事后，韦坚大获皇帝宠信，被迅速擢升至高位。这对李林甫刺激很大，他觉得自己又多了一个竞争对手。加之韦坚当时在朝中人缘很好，结交了如河西、陇右节度使皇甫惟明，宰相李适之等极有权势的朋友，这更令李林甫感到恐慌。他怕他们团结起来对付他，若是那样，他的地位将被动摇。如此一来，李林甫恨不得立即拔掉韦坚这颗眼中钉。为罗织罪名，他暗中派出遣使，沿黄河和江淮一带州县四处搜求韦坚罪状，抓了许多押船的小吏和船夫，把牢狱都填满了。被抓的人都知道李林甫居心叵测，韦坚是清白的，但敢怒不敢言。偶有侥幸从李林甫的魔爪下逃跑的人，要么株连邻里亲人，要么裸死于公府，其结局都惨不忍睹。经过较长时间作恶式的罪证搜集，李林甫仍未找到能置韦坚于死地的有力证据。不得已，他来了个釜底抽薪的办法，诬告皇甫惟明和韦坚"结谋欲共立太子"，玄宗皇帝大怒，下令立即将二人处死。

李林甫的歹毒，在朝中激起公愤。但人人自危，谁又能力挽狂澜呢？只有像李适之这样的正义勇猛之人，才敢不顾个人安危，站出来指责李林甫的罪行。

李适之之所以敢如此，还有个重要原因，即他也深得玄宗的信任，且在朝中的地位仅次于李林甫。李林甫很清楚这一点，即使李适之公然责难他，他也只好审时度势，不好明火执仗地攻击对方。

可李林甫多老谋深算啊，像李适之这样的正直之人，岂是他的对手。一天，这个人面兽心的人故意告诉李适之华山可开采矿石，而皇帝并不知情。李适之一听，大喜过望。大概性格刚介之人脑子都少根弦，他根本没意识到这是李林甫的政治阴谋，专门为他设置的圈套。随即，李适之跑去向皇帝建议实施开采计划。玄宗皇帝赶紧召来李林甫商议，征求他的意见。李林甫心里乐开了花，他见时机成熟，用假装体恤圣上的口吻说："华山有矿石，臣早就知道。只是华山乃陛下本命，王气之舍，不可以穿治啊，故我一直未敢言及此事。"皇帝一听，认为李林甫忠于自己，言之在理，遂对李适之的态度由热变冷，一落千丈。此后，那些平素常去李适之府上品尝美酒佳肴的人都不敢再去了，他们都忌惮李林甫，怕惹火烧身。

李适之在朝中成了孤家寡人。他有雄心壮志，期待着朝廷能有河清海晏的一日，然则眼见李林甫的势力越来越大，一手遮天；又目睹自己的同僚一个个被迫害致死，他彻底绝望了，整日以酒自娱，终于郁闷而死。李适之死后，他的儿子被下令自裁。一个中正品端，为朝廷披肝沥胆的大臣，就这样悲惨地含冤而死，连自己的血脉都没能保住。

令我最为痛心疾首的，是老朋友李邕的死。他真不愧是我大唐的名士，为人儒雅，仪表堂堂，仗义疏财。他对我尤其好，曾给过我不少扶助。李邕做人有个最大的特点，敢于讲真话，是个彻底不怕死的勇敢分子。他因此而得罪了太多的人，也招致太多人的仇恨。不但朝中那些坏人忌恨他，就连那些不那么坏的人也都讨厌他。以致他多次被贬，剥落在外，不为朝廷重用。

置李邕于死地的，是一桩大冤案。这件事，李林甫仍是罪魁祸首。

赞善大夫杜有邻有个女儿叫良娣，良娣的姐姐是当时左骁卫兵曹柳勣的妻子。柳勣性格狂傲，贪名好功。他跟缁川太守裴敦复交情甚深。裴敦复见他喜欢结交有识之士，便将李邕推荐给他认识。谁知，柳勣与李邕性格相投，刚一见面，就被对方的豪侠之气所吸引，彼此视为知己。后来柳勣到了京师，更是结交了一大帮名士，过着放荡不羁的生活。柳勣的岳家看不惯他的生活习性，规劝他无效，这使得柳勣心中极不舒坦。时日既久，柳勣忍无可忍，便散布流言，控告他的岳父杜有邻"妄称图谶，交构东宫，指斥乘舆"。李林甫得知此事，便指使他的爪牙京兆士曹吉温与御史同审此案，查出首谋是柳勣。吉温受李林甫之意，唆使柳勣将王曾、裴敦复、李邕等人也牵扯进去。不久，柳勣和王曾被杖死，尸体被掩埋在大理寺，他们的妻子也被流放异地。李林甫穷追猛打，派他的另一爪牙监察御史罗希奭前往山东，秘密将裴敦复和李邕杖死。

如此一来，李林甫巧设计谋，成功将他眼中的异己力量一一铲除。自此，这个正在坍塌的朝廷再也没有人可以与他为敌了，他也终于可以睡个安稳觉了。然而，这个安稳觉并未让他舒心多久。对于一个杀人如麻的人来说，死在他刀下的冤魂太多。这些冤魂轮流跑去梦中恐吓他，纠缠他，威逼他，要找他偿命。李林甫经常从噩梦中惊醒，吓得魂不守舍。有时醒来，他会汗流浃背，嘴唇发抖；有时醒来，他还会大哭大叫，满地乱爬。他心里明白，这一切都是他丧尽天良所带来的后果。李林甫开始整夜整夜睡不着觉，睡不着，他就叫人陪着他静坐。可直到陪他静坐的人都睡着了，他仍是两眼圆睁。李林甫勃然大怒，将陪他静坐的人统统拉出去砍了头，这使前来找他的冤魂越来越多。不但夜夜困扰着他难以入眠，即使在白日里，他也被吓得胆战心惊。他变得越来越多疑。如果没有特别的事情，他都躲在自己的月堂里闭门不出。他怕人议论、怕人指责、怕人反抗、怕人暗算。他的儿子李岫知道父亲罪大恶极，在一次跟随李林甫游园时，问他："父亲久处钧轴，冤仇满天下。假如有朝一日灾祸来了，将如何是好？"

李林甫听后，脸色大变，恶狠狠地回答："事已至此，我有什么办法。"儿子的话使李林甫更加忧心忡忡，他老是担心有人要来刺杀他。于是，他在自己的住处安装了重肩复壁、络板甃石，以防刺客。这样做了还不放心，他竟然在一夜之间辗转几个住处，就连家里人都搞不清楚他的行踪。

人活到这种地步，纵然权倾朝野，又能如何啊！他得到了大权，却丢失了自己。

由于李林甫阴谋弄权，朝廷已无忠良和贤臣。玄宗皇帝没有觉察到这一点，他正在华清宫陪伴爱妃共度良宵。在此期间，朝廷外部更是战火纷飞，杀声四起。吐蕃势力日益壮大,有侵占河西走廊的狼子野心,这一军事险情将直接影响到安西和北庭两个都护府的安危。董延光见大事不妙,立即向玄宗皇帝献策,建议发兵攻打石堡城,试图收复当年赠送给金城公主的这份妆奁。玄宗采纳了董延光的建议,并命令河西、陇右节度使王忠嗣出兵配合董延光。可王忠嗣出兵不力,让董延光大为恼火。这时,王忠嗣的下属李光弼感觉形势不妙,借机靠近王忠嗣。

王忠嗣问:"李将军可有话说?"

"想请教一个军事问题。"

"请讲。"

"大夫既然接受诏书,支援董延光,又为何表面支援,实则拒绝呢?你军库中财帛充足,不是支援不起。倘若董延光此次打了败仗,朝廷怪罪下来,你怕是难脱干系啊!"

王忠嗣听后,略作思索:"谢谢李将军一片苦心,王某感激不尽。遥想当年,我何曾想过富贵?你也明白,即使我们攻下石堡城,也未必能有效控制吐蕃入侵。可战争是要拿人的性命去拼的。我为何非要以牺牲几万人的生命为代价,去换取自己的一官半职呢?如果圣上怪罪于我,我怕是连一个羽林将军也捞不到。再说了,即使我因此而遭受贬职,至多不过跑到黔中去做个州官助理罢了。"

王忠嗣的一番肺腑之言,让李光弼大为感动。

李光弼说:"我是怕大夫遭受牵连,才斗胆说出苦心。如今看来,大夫的心胸和境界,是光弼一辈子也不能及的。"

不用说,这次攻打石堡城的计划注定是失败了。而董延光果真如李光弼所说,将责任全部推给了王忠嗣。李林甫闻听此事,机心顿生,他向玄宗进谗,说王忠嗣之所以支援不力,是故意心怀鬼胎,想拥戴太子继位。玄宗被李林甫的谗言触怒,将王忠嗣革职,押往京城候审。所幸王忠嗣的继任人哥舒翰竭力担保,玄宗才免了他的死罪,降职为汉阳太守。

可见,一个作恶成性的人,哪怕被噩梦追逼得无处藏身,也难以改邪归正。也许唯有死亡,才能最终拯救他,让他的灵魂获得平静。

12. 一根羽毛

考试的失败再次将我逼上绝境，我感到人生的路越走越窄。我似乎走入了一条死胡同，在那条胡同里，没有去路，也没有退路。两面的墙壁高耸着，我想翻墙逃走，但我没有梯子。我想用手攀爬，像壁虎一样，死死地抓住墙缝。可我的双手都抓出鲜血了，还是爬不上去。我感到窒息，我的眼前出现了幻象。那种无路可逃的惆怅心绪，使我迷惘和疑惑。我觉得不但命运是荒谬的，我的存在本身也是荒谬的。我走入了个人的悲惨世界，也走入了时代的悲惨世界。我每天都跑去酒馆喝酒，次次都要喝醉，我不让自己清醒，我害怕自己清醒。人只要清醒地活着，就会被痛苦折磨，那种万箭穿心的感觉，跟受重刑没有区别。那段时间，我意志消沉，整个人像一艘漏水的船，正在沉向水底。我本来想，既然人生已无出路，那就这样让生活的潮水淹没自己吧。然而，就在我快要随水而逝的那一刻，我忽然看到了我的妻子，她带着期盼的眼神默默地看着我。她没有呼喊，也没有哭泣，她就那么盯着我。我随着潮水下沉一点，她也跟着下沉一点。我活，她也活；我死，她也死。

是妻子拯救了我。

我舍不得她。如果我走了，我不知道她该怎么办。我不能孤零零地将她一人抛在这个多灾多难的人世。那样，即便死去，我的魂魄也会不得安宁。对妻子的这般爱恋增添了我活下去的勇气。我想，即使我不做官，就当一个普普通通的庶民，终日与妻子耕田而食，不也是一种恬适的生活么？

这样想过之后，我好似重又看到了生活的一点光亮。淹没我的潮水正在慢慢退去，我的头渐渐浮出水面，我重新感受到阳光和空气。

我决定赓即回去看望妻子。

妻子看到我回来了，喜出望外，甚至比我跟随李白出去游历归来时还要高兴。她的脸又瘦了一圈，眼角还添了鱼尾纹。她说她很想我，每天早晨想，中午想，晚上也想。我理解她的相思之苦。我又何尝不想她呢？结婚之前，我体会不到这种爱的烦恼。可自从我们结婚之后，我备受相思的折磨。有时走在路上，走着走着会撞上树，引起树上的鸟儿发出嘲笑之声。有时一个人吃饭，我老是觉得妻子就坐在我身旁，我用筷子夹菜给她。可筷子一松，菜却掉在了地上。更苦的是夜里做梦，我时常梦见跟随妻子一起在河边洗衣服，看柳絮飘飞，夕阳晚照。洗衣归来，我们一同做饭读书，观炊烟袅袅，月升日落。这样的梦让我忘掉了所有忧愁，忘掉了一切功名利禄。生活只剩下了日子，剩下了日子里的油盐酱醋。

但思念归思念，梦境归梦境。生活到底还是务实的，只要你想继续活着，就必须坚强地面对它。妻子是个心细的人，她早已从我的表情里猜测到了这次考试的结局。只是她怕我伤心，不让我再受打击，一直不谈考试的事。她静静地陪着我，试图以她那女性的柔情来抚慰我的创痛。我体谅妻子的良苦用心。正是因为她那么爱我，我才不会骗她。我主动跟他讲了考试失利的事。妻子听后，没有说话，只是笑了笑。过了一会儿，她轻言细语地说："没事，不做官，一样活。"她的话让我心里十分难受，我觉得对不起她，恨自己无能。

我萌生了再次去长安寻求出路的愿望。我不相信自己就这么失败了，我知道自己的能力和才华。命运越是作弄我，我越是要与命运抗争。在这一强烈愿望的支配下，我又与妻子告别，只身来到长安。

到了长安之后，我想到了一个朋友韦济。很早的时候，他就以辞翰闻名。开元初年调补鄄城令，开元二十四年任尚书户部侍郎，天宝七年又为河南尹，迁尚书左丞。韦济很欣赏我的才华，他在任河南尹期间，曾专程到首阳山下拜访过我，只是那时我已经到长安去了，与他失之交臂。韦济到长安后，还时常在同僚的座上，赞颂我的诗句，使得很多人都对我高看一眼，这让我感动并铭记在心。可以说，他是在长安唯一因诗而器重我的人。这样的朋友是值得信赖的。我希望通过他的帮助，给自己找到一条出路。而且，韦济的父亲韦嗣立和他伯父韦承庆与我祖父杜审言素有通家之好。单凭这层关系，他也会帮我。

事实如我所想，当我找到韦济，向他倾诉了我的遭遇之后。韦济深表同情，当即给了我一些钱资，暂解我的燃眉之急。这之后，他还多次请求朋友向我伸出援手，帮我渡过难关。韦济的善举点燃了我继续生活的希望。我很尊重他，称他为"丈人"。我多次写诗给他，将我的生活告之，以表感激之情。在诗里，我既写自己是如何"朝扣富儿门，暮随肥马尘"的，也写"纨绔不饿死，儒冠多误身"来表达我对社会现实的看法。我以献诗的方式与他交心。

诗成了我的心灵图谱。

我第一次忘记了写诗的技法,它是我心灵的自然流露。我只需要将我的生命体验和感悟如实写出来就行。我也第一次感到,好诗不需要玩弄技巧,它只表达认知和生命。换句话说,好诗不是写出来的,是活出来的。

在写这些诗的时候,我感到自己有些老了,生命的苍凉感扑面而来。我觉得自己的壮年已经过去,当年云游四海的豪情也早已不再。如今的现实又使我精神委顿,为活命摇尾乞怜,寄人篱下,忍受冷嘲热讽。面对如此惨淡的人生,我彷徨又彷徨,痛苦又痛苦。

韦济对我的诗是深有理解的,他看到了我的忧伤,也看到了我的无助。我本想通过他的引荐,让我的命运发生逆转。可韦济最终还是未能帮助到我。他只是凭自己的能力周济我一番后,再感叹一番,议论一番,就摇摇头走开了。我对他的爱莫能助表示理解。在长安,他的能力也有限。很多事情,心有余而力不足。

一盏灯刚刚亮起,瞬间就熄灭了。

我再次成了一根羽毛,在空中没有目的地飘来飘去。有时刚一落到地面上,一股轻微的风,旋即又将我刮跑了。我轻得没有一点重量。我又想到了李白,不知道他现在怎么样,遭遇是否跟我相似。难道一个诗人的命运,注定是坎坷飘零吗?长歌当哭,长歌当哭啊!我梦想着去东海,换一个地方生活。也许那个充满梦幻的地方,能够给我一条活路,使我回到当年漫游吴越和齐赵时的自由状态。假若这个梦想得以实现,我便可以带着我的妻子,或云游四海,或归隐田园,过一种无忧无虑的生活。我不会贪心,我只需要一座小房子,房子里有一间可以读书写诗的卧室。房子后面,有山泉叮当,有青石如黛。房子前面,有白鹭成行,有清风过窗。春天,我可以醉卧桃林;夏天,我可以头枕青石;秋天,我可以追赶落叶;冬天,我可以聆听雪花。这是我理想的生活、理想的人生。然而,这一切理想,都只能存在于我的幻觉之中。我目前的处境,比我的诗还可怜。我写的那些诗,到底还有一些人垂青。它们在我在场或不在场的场合默默流传,或替人助兴消愁,或给人锦上添花,或让人夜不能寐,或使人意气风发。而我呢，我只能躲在我诗的背后，像春天躲在百花的背后，流水躲在群鱼的背后，人躲在梦想的背后。

长安啊，长安，你究竟欲将我抛向何处呢？

长安没有回答我。或许在它看来，我只不过是流落在它的土地上的千千万万个人中的一个罢了。比我更为悲惨的人，还有很多。他们同样无家可归，妻离子散。尤其是天宝八年，玄宗皇帝下令，命哥舒翰发兵十万，攻打石堡城。哥舒翰想邀功领赏，不惜一切代价与吐蕃势力背水一战。他果然不负皇帝信任，拼死攻下了石堡城，让玄宗大喜过望。可谁能看到，在玄宗皇帝笑容满面的背后，却有数以万计的兵士命丧黄泉。他们用鲜血满足了皇帝的野心和欲望，真可谓一将功成万骨枯啊！

那些死去的将士都很年轻，我真担心，这些早逝的亡魂，会不会变成厉鬼，飘到华清池去找玄宗算账，拉起杨贵妃的衣襟唱响来自阴曹地府的《霓裳羽衣曲》。想到这些，我的心在滴血。比起那些死去的年轻生命来说，我个人的不幸又算得了什么呢？我毕竟还活着，还有一息尚存。

我终于又鼓足了继续生活下去的信心。这期间，我一直在长安流浪，继续寻找生存和发展的机会。我没有别的本事，只能写诗。诗是我的敲门砖，也是我唯一的寄托。我希望诗能拯救我，既拯救我的人生，也拯救我的灵魂。我用诗记录光阴，也记录我的心路历程。我想，哪怕我今生一事无成，客死异乡，也要用诗的方式替时代作证。我要把我看到的、听到的、感受到的一切都写进我的诗中。我要写下我个人的隐痛，也要写下时代的隐痛。从这个时候起，我的诗开始发生变化。我觉得诗不能纯粹是诗，不能仅供酒桌上消遣，也不能仅是个人才华的显露和炫耀，应该还有思考、责任，爱和良知。

有了这样的认知后，我的心情畅快了许多。我以为是命运故意在考验我、锤炼我，故意要让我承受个人和时代的灾难。只有以这样的方式才能成就杜甫，一个独一无二的杜甫。

我又开始加倍思念我的妻子。我想把这些想法告诉给她听。有个妻子真好，当你心情失落的时候，你会第一个想到向她倾诉，希望她能分担自己的忧愁。可当你心情畅快的时候，你仍会第一个想到她，让她分享自己的喜悦。妻子是另一个我，没有她，我将更加孤独，更加难以迈过命运设置的门槛。

人是要靠信念来支撑的。

这个信念也许是事业，也许是功名，也许是妻子，也许是爱，也许是恨。总之，不管哪一种信念，反正你得有。否则，你很难活下去。

支撑我的信念，之前是考取功名。遭遇挫折后，妻子成了我活着的信念。至于写诗，那是信念之外的信念。在人生的不同阶段，信念会发生变化。这种变化的过程，是一个人走向成熟的过程。当然，也有可能是走向迷茫的过程。

天宝九年的春天，我又多了一个信念。这个信念，便是我的长子宗文出生了。他出生在我人生最迷惘的时期。我没有任何思想准备，他像一阵春雨，悄悄地降落大地。自从前次我跟妻子分别后，我已经一年没有回去了。在这一年里，我不知道妻子怀孕的事。当我再次见到她，她的怀中便抱着一个婴儿。

我感到惊奇，带着狐疑的语气问她："这是谁的孩子？"

妻子又气又喜地回答："你自己的骨肉都不认识吗？"

那一刻，我感到从未有过的喜悦。我一把将孩子从妻子怀中抱过来，盯着看了半天。我看他的小嘴，看他的耳朵，看他的鼻子，看他的眼睛，看他的额头，看他的眉心……我感觉怀中的孩子跟我是那么相似。他的表情，他的哈欠，他的笑容都跟我一模一样。我顿时觉得世界是那么美好，生活是那么美好。我握着孩子的小手，像握着一根春笋。我感觉这春笋正在生长，我仿佛听到了春笋生长的声音。妻子见我心情激动，过来接过孩子，说："行了，今后有你看的时候。"我望着妻子，也望着孩子，我瞬间像是捕捉到了我的前世和今生。

我不得不感恩命运，也感恩我的妻子。看着妻子坐在床沿上给孩子喂奶，我有种流泪的冲动。她是那么细心，怕弄疼了孩子似的。尤其夜间，孩子经常吵夜，我和妻子都睡不好觉。只要孩子一哭，妻子就会翻身给孩子喂奶，又起床抱孩子撒尿。我很想帮妻子做点什么，可妻子不让我碰孩子，她说我一个大男人，粗手粗脚，还是让她亲自照顾孩子。我只好躺在床上，静静地看着她忙东忙西。隔着黑夜的帘幕，我心里升起一丝对妻子的愧疚。我不能想象，她一个人在家，是如何挺着个大肚子料理生活的。在她最需要我的时候，我却不在她的身边，这是我的失职。我口口声声说爱她，思念她，可我为她做了什么呢？我什么也没做。我在长安为了追求所谓的功名，将她一个人孤零零地抛在家里受罪,我道德吗?我这是爱吗?我第一次因妻子而遭受到良心的谴责。我想补偿妻子些什么,但我不知道该怎么做。我能想到的,妻子都先于我想到了。她不给我丝毫补偿的机会。

虽然我的命运很苦,但我无疑是个幸福的男人。

我本来想再也不去追逐功名了,就老老实实地在家里照顾妻子和孩子。日夜陪伴他们,过一种简单的生活,也是人生的幸事。但眼看孩子一天天成长,我们的家庭生活却捉襟见肘,愁绪和烦恼开始爬上妻子的额头。我看得出她不高兴,可她从来不说,就那样独自强忍着。我了解妻子,她不可能在我面前抱怨,她也不可能给我制造压力。即使到了弹尽粮绝的一天,她也会咬着牙在我面前露出微笑。正因为如此,我的负疚感才会越重。我不能让一个弱女子充当家庭的顶梁柱。我必须挑起家庭的重担。我不能眼睁睁看着妻子和孩子饿死家中。

于是,我想到了一条捷径——直接向皇帝献赋。这一做法不是我的独创。在唐代,有不少像我一样的人通过献赋,获得了皇帝的赏识,后来入朝为官,自此人生风生水起,一马平川。

这或许是我唯一的机会了。我不想再去参加任何考试,也不想再去奉承王公贵胄,出卖自己的人格。那样的日子我过烦了,也过怕了。我不想覆辙重蹈,我要直达天庭,让皇帝看到我的存在,让他知道有一个叫杜甫的诗人,怀揣着一颗报效朝廷的拳拳之心,像久旱等甘霖那样等待着他的恩泽。

天宝十年正月,我终于等来了这次机遇。

这一年,我刚好四十岁,是流落长安的第六年。

正月初八到初十,玄宗皇帝要在南郊祭祀玄元皇帝、太庙和天地。在这之前,我就已经夜不能寐,整日都在构思如何写赋。我不能掉以轻心,我一定要一炮打响,获得皇帝的赏识。这次良机一旦错失,我就再也没有出头之日了。写赋那几天,我足不出户,把自己关在屋子里,精神高度紧张。赋写了一遍,不满意,撕了,又重写。地上的纸团扔得到处都是。我的内心承受着巨大的煎熬。我不是信不过自己的才华,而是有了前两次考试失败的教训,我知道,有很多事情不是仅仅凭才华就够的。你得琢磨,得投其所好,不能个性张扬,一定得挠到对方的痒处。这样的写作,不是在追求艺术,是在施展谋略。谋略得好，你成功的可能性就大；反之，你就会输得很惨，一败涂地。

我不能轻易地把自己给葬送了。

经过多日的苦思冥想和试笔，我总算赶在皇帝祭祀前完成了《朝献太清宫》《朝享太庙》和《有事于南郊》三大赋。脱稿那天，我整个人都瘫软了。写这种东西，太耗费心力了。假如不是为求生存，打死我也不会去写。作为一个诗人，必要时你还得妥协，写些违背自己心愿的文章。

我愧对自己的诗才啊！

没有办法，要活命，你就得忍。你首先要使自己活着，其次才可能谈其他。我在赋里如实陈诉了我的人生经历，特别提到我窘迫的生计。明眼人一看就知道，我打的是苦情牌。我希望我的讲述会唤起皇帝的同情心。他也是人，尽管他贪图享乐，还心冷无情，但我相信是人就必定有善良的一面。说不定他一动念，就能把我从地下拖至地面上来。同时，我还摸清了皇帝迷信阴阳五行之说，不惜在赋里大发议论，以投其胃口。我把三篇赋规规矩矩地书写好，怀着期待和忐忑的心情，偷偷地跑去将"进三大礼赋表"投入了延恩匦。我怕被人看见，跟做贼似的。我担心有熟人碰见会笑话我，讥讽我没能耐，竟然要采取这种方式推销自己。所以，当我投入赋表后，转身就低头离开了。我的腿很沉重，而我却走得很快。

献赋之后，我一直处于焦虑状态。我在等待献赋的结果。我希望皇帝大发慈悲，能看到我的赋，欣赏我的赋。那些天，我如坐针毡，祈求神灵能保佑我，能降福于我。皇天不负有心人，就在我感觉事情无望之际，喜讯来了。玄宗皇帝对我的三大赋赞赏有加，他传旨让我待制集贤院，命宰相试文章。我灰暗的心情瞬间亮堂了，我差点哭出声来。我感到自己的苦熬终究没有白费。那一天，我喝了不少的酒。我很久没有这么喝酒了。我自己跟自己喝。喝完一杯，又倒满一杯。从早上到黄昏，我都在喝酒。那酒里面，有我的泪，也有我的血。

到集贤院试文的那日，我比规定时间早到了许久。那是我的节日，我不能马虎。集贤院的学士们都跑来观看我试文，他们议论纷纷，指指点点。我装着气定神闲，在宰相面前不卑不亢，只顾专心地作文。我要让他们知晓，杜甫的才学不是浪得虚名。当那些学士们看到我沉着冷静，思路清晰地奋笔疾书时，他们都发出佩服的慨叹。考官在我面前背着双手，走来走去，一会儿捋须，一会儿点头。我的心里涌起一股强大的自豪感。我又想起童年时梦见的那只凤凰,他此时就在我的头顶盘旋。我还想起曾经看到过的雄鹰和烈马,它们这会儿都在我看着我,给我鼓气。

试文归来,我宛如一个凯旋的将士,感觉日月都换了人间。

可令我万万没想到的是,命运再一次伸出铁手,将我蹂躏得惨不忍睹。自试文之后,我迟迟得不到分发,好像根本就没参加过试文这回事。我又一次遭到了命运的欺骗。我神情恍惚,欲哭无泪。我不知道自己是谁,我感到自己是一个幽灵,在长安四处乱撞。我恨自己,我想杀死自己,杀死皇帝,杀死每一个作弄我的人。

人在彻底绝望的时候,往往会走极端,恨不得与这个世界同归于尽。也是后来我才知道,我之所以只得到个"送隶有司,参列选序"的结果,仍然是李林甫这个老贼搞的鬼。皇帝下令命宰相试文,而当时的左相是陈希烈,右相是李林甫。陈希烈凡事都听李林甫的。虽然他那时已经开始与李林甫为敌,但在一些无关紧要的事情上,仍然还是让着李林甫。如此一来,我试文最终的考核还是李林甫说了算。李林甫真是我的灾星!上次的应召考试,若不是李林甫暗中使坏,我早就走上仕途了,哪用得着再来献赋、试文啊!有了前次的事件,李林甫是注定不会让我轻而易举地入朝为官的。他天生忌恨我们这些文士,怕我们入朝后,给他带来麻烦,动摇他的位置。

李林甫不死,我不可能仕途有望。

我的心再一次囤满寒冰。我在长安"候补"了一年,也不见朝廷对我有任何任命。我只好怀着沮丧和愤慨的心情回洛阳去了。只有回到妻子和孩子身边,我的心才会好受一点,也才会踏实一点。

家真的是受伤之人的心灵港湾。

13. 秋雨

我不能在家待得太久,伤只能治疗,不能痊愈。我爱妻子,也爱儿子。我必须替他们着想。虽然这次试文使我再添新伤,但还不至于丧命。既然让我

085

"参列选序",就说明还有希望。只要有一线希望,我都会争取和等待。我相信命运必将垂青于我。人一旦年过四十,干什么都觉得没劲。年轻时的豪情和闯劲都涣散了,只剩下坐以待毙的无奈。那就等吧,除了等待,我又能做什么呢?

我带着渴盼的心情,从洛阳再到长安。我不能离开长安太久和太远,我怕哪天圣旨下来,传旨者却找不到我,那就麻烦了。时间一天天流逝,我在长安度日如年。夜里睡觉,我都不敢睡得太死。只要屋外一有风吹草动,我都会立刻披衣下床出门察看。我期待那动静会是传旨者的马蹄声。每次开门,我都失望至极。屋外什么也没有,只有苍白的月光和冷寂的风声。虽然我心里清楚,传旨者不可能夜间到来,但我还是有所期待。

等待真是一场慢性自杀啊!

一番花开花谢之后,时间不知不觉到了天宝十年的秋天。这个秋天,长安下起了大雨。雨水持续了许多天,街上的房屋不少都被雨水冲垮,我住的旅舍也是泽国一片,连脚都不敢下地。门外积水盈尺,有小鱼在浑水中乱窜。墙壁上生了霉斑和青苔,一股怪味充斥鼻腔。我的肺本来就不好,加之连日的饥饿,我的身子虚弱到了极点。我躺在床上,听急雨砸向屋顶,我像是被雨水给包围了。下雨的第三天,我就生病了,发疟疾。全身上下没有一点力气,面黄肌瘦,骨头也似散了架。我以为自己即将死去,再也见不到妻子了。整个秋季,我都在生死线上挣扎,身边没有一个亲人,我是那么无助。我时而昏迷,时而清醒。我感觉自己躺在一片废墟之上,四周的风呼呼地刮,吹起漫天的黄尘。那些黄尘落下来,正在将我掩埋。好在许多次,我都奋力爬了起来。我有一个信念——不能死。我的理想还没有实现,我还没有让妻子过上美好的生活。带着这样的信念,我打败了死神,把自己的性命夺了回来。

当我大病初愈,满脸胡须地拄着拐杖走出房门,路过王倚门前时,他见我歪歪倒倒的样子,就过来询问。我将情况告知他后,这位年轻人遂将我引入家门,好酒好肉款待。我知道,王倚的家境也不宽裕,但他这份善心让我感动不已。我端起酒杯,热泪长流。我有好长一段日子没有嗅到过肉香和酒味了。王倚的雪中送炭,给了我这个长安漂泊人一团火。这团火,一直温暖到我生命的最后时分。

人活在世上,是离不开朋友的帮助的。除了王倚,还有另外三个朋友我不能不提。他们在我最无助的日子，给了我精神的支撑。这三个人分别是郑虔、高适和岑参。

郑虔也即郑广文，是我的老朋友了，他是荥阳人，自幼喜好书法。他小时候，家里太穷了，买不起纸，他就跑去柿子林里捡柿叶回来代替纸。一堆柿子叶不够写，他就背回很多，贮藏在附近的寺庙里。那些柿子叶成就了他，每一片焦黄的树叶上，都写满了他对未来生活的渴望。与此同时，他还广泛涉猎各类典籍，天文地理、国防军事无一不通；琴棋书画、诗词歌赋无一不精。厚实的文化功底，给他的人生铺设了地砖，他走得很顺畅。尤其他著的《天宝军防录》《荟萃》《胡本草》三书更是名噪一时。郑虔曾将自己的诗画献给玄宗皇帝，玄宗一看，叹服不已，十分欣赏他的才华。欣喜之下，他挥笔在郑虔的画上题了"郑虔三绝"四字。自此，郑虔更是名动京城。天宝初年，郑虔为协律郎。可人一旦做出点成绩，必然会招致他人的嫉妒。眼看郑虔的人生即将青云直上，有人却诬告他私撰国史。玄宗大怒，郑虔被贬谪。天宝九年七月，他才重新被召回长安，担任一个闲散的、无所事事的职位——广文馆博士。

至于高适，那就更不用多说了。我在宋州浪迹期间，就与他结下了深厚的友谊。只是令我没想到的是，他当年与我和李白分别后，又独自浪游数载，跑去河西节度使哥舒翰的幕府里做了幕僚。我与他再度相逢，是在天宝十一年的下半年，他随哥舒翰入朝，来到长安。老友相遇，既是万分欣喜，又是无处话凄凉。

我结识岑参，要比结识郑虔和高适晚很多。确切地说，我是在天宝十一年秋天认识他的。但对于岑参这个人，我早有耳闻，也零星地读过他的诗作。他那时已与高适齐名了。我前面说过，人与人相识，都是在寻求同路人。我喜欢岑参，大概也与他的经历和精神气质有关。他幼年即隐居嵩阳，潜心治学。直到弱冠之年才初到长安，献书阙下。这之后的十年，他一直往返于长安和洛阳之间，且独自去河朔游历，开阔眼界。单从这段经历来说，他与我极其相似。不同的是，他比我幸运，于天宝三年就举了进士，以第二人及第，解褐授右内率府兵曹参军。天宝八年，安西四镇节度使高仙芝入朝，表荐他为右威卫录事参军，充节度使幕掌书记。天宝九年正月，高仙芝除武威太守河西节度使。五月，又出师迎击大食，可惜兵败。天宝十年初秋，岑参便随高仙芝一起来到长安。

　　这个世界上的许多事，都是有因有果的。我说不清我与他们三人之间到底存在着怎样的人生因果。但我只感觉，他们先后来到长安，都是为我而来。我们是同一条河流里的四条鱼，无论我们各自是身在河流的上游或下游，最终都会游到一起。我们需要互相抚慰，抱团抵御流水的速度和对生命的消耗。

　　当时，我是我们四人当中最落魄的一个。他们都有自己的官职，哪怕官职低微，毕竟可以衣食无虞。我很羡慕他们。在他们面前，我是有一点自卑的。他们或许也看出了我的这种心态。我们平素在一起游玩时，他们都很照顾我，故意回避谈论一些会让我难堪或伤心的话题。吃饭喝酒从来不要我付钱，他们都争着付。而且，他们还暗中轮流送给我钱资和酒食。我感恩这几个朋友，他们是我在漂泊羁旅中收获的幸福。

　　偶尔，我情绪低落时，会把自己关在房间内，闭门不出。我把自己写的诗稿付之一炬。我不希望它们留在世间。我觉得这些白纸黑字，于我毫无用处，于这个时代毫无用处。每每这个时候，他们三人就会跑来安慰我，陪我喝酒聊天，谈一些人生趣事。我知道，他们是希望我振作起来，不能自己败给了自己。

　　他们带给我的最高兴的事情，是陪我同游慈恩寺。我记得很清楚，那是天宝十一年秋日里的一天，那天猛烈的秋风吹个不停。高适和岑参一大早就来到我的住处，说要邀我去转塔。跟随他俩一起前来的，还有储光羲和薛据二人。我问郑虔怎么没来，他们说郑虔有要事，抽不开身。我匆匆换了件衣服，便跟着他们出发了。

　　慈恩寺地处长安东南区的进昌坊，是唐高宗做太子时为文德皇后所建，故称"慈恩"。寺内筑有一塔，为永徽三年玄奘所立，共六级。长安元年改建后，增加为七级，高三百尺。此塔还有一个别名，叫大雁塔。我到长安后，一直想去慈恩寺游览，可苦于既无盘资，也无心情。这次高适和岑参一番美意，我自是乐于前往。

　　一路上，我们迎着秋风，有说有笑。我似乎又找到当年漫游时期的感觉了，那种心情是无比畅快的。或许是秋天的缘故，那天来游慈恩寺的人不多。我们沿着大雁塔转圈，转了一圈，又转一圈。

　　高适说："转转好，转了就能否极泰来。"

岑参接着说："高大诗人也相信这个么？"

薛据笑了笑，说："生不逢时，也只能自寻解脱了。"

储光羲听后，想说什么，张了张嘴，却把话头咽了回去。

只有我沉默着，我尾随在他们四人身后，没有想得太多。我的人在转，命运在转，可我的心是静止的，头脑是静止的。我感觉整个慈恩寺内，只有一座塔，一个人和数十年的寂寞。

大概是他们觉察到我的郁郁寡欢，岑参提议，登到大雁塔的顶层去，其他人都表示赞同。转塔不登塔，岂不白来一趟？沿着塔阶，我们一层一层朝上爬。人站在塔顶，极目四望，果真有升入虚空之感。朝下俯瞰，泾水和渭水难分清浊。秋风怒吼之声夹着河流的涛声从耳边响过，让人不知今夕何夕。远处的山川被秋色笼罩，泛出一片沉郁气象。暮霭苍茫，时空交错，我们五人凝神遐思，不觉唏嘘喟叹。

忽然，储光羲说："不如咱们各作一诗，记下今日的感怀吧。"

大家点点头。岑参最是才思敏捷，他略一沉思，张口而出："秋色从西来，苍然满关中。五陵北原上，万古青濛濛。"

高适见岑参出口成诗，也不甘示弱，赓即吟诵："秋风昨夜至，秦塞多清旷。千里何苍苍，五陵郁相望。"

随后，储光羲和薛据也各作了一首。大家吟诵毕，都将目光望向我，期待着我的诗作。我不能扫大家的兴，那一刻，我想到了许多事。烟雾苍苍中，我仿佛窥见了隐藏于时代内部的某种危机。我不禁感叹，一代明主太宗皇帝是再也回不来了。如今的皇帝只晓得荒淫无度，简直是当年周穆王和西王母在昆仑瑶池饮酒作乐的重现！

薛据见我沉思良久，迟迟不开口，催促说："子美向来才华横溢，今日如何这般迟疑？"高适和岑参也说："对啊，子美何故如此？"

我不能让他们久等，随口吟出："高标跨苍茫，烈风无时休。自非旷士怀，登兹翻百忧。"大家连声叫好，就在他们期待我继续吟诵时，我却说不出来了，喉头有些哽咽。他们四人面面相觑，我也顿时陷入尴尬之境。还是高适懂我心思，他高叫一声："大家快看，秋雁来了。"就把作诗的话题岔开了。

几只秋雁，自塔顶孤傲地飞过。那双羽，似要划破雾霭。

游慈恩寺归来，我的心情难以释怀。第二天，我把自己关在屋子里，终于将昨日在塔顶未作完的诗写完了。我给这首诗取了个名字：《同诸公登慈恩寺塔》。

14. 噩耗或喜讯

这注定是一个悲冬，也是一个喜冬。

天宝十一年十一月，久染沉疴的李林甫终于一命呜呼，朝野上下无不为之震动。有人哭泣，有人暗喜；有人祭奠，有人欢呼。朝廷的灯光仿佛一下子暗淡了。除玄宗皇帝脸色凝重，为自己失去了一个宠臣而忧戚外，更多的人却在私底下欢呼雀跃，他们奔走相告，喝酒庆祝。大家第一次将一个大臣的死亡过成了节日。那些遭李林甫迫害致死的人的后人们，纷纷跑去冤魂的坟前焚烧纸钱，将这一喜讯告知地底下的亡魂，好让他们安息。

那几天，满长安城都是夜笑的人。只要一入夜，各种笑声便从四面八方响起。我知道，这此起彼伏的笑声都来自幽冥界。他们等待这一天等得实在太久了，以至于他们的笑声里都夹杂着控诉和怨恨。我坐在旅舍的屋子里，把窗子关得死死的。我怕听到那种笑声，阴惨惨的笑声，带着哭声的笑声。那笑声，能使月亮坠落，树木枯萎，河水倒流。

李林甫死了，那些被他害死的亡魂却复活了。他们以笑的方式团结在一起，为李林甫送葬，也为一个王朝送葬。

我不知道李林甫新逝的亡魂听没听见那些笑声，那些像冰箭一样射向他的笑声。我仿佛看到李林甫的魂魄被众多的冤魂捆绑着，在黑夜里游街示众。他的魂魄歪歪倒倒，趔趔趄趄，深一脚浅一脚地向前挪动。包围着他魂魄的，是一些移动的头颅、手臂、大腿、眼珠和耳朵。这些人体器官，都是当年被李林甫肢解的。他们如今全都跑出来，找李林甫算账。他们想以更加残暴的方式肢解李林甫的魂魄。

可李林甫的魂魄太轻了，一碰就碎。早在李林甫死亡之前，他的魂魄就已经千疮百孔。别看他心狠手辣，杀人如麻，实则却是个胆小鬼。他每杀一个人，内心就多一份惶恐，多一份焦虑，多一份不安。他心里明白，这些死在他刀下的冤魂，终究有一天是会前来报复他的。你看，他刚一闭眼，这些复仇者就迅速找上门来了，吓得他魂飞魄散。

那些复仇者大概是铁了心要让李林甫碎尸万段，魂灵永世不得超生的。他们见李林甫的魂魄消散，化作一片一片的雪花试图飞走，便一起穷追不舍，围攻堵截，直到把他的尸体追赶成一堆白骨，又把他的白骨追赶成一堆齑粉。

他们边追边笑，笑过之后，就开始大哭。那哭声比笑声更恐怖，更瘆人。笑是因为他们的仇人死了，特高兴。哭是因为他们自己的冤死，不瞑目。

本来，李林甫的死，让我的心情也如那些冤死的亡魂一样，是高兴的。但我却怎么也高兴不起来。我把自己关在屋子里，几天几夜没有出门。尽管，我深深地知道，李林甫的死意味着什么——意味着那被他以阴谋诡计掌控着的朝廷格局打破了，意味着像我这样浪迹在长安的文士从今往后可能有了一线生机。然而，我思考得更多的却是他的死带给我的另外的启悟。

一个人，无论你拥有多大的权力，地位多么地显赫和高不可攀，最终都难以逃脱命运的制裁。一个人，也无论你是好事做尽或坏事做绝，最终也难以逃脱死神的收割。一切的功名利禄，一切的荣华富贵，一切的爱恨情仇，终究都只不过是死亡的陪葬品……

李林甫死了，唯愿李林甫的余毒不要还活着。

持有这种想法的人，并非我一个。就在我闭门不出的时候，另一个人正在绞尽脑汁，想办法如何使死去的李林甫万劫不复。他要毁尸灭迹，斩草除根。这个人便是杨国忠。

在李林甫活着的时候，杨国忠早已在暗中与他分庭抗礼，各揽朝中大权。只是杨国忠惮李林甫，素来夹紧尾巴做人。这下好了，他的对头死了，再也没有人可以与他争权夺利了。他感到无比轻松。

玄宗皇帝虽然昏庸，但还不至于不明白朝廷急需另有一位宰相来辅佐他治理朝政。只有这样，他才可以放心大胆地与贵妃寻欢作乐。于是乎，杨国忠便顺理成章地顶替了李林甫的位置，成为朝廷新的权力的象征。

所有人都以为，杨国忠继承首相之后会励精图治，重振朝廷颓靡气象。哪曾想，杨国忠执念于自己的私仇。他太恨李林甫了，他上台后做的第一件事，便是网罗罪名指控已经死去的李林甫,揭发李林甫生前的种种罪行。在杨国忠的奏折上,写满了关于李林甫的各种丑恶行径和滔天之罪。玄宗皇帝阅过奏折,气得怒目圆睁,拍案而起,大骂李林甫罪有应得。于是,在李林甫死后的第四个月,皇帝下令,以谋反之名将其判罪。

杨国忠心里的大石头落了地,他等这一天等得太久了。皇帝下令那一天,他走出皇宫,仰天大吼了一声,把身边的其他大臣都吓着了,只好快速从他身旁走过。李林甫活着的时候,没有办法惩治他,这下好了,一个强大的对手如今变成了一具尸体。他不再令人惊惧,不再令人提防,不再令人回避。他冷冰冰地躺在地下,任凭人骂他,辱他,撕他,咬他……

在杨国忠的精心处置下,李林甫的一切头衔和荣誉被剥夺。而且,他还命人将李林甫的棺材撬开,将其尸体上的服饰、珍珠和宝石全部捋去,让他一无所有地去见阎王。这是杨国忠对李林甫的惩罚。在做这一切的时候,杨国忠说,他似乎看到李林甫满脸泪水地在向他求饶。他看见李林甫的尸体和灵魂都跪在棺材板上,不停地磕头。他磕一个头,尸骨就碎掉一块,直磕得自己魂飞魄散。李林甫央求他,希望杨国忠不要那么绝情,看在他生前与其同朝为官的分上,至少给他留一套衣裤包裹尸体。可杨国忠没有满足李林甫这个最低的请求,不但不满足他,还将他的亲朋妻儿全部流放,李林甫在朝中的五十多名党羽也一个不剩地被驱逐。

我继续在困顿中观望着,等待着。我希望我的人生能够否极泰来,也希望李林甫死后,由杨国忠掌权的朝廷能够否极泰来。尽管,我心里非常清楚,杨国忠也并非一个正直、坦率之人。但从他上任后所实施的一些举措来看,他至少没有李林甫那样歹毒。我们都寄希望于他,渴望他大开新风,挽狂澜于既倒。或许有人会嘲笑我们的天真和幼稚,但这有什么办法呢?像我这种身无官衔的人,纵然有盖世之才,一心想匡扶社稷,也只是痴人说梦。人不在那个位置,谈什么都是多余的,空幻的。你只能将希望寄托在掌权者手里,他们才是朝廷的风向标和旗帜。聚集在他们周围的人,都不过是一群蝼蚁,只能望着旗帜膜拜或叩首。只要旗帜高高飘扬,他们就或多或少有那么一点希望;倘若旗帜倒了、破了、颜色暗淡了,所有人都会垂头丧气,陷入混乱和绝望。

杨国忠是个聪明人,他刚上任,懂得笼络人心。加之自从他成功铲除了李林甫的党羽后,很多重要官位都出现空缺,他急需重新任命官员,以使朝廷能够正常运转。杨国忠任命官员的方法很特别,他先是将那些有才干的台省官员通通处理掉,然后不问才德,一律按资排辈依次录用他所认可的人员。这些被任命的官员大都庸碌无为,唯善溜须拍马。如此一来,原来那些候补多年都得不到官职的人开始先后得到重用,这使他们都对杨国忠感激涕零。一时间,一股新的由庸才组成的朝廷势力正在汇聚,如涓涓细流汇入大海。这股新势力,比起过去李林甫掌权时,有过之而无不及。那些得到杨国忠重用的官员,成天像陀螺一样跟在他屁股后面转。仿佛杨国忠手里拿着一根长长的鞭子,只要他一挥鞭,那些大大小小的陀螺就旋转个不停。陀螺转动得越快,杨国忠就越高兴。他在这种挥鞭抽陀螺的游戏中,体会到强大的权力带给他的迷幻之感。而那些陀螺呢,尽管转得很累,很疲乏,也还是愿意继续在权力的鞭子下乐此不疲地转圈。唯有如此,他们才能体会到自我的存在。他们很清楚,那鞭子抽在自己身上是痛的,是要流血的,是要结痂的,但他们就是喜欢。在朝廷中混,哪有不痛的道理啊。只有在痛中,才能体会到乐。

权力对人的诱惑是致命的,权力对人的异化同样也是致命的。杨国忠上台不久,大家就发现他迅速地变了一个人。他的生活作风和行为方式,都越来越像一个人,一个刚刚死去不久的人,这个人便是李林甫。

李林甫活着的时候,每次出行,都是威风八面,车骑满街。他所到之处,就跟皇帝一般气派。哪怕像节度使、侍郎这样的朝中大员要见他,都必须如文案小吏一样战战兢兢,毕恭毕敬,急进速退。否则,将会遭到他的叱骂和责罚。依照旧例,宰相须午后六刻办完公事才能归府,可偏偏李林甫要把宰相每天的归府时间提前到巳时。时间一长,机务积压多了,他干脆连朝堂也不去了,直接在家里处理,然后由主管文书的吴珣拿着文书,跑去左丞相陈希烈家里请其签署。陈希烈因惧怕李林甫,凡吴珣拿来的文书,从来不问情况,低头便签,这便是李林甫当年的办事方法。

然而,自杨国忠接替李林甫后,他非但没有革故鼎新,铲除陋习,反而将李林甫的办事方法继续上演,且愈演愈烈。这或许是杨国忠自己都不曾想到过的。仇恨的人终于死了,他自己却活成了仇恨之人的影子或替身,不知道这又是不是李林甫的阴魂不散呢?

杨国忠由于兼职太多——他做右丞相后，仍兼着文部尚书、御史大夫、判度支、蜀郡长史、剑南节度支度营田等副大使、木炭、宫市等四十余使，真可谓大到军国大事，小到皇宫的采办木炭，皆由他一手包办。可想而知，即使杨国忠长有三头六臂，每天如此众多的大小事务堆积起来，也会把他压成一张肉饼。渐渐地，杨国忠深感疲惫，他不再事事过问，将很多事务都交由胥吏们去处理。胥吏们仗着杨国忠的宠信，玩忽职守，贿赂公行，一套新的官场屠龙术诞生了。最典型的事例，即是杨国忠任命官员。在这之前，吏部选官，都要严格经过"三铨""三注""三唱"几道审核程序，而且审核时间漫长，至少要经历春夏两季才能把手续办完。但杨国忠掌权后，他将选官程序简化了，由胥吏们事先在家里拟定好任命名单，再将官员们召集到尚书省，一天之内就将几道审核程序办理完毕，他还美其名曰这是在提高工作效率，节省时间。一桩如此严格的选官制度，就这样被杨国忠以游戏的方式完成。不少官员为达到任命目的，不择手段巴结、贿赂胥吏，致使整个官场乌烟瘴气，徇私舞弊行为盛行。杨国忠不是不知道这其中的奥妙，但他就是假装不见，独自享受着权倾朝野的自足。

也许是权力越大，游戏心理就越大吧。越到后来，杨国忠竟然把选官彻底变成了他的娱乐项目。他将全体候选官员召集到自己家中，让其堂妹韩、虢、秦三夫人垂帘观看，笑语之声飘荡于他的宅邸和回廊。若按旧规，只要办完注官手续，就得交下侍中、给事中复审。可杨国忠在处理这一环节时，直接将左丞相陈希烈喊来坐于一旁，并让给事中陪站在前面，大声说："注官手续是当面办理的，算是经过门下省了。"

在这次选官任命中，最大的获益者是杨国忠的心腹鲜于仲通。早年间，杨国忠从军于蜀，授新都尉，考满因家贫不能还乡时，当地富户鲜于仲通时常周济他。故选官的第一时间，杨国忠就命人将鲜于仲通从剑南节度使的位置上，调回长安当京兆尹。为感恩杨国忠，鲜于仲通亲自牵头，示意选官们替杨国忠立了一块颂碑。玄宗皇帝知道后，觉得杨国忠辅佐朝政有功，指示鲜于仲通撰写碑文。鲜于仲通也算读了点书，有些才智，他在碑文里无底线地夸赞杨国忠的功劳。待碑文写完后，鲜于仲通呈给皇帝过目，皇帝只稍稍改动了几个字，其余的则完全默认鲜于仲通对杨国忠的吹捧。有了皇帝的默许，鲜于仲通更加心安理得。他命人将碑文刻上，还全文填了金。远远看去，那一块高高大大的颂碑，每一个字都放射出光芒。所有的光芒聚在一起，形成一道象征权力的灼人的火焰。

鲜于仲通真不愧是杨国忠的心腹，他知道自己的主子要什么，这大概是每一个想要有所作为的下属的看家本领。颂碑的树立，让杨国忠满心欢悦。他等待这一块碑等得太久了。没事的时候，杨国忠会经常一个人偷偷地跑去颂碑前伫立，用手抚摸碑身。摸着摸着，他就会大放悲声或垂头掩面。没有人知道他在那一刻的感受——他想到了什么，谋划着什么，期待着什么……颂碑静静地立在那里，一动不动，像一块躺在时间长河里的化石。

15. 见闻录

一个压抑的人，恰好又生在一个压抑的时代，那真是"于天上看见深渊"。没有办法，我年龄大了，没有别的出路。即使有别的路子，可我生在那样一个时代，除了走仕途，还能幻想以怎样的方式出人头地呢？唯有等待，像桂花等待八月，长空等待雁鸣，草原等待骏马，暮色等待炊烟……我的"参列选序"，既是我的天堂，也是我的墓地。

在等待的期望之中，我的生活一天比一天窘迫。生逢乱世，之前那些能够接济和陪伴我的朋友，诸如高适啊，岑参啊，薛据啊，他们都不知去了哪里，也许正在替朝廷分忧吧，这是他们身负的重任。有时一个人闷得慌，诗也写不出，我就在长安城里到处游走，我感觉自己就是一具活着的游魂。然而，令我苦闷和彷徨的是，我仿佛不是走在人世间，而是走在地狱里。在游走的过程中，我目睹了一幕幕人间惨剧。那一个个细节，一个个场面，一个个情景，一个个故事，深深地震撼了我。这使我觉得我的痛苦根本不算什么痛苦，我所看到的、听到的，那些来自生存泥潭里的真实生命，才是这个宇宙间的"苦难的象征"。而造成这些巨大灾难的根源，却是那无休无止的战乱和征伐。

追根溯源，我又不得不提到杨国忠和他的心腹鲜于仲通。还在天宝十年的时候，杨国忠贪图战功，命令剑南节度使鲜于仲通率兵八万攻打南诏国，这本是一场不义的战争。鲜于仲通生性暴烈，因战争无端引发民族纠纷，使双方大动兵戈，李姓王朝处于内忧外患之中。杨国忠不想让玄宗皇帝知道战争实情，一直向上隐瞒败绩，只报喜不报忧。玄宗听了杨国忠的汇报，大喜过望，心想，自己又可以躺在贵妃的玉臂上高枕无忧了。他相信杨国忠所报属实，他看不出杨国忠的嘴是抹了蜜的。他一直认为大唐的江山必将永久地固若金汤。杨国忠不想事情败露，不停催促鲜于仲通继续攻打南诏，兵丁不够，就四处征讨。整个战事，前后死了近二十万人。我真的不敢想象，如果将那死去的二十万人的白骨连接起来，会不会将长安城绕上三圈。

杨国忠为补充兵源，派遣御史分道抓丁。有一天上午，我正在咸阳附近无所事事地走着。我的脑子里乱麻一团，我又想到了我的妻子和孩子。我很久没见到他们了，不知他们过得好不好。无论是作为丈夫还是父亲，我都是不合格的。我没有给他们一个有安全感的家。我将他们抛在家里，相依为命地守望着黄昏和黎明。我好想帮他们做点什么，煮一餐饭，挑一次水，洗一次衣，或陪他们说说话也是好的。但就是这些再日常不过的简单愿望，我都无法实现。想着想着，我的眼眶湿润了。一阵风过，吹起地上的浮尘和落叶。那落叶像是从我的衣裳上扯下来的一块补疤。我望着那随风旋转的补疤，就像是望着我那正在远去的人生。忽然间，我不知道我的脚步该朝哪个方向迈。我的眼前好似出现了无数条路，又好似一条路都没有。我已经脱离了地面，飘到了空中。我就是那浮尘，我就是那落叶。

我的灵魂已经破碎。就在我感觉自己随风越飘越远的时候，一阵隆隆的战车声将我重新拉回到了现实中来。我感到全身战栗。我随着声音的方向扭头看去，有战马排着队从咸阳桥上走过，浮起的尘土遮住了桥面。那些战马有的精瘦，有的强壮。强壮一些的，不知是不是受到了出征将士的威吓，不断地发出一声声响彻云霄的鸣叫。而那瘦小一些的战马，则低着头，跟在强壮一些的战马后面，使劲地跑动着。出征将士高声吆喝着，两腿拍击着马肚，人和马都一脸的茫然。那挎在出征将士腰间的弓箭，随着马跑动的节奏抖动着。我无论怎么看，那些抖动的弓箭都不像是杀敌的利器，而是一把把能发出音乐的乐器。这些乐器发出的悲声正在每一个将士的心里响起，也在每一匹马的心里响起。从外貌看，马背上的士兵们都很年轻，有的嘴上还没长胡须呢，我担心他们是否有足够的力量拉得开一张弓。我远远地看着他们，不敢靠近，就像那些弓箭不敢靠近远方的敌人。弓箭自己是不会发箭的。那些年轻的士兵也不可能自愿去出征，这从他们的表情里可以看出来。他们每前进一步，都会回头不舍地看一眼跟着马追跑的爹娘。爹娘们都是赶来替孩子送行的，他们哭的哭，喊的喊，不停地扯住自己孩子的衣裳不放。马一动，他们就一个跟头。孩子以为父母摔着了，想下马搀扶，但及时被军头给呵斥住了。自从跨上马的那一刻起，这些年轻的孩子就跟他们父母脱离了关系。他们不再属于父母，父母也不再能管他们。他们都被迫成为搭上弓的箭镞，这箭镞倘若射不穿敌人，就必会射穿他们自己。

爹娘们无奈了，他们深深地知道，孩子这一去，可能就是生离死别。他们很想多看孩子一眼，再摸摸孩子的脸颊，再替孩子整整衣衫，最后说上一句祝福或暖心的话。他们辛辛苦苦把孩子抚养大，不容易。但是，军头不给他们这个话别的机会。征讨南诏的战事日趋严峻，死亡人数逐日增加，急需这一批又一批的年轻生命去做出牺牲。在出征途中，人是不能儿女情长的，必须把自己变成一块冷漠的石头。石头是不需要眼泪的。任何的柔情都是征战的阻碍。他们唯一要做的，就是硬着头皮和鼓足胆量朝前冲，冲向水，冲向火，冲向生，冲向死，冲向深渊，冲向血流……但是爹娘们不懂征战，也不懂朝廷为何要强行带走他们的孩子。在这生离死别之时，他们早已失去了理智，他们只想把孩子拉回自己身边。所以，他们才抱成团，用身体形成一堵肉墙，拦住京郊大道，用撕心裂肺的哭喊，祈求上苍开恩。那哭声简直比箭镞还锋利，还有力，一直冲向九重云霄。

我实在看不下去了，想走过去安慰一下其中几个满头白发的妇女。这时，正好有一个过路人，也伸出手来搀扶倒地大哭不止的一个女人。或许是我们的举动触动了军头，使他也生出了几分怜悯，他朝大哭的女人们说道："你们都回去吧，哭是没有用的。"那个过路人见军头开口说话，就顺口询问他征夫的缘由。

军头说："朝廷点派我们出兵太频繁了，兵源跟不上，只好展开大规模征兵了。"

过路人问："这些娃都还小呢，能打仗吗？"

"有人从十五岁起，就被调去北边守护河右去了，直到四十岁又被西征去屯田。出发的时候，都还需要裹头巾呢，回来时就已经是白发苍苍了。按说，老了就应该还乡。可不行啊，只要有一息尚存，照样还被应征去守边。"

"战事有这么严酷么？"

军头皱皱眉："你是没看见啊，边疆战士的鲜血都汇成大海了。"

"不可休战吗？"

军头不耐烦地提高声音说："皇帝要扩充领土，他不命令休战，谁敢停？你难道没有听说过吗，华山以东二百州，千村万落都已荒芜。即使有还能耕田的妇女，那庄稼也是长得稀疏零落。"

"我倒是听说过，只是不敢相信。今日听军爷这般说，那情况定然是真的无疑了。"

军头苦笑了一下："我还骗你不成么？远的不说，就拿我们自己来说吧，现在已经到了冬季，朝廷仍不把我们这些关西兵放还。家里田地荒芜，而县官天天逼命催租，这岂不要置我等于死地吗？"

过路人听军头如此说，眼泪都出来了。大概也是过路人的询问引发了军头的感喟吧，他接着说道："活在这个时代，生男不如生女好啊，要是生女，还能嫁个近邻；生男就只有战死疆场的命。你看那青海边，累累白骨根本无人掩埋啊。我每次出征经过那里，仿佛都听见有旧鬼在啼哭，有新鬼在喊冤。尤其是天阴下雨的夜晚，那啾啾的鬼哭声真是人世间最凄惨的声音了。"

听着军头和过路人的一问一答，我的心里毛骨悚然。军头的话将我带入了一个可怕的绝境。那天回到住处以后，我一直处于神魂颠倒的状态。我在咸阳桥的所见所闻，既让我悲愤，又让我无助。我想，我必须将自己见到的一切记录下来。这些征夫的心牵动着我的心，征夫父母们捶胸顿足的哭泣声也牵动着我的心，就连那些毛色暗淡的战马也在牵动着我的心。面对他们，我感觉不是一个旁观者，而是一个亲历者。我是那出征队伍里的任何一个人，那出征队伍里的任何一个人也都是我。我们喝的是同样的水，身上流的是同样的血。当晚，我有感而发，写出了可以说是影响我以后诗观的一首诗《兵车行》。我在这首诗里，客观地记录下了我当天看到的情形。

诗写出后，我全身乏力，头重脚轻，一直到后半夜，才迷迷糊糊入睡了。

睡着后，我做了一个长长的梦。梦里，有一个士兵，在不断地给我讲述他的遭遇。他所讲的，我记不大清了，只记得一些片段。

这个士兵姓什么，他没说，我也没问。或许他压根儿就没有姓名吧，他只是一个符号。

他说：我被迫悲戚地离开故乡，踏上奔赴交河的漫长征程。官家把我看得很紧，而且给我规定了到达期限。如果在规定时间内没有达到，将遭受酷刑。我本想在路上趁官家不注意时逃跑，但又害怕被抓回来后遭遇更悲惨的灾祸。我真的想不明白啊，皇帝的疆土已经如此辽阔，他为何还要频繁地出征呢？以至于哀鸿遍野，生灵涂炭。杜大诗人啊，你说我的命苦不苦呢？我如此年轻，就只有忍气吞声地扛着武器朝前跋涉，而丝毫不顾父母的养育之恩啊！

他说：眼见我的家离我一天比一天远，我对父母和故土的思念也渐渐地淡了。我已经学会了面对现实。我必须学会生存那一套，不然，我会受同行的气。你知道，我不是个逆子，骨肉之情怎能相忘啊？无奈何，我错投了胎，成了男儿身。既然身为男儿，死活是没有定期的。我有什么办法啊，我回天乏术，只能摘掉络头随马疾驰，从万仞高山飞驰而下，俯下身子来练习拔取军旗的本领。

他说：我在河边歇马休整，聆听着耳畔令人断肠的流水声，真是思绪万千。为消解寂寞和枯索，我蘸着呜咽的陇头水磨砺战刀。磨着磨着，我的手指被割破了，也没感觉到疼痛。要不是看见水色变红了，我都不会察觉。看来，我只有以身许国了。那就不必怨怼了吧，只要能把自己的画像放在麒麟阁，哪怕立刻战死我也值了。

他说：那些押送征夫的官长也是人啊，为何对我们都吹胡子瞪眼啊？我们前去替朝廷卖命，他们却不把我们当人看。他们的心为何那么硬呢，难道全是石头做的吗？幸好我在征途上遇到一个熟识的人，我托他捎封信给我的家人，这样，我的劳苦可能会减轻一些。我伤心啊，我跟家人已经永别了。

他说：千里迢迢，不远万里，我脚都差点走断了，好不容易总算到达了三军驻地。军中的苦乐有谁知啊，尤其我们这些征夫的内心，岂是那些主将所能了解透彻的？望着河对岸敌人的骑兵，眨眼间就驰过了几百群。像我这样的小卒，什么时候才能立功啊？

他说：我其实是害怕杀人的。我觉得，拉弓就应该拉强弓，射人不如先射他骑的马匹，就像擒贼先要擒他的首领一样。这样，就可以避免无限度的杀伐。立国总得有个疆界才好，假如能采取有效措施制止敌人的侵略，又何必过多地杀伤他们呢？

他说：在大雪天行军，我们进入了一座高山。为巩固战地，我们沿着危险的山路，抱运石头修筑城垒。大家都冻得受不了，掉下的手指落在厚厚的冰凌间。这里地处偏僻，不知何时才能修好城垒归还啊？头顶游走着一块一块的暮云，云层悠悠地向南而去。只可惜我们只能眼巴巴地望着云层，却不能攀上它飞回到故园和母亲的身旁。

他说：敌人开始攻打我们的城垒了，风沙漫卷，一片昏暗。我们挥动宝剑，奋勇杀敌，敌军被我们杀得落花流水。我还活捉过敌人的一个酋长，用绳子将他的脖子系住后交给主将。我不想贪功，交出后，就赶紧站回到了队列里。初次出战，我没必要张扬自己，你说是吧？

他说：我当征夫十几年了，哪能没有一点战功呢？很多人都想冒功求赏，我倒不屑于跟他们去争。争功的事在中原屡见不鲜，何况在这与异族接壤的边境！身为七尺男儿，就应该心怀社稷，怎可为一己私利或困窘而动容啊！

这个士兵还想继续给我说，可我已经醒来，天也已经亮了。他不得不从我的梦中离去。我理解他，只要天明，他就得去杀敌，那是他的宿命，想抗争都抗争不了。我无法设想，在现实中，像我梦中一样的士兵该有多少？朝廷需要大量的兵丁，御史从东北、东南把小孩、壮丁和老叟都集中到关中，再发动关中的广大人民拥向西边。所以，从西北到西南这条战线，就成了一条送死的屠场。

如此现实让我对朝廷感到心寒。

玄宗皇帝自从任命杨国忠做右丞相以来，更是百事不管，整天跟他的杨贵妃躲在宫中贪图享乐。而杨国忠自己也没闲着，他跟皇帝一样，同样懂得享受。他还在蜀地之时，就跟虢国夫人关系暧昧。现在做了右丞相，更是将他们的关系公开化。杨国忠命人在长安宣义里盖起了豪华府邸，连土木都蒙了绨绣。这府邸是他跟虢国夫人幽会的场所，朝内无人不知，无人不晓。他替朝廷新制定了不少规矩礼法，而唯独自己却不遵守。有时入朝，杨国忠还会偕虢国夫人同行，排场搞得很大，丝毫不避他人耳目。他俩一路上打情骂俏，把皇宫当作了自己的后花园。

每年十月，玄宗都要去骊山华清宫避寒，直到冬季结束才回到长安。杨国忠的府邸就建在华清宫东门的南边，跟虢国夫人的山第相对。而且，韩国夫人和秦国夫人的山第也建在那里。玄宗每次来华清宫，都要去杨氏兄妹家走动，赏赐宴乐。宴乐之后，就会随皇帝游赏。杨氏五家的车辆各为一色，五家合队，宛若云霞般灿烂。杨国忠那一队，以剑南节度使做前导，看上去好不威风凛凛。凡是随驾出游者，临行都有"饯路"，回来后还有"软脚"，这让杨氏兄妹体会到权力带给她们的福祉。

那个时候，由于杨玉环的三位姊姊还没有带上嫔妃的枷锁，可以任意在外面及时行乐。尤其在三月三前后，她们趁着暮春美景，穿着绫罗绸缎，头戴翡翠首饰，妆容浓艳地出现在曲江池边。她们在那里戏水、疯玩，挥霍大好青春。游玩累了，她们就钻进搭在江边的帐幕，在里面摆设酒宴。那场面可真叫奢侈啊！她们用镶嵌翠玉的锅烹炸驼峰肉，用水晶盘子盛装清蒸鱼，用犀牛角做的筷子夹菜。这让我这样的落魄文人瞠目结舌。然而，那三位夫人可挑剔了，这些摆上桌的山珍海味她们吃得太多，以至于都没了胃口。她们责骂精切细作的厨师不能花样翻新，每顿都是那几道菜。急得太监们飞马回宫报信，不多久，就有天子的御厨络绎不绝地送来新的菜品供她们享用。宴席上，箫鼓合奏，美妙的清音真可惊动鬼神。站在三位夫人身旁的，都是些朝中大员，他们脸上挂着微笑，一副众星捧月的神态。宴席进行到一半的时候，随着一阵嘚嘚的马蹄声到来的，便是杨国忠了。他旁若无人地走进云帐，踏着锦毯直接就进了虢国夫人的帐篷。所有的大员都立即退去了，箫鼓也停止了演奏。唯有曲江岸上飘落的杨花压在白蘋上。树上传情的青鸟也飞走了，仿佛叼走了虢国夫人的一块红手绢。

耳闻目睹着长安城发生的一切，我似乎才真正熟知和看清了我所生活的世界。在此之前，我都是在以一个文人的眼光打量世界。可现在不一样了，当我知道了征夫的血泪和几位夫人的奢靡生活之后，我看世界的眼光变了。我不再凭借想象，最重要的是，我不再从自身出发。我多了一个观察生活的角度和切口。

我活着，也许本身就是这个时代的一个参照。

16. 尘埃落定

　　我无限地思念我的家，这可能是文人的多愁善感造成的吧。当由朝廷掌控着的这个"大家"不爱我和不需要我的时候，我也没有能力去爱它，我只能去爱和担心我的"小家"。天宝十二年秋天，当我在长安继续一个人的流浪时，我接到妻子辗转传来的消息，她又给我新添了个儿子，取名叫宗武，这让我的心里又悲又喜。喜的是我又多了条血脉，悲的是我意识到家中人口的增添会使妻子雪上加霜。得到这个消息的好几个夜晚，我都难以入睡。我透过窗户，望着黑漆漆的夜空，我好想这冷酷的黑夜快快来将我吞噬啊！我的心顿时悲凉起来。我的眼前又出现了幻觉，我看到妻子跟两个孩子睡在床上，在夜空上飘。他们三人手拉手，像三颗星宿，闪闪烁烁，一会儿明亮无比，一会儿暗淡无光。我爬在窗台上，远远地看着他们。我想伸手将他们拉拢到我身边来，可我的手无论伸多长——感觉手臂都脱离我的身子了，还是拉不到他们。我大声呼喊他们，但他们却听不见。他们仿佛与我生活在两个不同的世界。可我又分明听见我刚刚出生的孩子在哭，那稚嫩的哭声像尖刀一样刺着我的心。我的泪水流了出来。我听着听着，感觉孩子的哭声跟那些被抓去充当兵丁的孩子的哭声融合在了一起。这声音是如此巨大，把夜幕都撕裂了，也把我彻底给掩埋了。

　　失眠对我造成的伤害是致命的。白日里走在街上，我的脚步轻飘飘的，我怀疑从我身旁走过的人是否会发觉我的存在。我好想立刻回到妻子和孩子身边，我想跪在他们的面前痛哭一场，哭尽我的无助和忏悔，哭尽我的内疚和锐痛。但这样短暂地想过之后，我的意识马上又清醒了，我还是得振作起来，如果就这样窝囊地过完一生，那就太不值得了。

　　天宝十三年春天，我终于鼓起勇气将妻儿接到了自己的身边。哪怕我的日子过得再苦，至少我可以陪伴他们。这样，我的心里会踏实一些。我的妻儿来到长安后，他们的脸上也多了一丝亮色。尤其是妻子，她之前一个人照顾孩子实在是太辛苦了，又长年跟我天各一方，那种精神上的孤寂可想而知。这下好了，他们再也不怕孤独了，他们身边终于有了一个可以依偎的男人。可让我苦恼的是，这种一家人团聚的和睦景象没有维持几天，就如气泡般幻灭了。我没有能力养活他们，每天早晚，看到脸上露出菜色的妻子怀抱着饿得呱呱大哭的孩子时，我的心上都长满了冰刺。我再一次对自己生出了强烈的恨意，我不知道该怎么做才能使我的妻儿活下去。吏部那边仍是没有任何令我欣喜的消息传来，生活再一次把我逼向了绝境。或许是病急乱投医吧，我竟然将希望寄托在了我讨厌的杨国忠和鲜于仲通的身上，一念之下，我又朝延恩匦里投了两篇赋。特别是《封西岳赋》，是我当时揣摩着皇帝的心思写的。我建议陛下再行典仪，祀封太华山，以护卫圣躬之精魂。我在赋里言辞恳切地表呈了我体弱多病和生活窘迫的凄惨之状，希望告知皇帝，我已经在官员任命的惯常机制中苦苦等待两年了，且我的肺病越来越严重，咳嗽使我痛苦不堪，我不想还没有为君王做任何事情就撒手人寰。这次献赋，我吸取了前次献赋的经验教训，多了个心眼。我不想重蹈李林甫当政时期的覆辙，故我在献赋的表里对杨国忠也夸赞了一番。这虽非出自我的本心，但为了活命，我只能如此。为保险起见，在此次献赋之前，我还预先给掌管延恩匦的献纳使田澄献诗，求他在皇帝面前替我美言，助我一臂之力。然而，在强大的权势面前，像我这样的落魄之人，跟一条狗或一只羊又有什么分别呢？我不清楚我献的赋最终呈没呈送到皇帝的手中，反正我等来的仍是绝望。我几乎丧失了活着的勇气，有好几次，我都想投河自尽，免得再遭人世之苦。可只要一转身看到自己的妻儿，我又觉得自己无论如何都不能死，我得对他们负责。

好在，就在我处于深度焦虑之中时，苏源明来到了长安。这个曾跟我一起在山东游猎的朋友，被派到长安任国子监司业。他的突然到来让我的感情暂时有了依靠，我一下子觉得自己不再孤苦伶仃，身边终于多了一个可以倾诉苦闷的人。苏源明一见到我，也是激动万分，我们相拥而泣。也只有我们，才明白这种见面的含义。苏源明知道我情绪低落，怕我丧失生活的信心，便经常约上郑虔一道陪我去饮酒论文。我真的是非常感谢这两个朋友，在我人生最落魄的时候，他们总会默默地站在我的身后，给我鼓气，帮助我解决实际问题。在他们的开导和陪伴下，我的情绪渐渐有所好转。

有了苏源明的解囊相助，我扩大了自己的活动范围。在这之前，我没有固定的居所，都是今天住这个客舍，明天住那个客舍。可在苏源明来到长安之后，我开始带着妻儿在曲江南、少陵北、下杜城东、杜陵西一带居住。这一带地方的气候和环境都很好，我感受到许多新鲜的东西，也有了许多写诗的灵感。空闲的时候，我喜欢去城东南的少陵原、神禾原走走，也爱去樊川北岸的杜曲、韦曲，以及皇子陂、第五桥、丈八沟散心。那段时间，我又写了不少诗。看多了人间的悲欢离合，当我看到这些山林胜地时，我终于有了一个喘息的机会。我很想隐居于此，了却残生。在杜陵，我自称"少陵野老""杜陵野客"或"杜陵布衣"。我故意把自己隔绝和封闭起来，我不想再见到那些令我伤怀的现实，我只愿徜徉于青山绿水间。然而，要彻底做个隐士是多么难啊！我人在山野，心却依旧牵挂着社稷。我曾故意用野草将自己的耳孔塞住，用树叶将自己的眼睛盖住，不去听不去看外面的情况。可我越是这样做，心却越是关注着朝廷的动静和社会的安危。我知道，那个侍御史、剑南留后李宓仍在带兵攻打南诏。南诏王阁罗凤将李宓诱至大和城，闭壁将其困在城中。不久，李宓粮绝，饥饿和瘴疫导致他手下的七万兵卒死去十之八九。李宓见势不妙，只得后撤。南诏兵士乘胜追击，李宓被俘，全军覆没，此事搞得长安城更是动荡不安。

天宝十三年秋天，正当我的心情逐渐好转之时，一场秋雨从天而降。这场雨持续了六十多天，整个长安城都成了泽国。京城的房屋被冲垮，郊区的庄稼也遭毁损，四海八荒都被一片雨雾包裹着，那种氛围真是令人窒息。加上前几年出现过旱情，现在又遭水灾，到处都闹饥荒。满大街走着的都是饥民，有的走着走着，一头栽倒在地，就去了阴曹地府。放眼望去，水面上到处都漂浮着死尸。那种惨状，堪称人间地狱。为活命，人们纷纷将御冬的衣物和被褥抱出来换米，而丝毫顾不上即将来临的严冬。能活过今天就不错了，谁还有心思去考虑明天的事情呢？在饥民眼里，是没有明天的。我住的下城一带也是举目泥泞，根本没法出门。我担心妻儿会被大水冲走，索性将门反锁了，一家人围坐在漏水的屋中发呆。眼看着院中的花草被大雨淹死，花瓣随水漂流，我的凄楚之感油然而生。我觉得我和妻儿就是那死去的花瓣，在时间的海洋上飘啊飘，飘向虚空。

等到雨过天晴的时候，京城早已是一片废墟，我的心情也是一片废墟。苏源明见我处境困难，跑来安慰我，让我看开些，说日子是要向前看的。他还给我带来一些他自己都舍不得吃的食物。朋友的这份情谊，也是支撑我活下去的重要支柱。源明的善举，让我想到我的另一个朋友岑参。在他离开长安去安西节度使封常清幕中任职之前，只要有闲，他都会时常跑来看望我。岑参还多次领我去渼陂游玩。我印象最深的是去年夏天，我们在渼陂乘船观景。刚到岸边，忽然天气骤变，光影暗淡中，只见那万顷波涛像堆积着片片琉璃，既神秘，又阴森可怖。但船开后不久，便云净天空，整个湖面变得风平浪静。我的心情也转忧为喜，好似过去经历的一切不如意都被眼前的美景给冲淡了。我好想再跟岑参和源明一起，同去游一次渼陂啊！

我不能在长安久待了，至少不能再让我的妻儿待在长安。我不想让他们过着饥寒交迫的生活，我得给他们找一个安全的地方。想来想去，我决定将他们送到奉先寄居。因为奉先令姓杨，是妻家的同族。另外，我的舅父崔顼当时正任白水尉，白水与奉先属于邻县，这样一来，我希望能靠这点沾亲带故的关系，暂时给妻儿一个避风港。至于以后的事情，那就只有走一步看一步了。

妻子很配合我的安排，我将她和孩子送到奉先安顿好后，我提出要返回长安，我对长安还寄予最后一丝希望。妻子见我要走，而把她和孩子抛在一个陌生之地，眼泪不断地往下流。妻子的泪滴是一颗一颗的冰雹，砸得我生疼。但我还是硬着头皮走了，我必须这样做，否则，我们今后的日子将会更加悲惨。回到长安后，我依然在等待朝廷的任命消息。在等待期间，我多次往返于长安与奉先白水之间。我希望我的妻子和孩子在看到我后，心理上多少能得到些许的慰藉。

我在长安的心情跟之前一样，是压抑和焦虑的。我深深地感觉到我后来献的那两篇赋已经不起作用了，于是，我萌生了另外一个想法——到西部边境去从军。这个想法源于朋友高适和岑参带给我的启发。他们两人，一个在武威节度使哥舒翰的幕中任职，一个在安西节度使封常清的幕中任职，且都得到了重用。我想，如果我也效法他们，倒也不失为一条很好的出路。主意既定，我赓即托高适转交给哥舒翰一首诗作《投赠哥舒开府翰二十韵》，表达如蒙他不弃，愿意到他的幕中谋个差事，尽管我曾对哥舒翰的穷兵黩武深感不满。可我没有料到的是，哥舒翰早在抵京之时，就已经病入膏肓，以致他后来不得不请求暂时去职休史。我刚刚燃起的希望之火就这样迅速地熄灭了。但我还是不甘心，左思右想之后，我又给韦见素写了一首长诗。我想凭借他的力量，谋得一个发展的机会。韦见素是个忠厚之人，通过科举入仕，去年秋天被任命为宰相，在朝中的地位仅次于杨国忠。虽然此人胆小，但他向来欣赏有才华的人，我希望他能使我的命运发生转机。

或许真的是我写给韦见素的诗起了作用吧，天宝十四年十月，在我流落长安整整九个年头之后，朝廷终于任命我为河西县县尉。这个结果让我哭笑不得。按理说，像我这样的处境，哪怕随意给我一个小职位，我都应该感激涕零，欣然受命。可我得到任命后，却丝毫高兴不起来。这倒不是我嫌这个官职太小，而是高适曾经任封丘县尉的经验告诉我，这是一个鞭挞人民、作践百姓的职务。我虽然历经千辛万苦，在不惑之年才得到这么一个官职，但从内心来说，我宁可继续贫困下去，也不愿骑在百姓头上去作威作福。这九年来，我太知道老百姓是怎么活的了。如果我任职后，真的像高适《封丘作》诗里所写的那样去做事，我过不了自己良心这道坎儿！这便是做一个诗人的软弱，说好听点，或叫慈悲吧。我没有再多想，毅然拒绝了这个官职。也许是吏部可怜我，抑或是皇帝大发善心，他们见我辞职不就，又让我改任右卫率府胄参军。这次我没再拒辞。虽然这只是一个看守兵甲器械和管理门禁钥匙的职位，但总比去欺压百姓好。如此一来，我终于在长安有了口饭吃。

任职后，我好想第一时间将这个喜讯告知妻子。她在前几个月，又给我产下一个女儿。这么多年来，她为我付出了太多，我要让她看到我们的生活正在好转，阴雨已经过去了，阳光将铺满未来的大道。十月里的一天夜里，我从长安出发，去奉先探视妻儿。冬天的寒风割人肌肤，道路两旁的百草都已凋零，我的十个指头全部被冻得僵硬，连衣带断了都没法结上。黑夜掩盖了白天的一切事物，只有我像是黑夜的一个人质，被押送在去往荒寒之地的路上。我说不清楚这是一种怎样的心理。我在得到官职和没有得到官职时一样，都有一种被流放的感觉。一路上，我都在想，到长安这十年，我受尽屈辱，遍尝冷暖，就是为了得到这么一个参军的职位吗？我曾经满怀激情，要辅佐皇帝治理社稷，造福人民，却最后连自己活命都难。试想，假如当年我跟随李白走了，去遨游四海，现在的我又将是如何一副面貌呢？想到这些，我的心里像涨潮的水，很不平静。夜越来越深，寒气越来越重。当我走到骊山脚下时，天已破晓。我知道，此时的玄宗正在山上的华清宫里避寒，我的耳朵边仿佛还响着他寻欢作乐时发出的笑语声。可我更知道，供他寻欢作乐的这些财物，都是从民间搜刮来的。他与杨玉环及其姊妹们吃剩的珍馐佳肴，不知可以救活多少黎民百姓的性命。那一刻，我的眼前瞬间浮现出长安街头饿殍遍野的惨象。我随口吟出一句诗："朱门酒肉臭，路有冻死骨。"这是我的深切体会，我预感到这个朝廷的气数将尽，即使黎明的曙光也无法将其照亮。

当我一路向北，渡过渭水到达奉先时，我早已身心俱疲，但我还是强迫自己露出高兴的神情，我不能让妻子看到我的忧思。现在我好歹有了一个官职，可以让她开心一下。哪承想，我刚一进家门，就听见妻子号啕的哭声。我被她的哭声吓着了。我的几个孩子躲在她的身后，像几只受到惊吓的兔子。我问妻子哭什么？她痛苦地告诉我，我们的幼子已经被饿死了。我站在妻子面前，两眼发黑，头脑一阵眩晕。我不知道该对妻子说什么，只好紧紧地搂着她，像搂着枯瘦如柴的自己。失子的哀痛，对我的打击是巨大的。忍着悲痛，我连夜写了一首诗《自京赴奉先县咏怀五百字》。这既是对我幼子的悼念，也是对一个朝代的悼念。

我后来才知道，就在我自京赴奉先的路上，安禄山已经在范阳起兵造反了。一个盛世就这样在哀痛中走向了衰落。

第三章　下半夜

诗人说

杜甫是幸运的，又是不幸的。
他幸运是因为他遇到了一个好妻子。
他不幸是因为他没有遇到一个好时代。
难道真的是"国家不幸诗家幸"吗？
听了杜甫的讲述，我很悲伤。
他那么有才华，那么敬畏诗，那么敬畏生活，却照样朝不保夕。他流落长安后，照样饿饭，仰人鼻息，遭人暗算和排挤。
像杜甫这样的人，注定是需要诗的人。
他需要写诗来谋取仕途。
他需要写诗来告慰先祖。
他需要写诗来报答妻儿。
他需要写诗来获取尊严。
他需要写诗来实现抱负。
他需要写诗来安顿灵魂。
尽管，他心里知道，诗是这个世界上最无用的东西。
诗什么也改变不了——它既不能改变诗人的生活，也不能改变周遭的环境。
但这看似最无用的东西，对某些人来说，却又是最有用的东西。
比如我——诗就成了我现在活着的全部。
我本来也如杜甫一样，曾是一个有理想，有情怀的青年。

可二十多年前的一场变故，使我失去了双腿，只能躺在床上度日。

我的天塌了。

我的地陷了。

我的心碎了。

我再也看不到未来的方向。

我觉得我的世界从此将再也不会有明亮了。

正在我万念俱灰之时，没想到我曾经的那些读者都纷纷赶来看我。

太阳给我送来曙光，月亮和星星给我送来安宁。

蚂蚁和蜗牛给我送来福禄，蝴蝶和蜻蜓给我送来吉祥，蜜蜂和鸟雀给我送来安康。

我被这些小生灵感动了。

我坚持每天都写一首诗来表达对它们的感激，也以此来祝福和纪念自己劫后重生的光阴。

也是从躺倒床上的那一刻起，我开始静下心来认真读书。在书中，我认识了杜甫和杜甫的一大帮诗友。

他们成了我的寂寞的伴侣和"精神领袖"。

我感叹他们的命运，也感叹自己的命运。

我感叹幸福的人生都是相似的。

我也感叹不幸的人生各有各的不幸。

诗成了我们坎坷命运的"护身符"。

当我看到杜甫因为写诗最终谋得一份差事，可以养活自己的时候，我从内心里感到高兴。

他通过写诗活了下来，我也通过写诗活了下来。

诗拯救了他，也拯救了我。

17. 山河破碎

年轻人，我明白你内心的痛，内心的苦，我们都是有过大苦痛的人，虽然痛点不同。你冷静听我把故事给你讲完。听完后，但愿你的痛能有所减轻，人生多一份豁达和从容。来，喝酒吧，再碰一个，咱们边喝边聊。

天宝十四年十一月，长安城被一层厚厚的阴霾所包裹，这阴霾中藏着一种死亡的味道。而制造这种死亡味道的人，就是那个胡人安禄山。他以奉密诏讨杨国忠为由，发动所部兵马及同罗、奚、契丹、室韦近二十万人，一路南下，向朝廷围剿而来。气势之大，浩浩汤汤，所到之河北州郡皆望风瓦解，不战而降。

安禄山是个诡计多端的家伙，长得白白胖胖，肚子下坠得都快超过膝盖了。他的体重有三百三十斤，平常走路和出战，都需有人抬着他的肩膀才能移步。他本来姓康，母亲阿史德是个巫婆，居住在突厥，以占卜为生。安禄山的母亲一直视他为异人。据说在他出生时，有一道强光从天而降，照在穹庐之上，周围的野兽在同一时间发出嘶鸣。他的母亲因此认为这个孩子是神所赐，从小便悉心照顾。安禄山才几岁的时候，他的父亲就去世了。之后，他随母亲嫁给突厥人安延偃，改姓安，更名禄山。安禄山成年后，以骁勇善战著称，又生性狡猾，善揣人心，很得幽州节度使张守珪赏识。张守珪每次派他出去执行任务，他都能捉拿几十个契丹人回来，这让张守珪十分器重，不但在职务上给予提拔，还收他为义子。后来，因为有张守珪的力荐，安禄山得到玄宗皇帝的信任和宠爱，跟史思明一样，被任命为节度使，派往镇守东北边疆。可安禄山和史思明都是外族，安禄山的父系是中亚月氏种，史思明的父系是突厥种，他们素来水火不容，长期明争暗斗。渐渐地，安禄山的势力越来越大，他以防御吐蕃为名，将全国的大部分兵力屯在西北边疆，其目的是壮大自己的军事实力，一旦时机成熟，他将作乱犯上，逆袭朝廷。

早在天宝十四年的二月，韦见素就看清了安禄山的狼子野心。当时，安禄山派副将何千年奏表朝廷，请以番将三十二人代汉将，玄宗命中书为此事发日敕。韦见素觉得此事甚为蹊跷，便对杨国忠说："安禄山暗怀异志久也，今来奏请，其造反之心更是昭昭。明日上朝，我必将此事向皇帝禀报。望你也如实具禀。"

杨国忠见韦见素如此恳切，也就答应了。第二天，在朝堂之上，还未等韦见素开口，玄宗皇帝便迎面问道："诸位爱卿，可有怀疑禄山造反之意的吗？"

韦见素向来刚正不阿，他率先站出来，说道："奏禀陛下，安禄山有反叛之迹久也，恳请陛下万不可答应他的用番将替代汉将的建议。"

玄宗似有不悦。韦见素极力给杨国忠递眼色，让他按照昨日商量的计策，斗胆向皇帝献言，可杨国忠立在一旁，呆若木鸡，就是不开口。韦见素见此情景，索性豁出性命，再次向玄宗皇帝说："臣有一策，可消除安禄山之谋，今若除安禄山平章事，召诣阙，以贾循为范阳节度使，吕知诲为平卢节度使，杨光翙为河东节度使，则可分散他的势力。"

玄宗对韦见素的策略很不耐烦，以为他大惊小怪，但又不好公开反对，便从表面上听从了韦见素的意见，还叫人拟好了制书，却扣着不发。不止如此，玄宗还派遣宦官辅璆琳奉使以珍果犒赏安禄山，以测其心。安禄山是何等聪明的人啊，他看穿了皇帝的用意，用重金买通了辅璆琳，让他为己所用。辅璆琳得到安禄山的好处后，不停地在玄宗面前说他忠心奉国，绝无二心。玄宗听辅璆琳如此说，心里更加踏实了。他把杨国忠叫来跟前，说："安禄山这个人，朕测试过了，没有异志，卿等不必多虑。"

这之后，安禄山的胆子越来越大。朝廷每派使臣去见他，他都托病不出。有一次，给事中裴士淹奉使宣慰河北，人家都到了二十几天了，安禄山才懒洋洋地出来见他。而且，见面时，连人臣礼也不再施行。到了六月份，玄宗以其子成婚，手诏安禄山进京观礼，安禄山仍是谎称有病，辞谢不来。七月份，安禄山上表献马三千匹，每匹执控夫二人，派遣番将二十二人押送。河南尹达溪珣怀疑有变，迅速奏请朝廷。这时，玄宗才猛然惊觉安禄山可能图谋不轨，开始对其产生防范之心。恰好此时，辅璆琳受贿之事败露，玄宗一怒之下将辅璆琳处死。赓即，玄宗皇帝又派宦官冯神威拿着手诏晓谕安禄山，让他按照达溪珣说的办。但玄宗知道安禄山手握重兵，怕激怒他，又补充说道："朕新为卿作一汤，十月于华清宫待卿。"冯神威到范阳宣旨，安禄山卧床不起，也不拜谢，只轻描淡写地说一句："圣人安稳。"继而，他又用手支起半个身子说，"马不献可以，十月灼然诣京师。"说完，便吩咐左右将冯神威引到馆舍安置下来，不再见他。过了几天，冯神威只得灰溜溜地走了。冯神威回到京城，一见玄宗就哭，边哭边说："臣几不得见大家。"

　　事情发展到这一步，杨国忠见安禄山必反无疑，想在玄宗面前做出忠臣的模样，就多次在皇帝面前说安禄山已怀异心，让朝廷尽快采取措施，可玄宗仍是迟迟不肯表态。杨国忠为证明自己的判断确实，暗中催促安禄山及时造反，以取信于玄宗。安禄山见时机成熟，立即将诸将召来，宣布说："得密旨，令禄山将兵士入朝讨伐杨国忠，诸君宜即从军。"于是，十月一甲子日，安禄山正式起兵谋反。

　　他先是派遣副将何千年、高邈率领奚人骑兵二十名，以献"射生子"为名，乘驿车到太原。太原副留守杨光瑂出来迎接，被即刻劫走。太原将此事火速禀报朝廷。随即，东受降城也奏安禄山谋反。玄宗接到禀报后，还以为是仇恨安禄山的人在故意制造谣言，未当真，继续在华清宫淫逸取乐。直到十二月二十二日，玄宗才确切相信安禄山真的反了。他一下子阵脚大乱，怒发冲冠，把身旁的妃子们吓得噤若寒蝉。玄宗迅速召集身边大臣商量对策，谁知杨国忠却得意扬扬地说："今反者独禄山耳，将士皆不欲也。不过旬日，必传首诣行在。"大臣们个个面面相觑，心虚发慌。两天之后，安西节度使封常清临危受命，从长安出发前往洛阳阻止叛军进攻。封常清倒也是个得力的将领，他在几天之内，征召了六万人，建起了洛阳御敌体系，捣毁了东边的河阳桥，以切断安禄山的军队从河内越过黄河的北进通道。

　　十二月二十八日，玄宗匆匆忙忙地从华清宫返回长安，处死了安禄山的儿子安庆宗，且下令让安庆宗的妻子和荣义郡主自裁。之后，玄宗还对安禄山抱有一丝希望。他下诏痛责安禄山，称其若归顺则原谅。但安禄山是开弓已无回头箭，一直不予回复，这令玄宗皇帝意识到事态的严重程度。无奈之下，玄宗打算"御驾亲征"，他对宰相说："朕在位垂五十载，倦于忧勤，去秋已欲传位太子；值水旱相仍，不欲以余灾遗子孙，淹留俟稍丰，不意逆胡横发，朕当亲征，且使之监国。事平之后，朕将高枕无忧矣。"杨国忠一听，若玄宗传位给了太子，他的计谋便不能得逞。退朝后，他即刻找到韩、虢、秦三夫人说："太子素恶吾家专横久矣，若一旦得天下，吾与姊妹并命在旦夕暮矣。"三姊妹一听杨国忠的话有道理，遂跑去玄宗面前哭诉，请求皇上收回成命。如此一闹，立太子和御驾亲征之事都只好作罢。

安禄山的军队来势凶猛，本来封常清以为切断了他的北进通道之后，安禄山会知难而退。但是他万万没有想到，安禄山的大军却在陈留渡过了河，这使封常清不得不退守到了洛阳上东门。战争跟下棋是一样的，只要你退守一步，就有可能节节败退。封常清的退守给了安禄山进攻的机会，他步步为营，逼得封常清又从上东门退守到都亭驿，再从都亭驿退守到陕县。封常清战事不利，正一筹莫展之时，他在陕县遇到了高仙芝。早在十二月二十九日，也就是玄宗返回长安的第二天，高仙芝被任命指挥一支刚由皇帝私人府库出资招募而成的军队向东挺进，以扼制住安禄山通往京城的道路。高仙芝见封常清溃不成军，也是胆战心惊。他们二人一商议，都觉得没有战胜安禄山军队的把握。于是，他们联合起来，将人马重新整合，集体撤退到潼关驻守，准备稍事休整，再与安禄山背水一战。

第二年一月，安禄山从范阳一路向西南方向进犯。不到两个月时间，便抵达灵昌，渡过黄河。一月十二日，安禄山成功占领陈留。为给被处死的儿子复仇，安禄山斩杀了节度使张介然，还屠杀了一万名投降的官兵，整个陈留都流满了鲜血。草叶上，树干上都是红色一片。路边那些开着黄花和绿花的植物，也都被红色的血水覆盖。天地之间，似乎只有一种颜色。

安禄山夺取陈留后，继续向西进犯，一月十八日，又成功占领了洛阳。或许是进攻的顺利让他尝到了甜头，他认为自己已是胜券在握。他觉得自己已经是一个帝王了。于是乎，还来不及周密准备，也还没有沉住气来攻下潼关，就在二月五日，也即农历的新年这一天，登上皇位，自封为王，改国号为大燕，并任命群臣。

安禄山的举动将玄宗逼到了穷途末路的境地。玄宗眼见自己皇位不保，焦躁难安之下，他将这一切后果都怪罪到封常清和高仙芝的头上，而这两位大将之才，委实已经尽力了。加之有个叫边令诚的监军落井下石，向玄宗诬告说此二人是因贪污军粮，才导致对叛军无力防御的。玄宗一听，更是怒不可遏，遂授权给边令诚，将封常清和高仙芝处斩。封常清在临死之前，曾给玄宗上奏，他恳诚地说：

> 臣所将之兵，皆是乌合之徒，素未训习。率周南市人之众，当渔阳突骑之师，尚犹杀敌塞路，血流满野。臣欲挺身刃下，死节军前，恐长逆胡之威，以挫王师之势。是以驰御就日，将命归天。一期陛下斩臣于都市之下，以诫诸将；二期陛下问臣以逆贼之势，将诫诸军；三期陛下知臣非惜死之徒，许臣竭露。……臣死之后，望陛下不轻此贼，无忘臣言，则冀社稷复安，逆胡败覆，臣之所愿毕矣。

读着封将军此奏折，我不知道说什么好，唯有泪下。一代忠臣、一代良将，就这样被处死了。这难道仅仅是封常清一个人的悲剧吗？

18. 夜逃

在安禄山疯狂地向朝廷进攻的时候，我仍和妻儿待在奉先。我隐隐地感觉到盛唐的山河已经破碎了，空气中都飘荡着落寞和腐朽之气。哪怕是刮过林木的风声，我也觉得那是兵戈相碰的声音。我想尽快回到长安看看具体情况，我怀着忐忑不安的心，只身返回长安后，才发现朝廷已经乱了方寸，事态已是到了火烧眉毛的地步。大臣们如坐针毡，兵士们人心涣散，都在替自我的性命担忧。我的同事程录事一见这时局，立即动身回乡避难去了。看到这一切，我也无心再在右卫率府供职。我决定先回奉先去，将我的妻儿送至白水的舅父家。

这个时候，玄宗皇帝也正在垂死挣扎。他处死了封常清和高仙芝，朝中已无大将。之前，他已把郭子仪和李光弼派到晋中，试图分散安禄山的兵力去了。就连颜真卿和颜杲卿这样的书生，也被他派往河北和山西以牵制安禄山的活动。只是，书生御敌，注定是失败的。不久，颜杲卿被杀，颜真卿为求自保，也绕道回了长安。

安禄山自立为帝之后，气焰越加嚣张，他放出风声将在短时间内攻占长安。玄宗惊慌之下，只好将病重的哥舒翰派去镇守潼关。可以说，此时的玄宗是将所有希望都寄托在了哥舒翰的身上，他将自己手中的兵马悉数交由哥舒翰统领。他相信凭借哥舒翰在西北的威望，一定会抵挡得住安禄山的造反之师。前次安禄山的儿子安庆绪攻打潼关，就是被哥舒翰击退的。其实，不但玄宗皇帝这样想，长安的老百姓也这样想，我也是这样想的。因为我从朋友高适那里，多少了解到哥舒翰的为人，我相信他有能力将安禄山制服。

哥舒翰领旨出兵后，长安上至帝王将相，下至黎民百姓，都在城门外伺候平安火。每日天黑以后，只要看到平安火升起，大家就会长舒一口气，证明这一天总算平安度过了。哥舒翰的带病出征，让大家看到了最后的一丝光亮。但士气归士气，战争的现实仍是令人担忧。二月十二日，叛将史思明攻陷常山，使得事态步步紧逼。幸亏三月二十日，李光弼又收复了常山。史思明即刻反扑，与李光弼展开了一场持续数周的拉锯战。愈战愈酣的时候，郭子仪率军穿过土门关，与李光弼会合。他们两人麾下的步、骑兵既有汉族兵士，也有回纥兵士，总共有十万之众。有了郭子仪的加盟，李光弼信心大增，准备在七月一日对史思明展开歼灭战。这二人的战术策略是，只要哥舒翰据守潼关，按兵不动，让他们合力直捣范阳，将安禄山麾下的叛将围攻瓦解，以此达到平息叛乱的目的。

遗憾的是，这时的哥舒翰和杨国忠之间已经开始了互相猜疑。猜疑的根源是有人献计，让哥舒翰一面镇守潼关，一面班师回朝将杨国忠除掉。这一来可以平民愤，二来可以堵塞安禄山借讨伐杨国忠为由而进行的造反。谁知此计尚未启动，就被杨国忠知晓了。他立即在长安组建了一支军队，准备对付哥舒翰。哥舒翰见计谋败露，也立即在后方抽调了一队人马准备对付杨国忠。然而，就在哥舒翰手忙脚乱的时候，他却因压力过重而风瘫了，再也无法出兵作战。杨国忠得到此消息，乐不可支。他即刻向玄宗皇帝奏请，迫促哥舒翰立即出战。还在皇帝面前诋毁哥舒翰，说他过于怯懦，面对安禄山在陕县不到四千人的兵力却不敢出征。七月四日，面对长安督战使的重压，哥舒翰冒死将军队开出潼关，向东进发。七月九日，终于与崔乾祐率领的叛军在灵宝交战。叛军阴险狡猾，充分借助天气刮东风之利，大量焚烧麦秸，整个战场都被烟雾环绕。即便是人与人面对面，也很难看清对方。哥舒翰的军队落荒而逃，终被击溃。近二十万人的队伍，最后只剩下八万人活着返回驻地。翌日，崔乾祐乘胜追击，活捉了哥舒翰，潼关彻底沦陷了。

七月一日夜里，玄宗皇帝正在宫中等待平安火升起，可那天晚上，夜幕降临很久了，那把每天都给他报送平安的火却迟迟没有燃烧。玄宗觉察到出大事了，被吓得晕头转向。七月十四日夜，玄宗皇帝抛弃了他的国土和臣民，像一只慌不择路的兔子，从延秋门仓皇而逃。跟随他一同逃跑的，还有杨贵妃及其三姐妹，一群王子公主，宫中的太监和侍女，杨国忠、韦见素、魏方进，以及羽林军总管陈玄礼等人。

那晚的夜是静的，也是凉的。当玄宗带领一干人等马不停蹄地赶路时，那些住在宫外的皇亲国戚正在梦中酣睡。他们没有梦到皇帝的出逃，他们梦到的都是以往在宫中欢乐的场面。第二天上午，在朝阳的照射下，当其他大臣们像往常一样排着队来上朝时，才惊觉气氛有点不对。皇宫太安静了，静得没有一点声响。要是往日，宫门早就打开了，侍卫也早已站立两侧恭迎他们。直到后宫大门开启的那一瞬间，这些大臣们才知道皇帝逃走了，皇宫只剩下一个空壳。宫女们四散奔逃。午时过后，当玄宗出逃的消息被传到宫外时，长安城更是一片混乱，仿佛整个城都塌陷了。乱民们到处抢劫，群龙无首，若不是京兆尹崔光远和监军边令诚下令处决了几名带头闹事的抢劫者，场面将难以收拾。崔光远见朝廷大势已去，只好被迫派儿子赶赴洛阳向安禄山示好。

玄宗皇帝在逃亡路上颠簸了一夜，天明后，睁开疲乏的双眼，更觉头昏脑涨。此时的他狼狈不堪，要是在寝宫，他正搂着杨贵妃呼呼大睡呢。皇帝的命也有不好的时候。在过便桥时，为保安全，杨国忠凑近玄宗的耳根说道："陛下，不如待我等过桥后，将其捣毁，以绝后患。"玄宗听后，半眯着眼睛说："桥毁了，后来者如何过？"此话倒见出玄宗的几分良心。事实上也是如此，皇帝倒是逃跑了，留下像我、苏端、薛华，以及千千万万的他的子民困在城内，哭天无路，叫地不灵。

太阳越来越毒辣，临近中午，玄宗皇帝和他的随从们个个身心俱疲，肚子饿得咕咕叫。杨国忠去买了一点胡饼给玄宗充饥。那些乡野百姓见是皇帝出逃，也赶紧跑回家，拿来一些掺杂了麦豆的粗饭献给随从们。这些皇子皇孙们平时过惯了奢华的生活，如今落难至此，一见粗饭就抢，像一群争相啄食的鸡。很快，老百姓拿来的少得可怜的粗饭被抢食完了，而皇子皇孙们却还没吃饱，就站在路边哇哇大哭。那些供饭的老百姓见状，也忍不住呜呜地哭了起来。其中有一个老者，拄着拐棍，声泪俱下地向玄宗说道："陛下啊，安禄山包藏祸心已非一日，您怎能不知，连我这样的草野之民都已看出端倪。"玄宗平静地说："此朕之不明，悔无所及。"

七月十五日，玄宗和一干随从忍饥挨饿地来到京城西边的马嵬坡驿站。他们实在是太累了，尤其是羽林军首领陈玄礼开始怨声载道。他想，要不是杨国忠这个祸国殃民的家伙，也许安禄山暂时还找不到造反的理由。他越想越生气，越生气心里越堵得慌，恨不得立即将杨国忠千刀万剐。就在这时，正好有二十来个吐蕃使者围着杨国忠讨要食物，被羽林军看见，他们遂齐声大呼："杨国忠伙同吐蕃谋反了。"杨国忠吓得翻身上马想逃，其他军士闻讯赶来，放箭射中了他的坐骑，杨国忠从马背上滚落在地。继而，军士们包抄过去，只听见一阵"杀杀杀"的喧哗之声响起，杨国忠倒在了血泊之中。他的儿子杨暄和韩国夫人、秦国夫人听到厮杀声，出来探看，同被军士们杀死。御史大人魏方进本来想要阻止军士们行凶，也惨遭杀害。

玄宗被韦见素搀扶着从驿站中走出来，他看见军士们头破血流，而杨国忠已死，就命令他们收队。可军士们个个阴沉着脸，站着不动，目光都看向陈玄礼。陈玄礼不慌不忙地走近玄宗皇帝说："逆胡安禄山造反，以诛杨国忠为名，中外群情，无不嫌怨。今杨国忠谋反伏诛，贵妃也不宜供养，愿陛下割恩正法。否则，后患无穷。"玄宗一听陈玄礼此言，脸色都变了。他想极力保住贵妃性命，但面对此情此景，他已毫无退路。他深知，他已经是一个孤家寡人了。于是，他只能对陈玄礼说："朕当自处之。"回到驿站内，玄宗爱恨交加。他倚靠在驿站的门柱上，低首垂眉，面色凝重。杨贵妃见陛下伤心难过，眼泪止不住地往下流。她知道自己的死期已到，缓步走过去跪在玄宗的脚下说："陛下，臣妾知你对我不舍，我也不舍陛下，可事到如今，我只求速死，以保大唐江山。"玄宗一把将杨贵妃扶起来，搂在怀里，哭了起来。这时，韦见素的儿子韦谔在驿站外求见，玄宗立即止住哭，让贵妃退到内屋。韦谔一进屋便说道："陛下，今众怒难犯，安危在晷刻，愿速决。"玄宗深情地看着韦谔说："她是无辜的。"话刚说完，官监高力士也前来求见。高力士说："如今杨国忠已死，贵妃还在，军士们深感恐惧，愿陛下审思之。将士安，则陛下安矣。"玄宗沉默良久，叫韦谔和高力士都退下，他想独自待一会儿。

皇帝刚才与韦谔、高力士的对话，贵妃在内屋里都听见了。但她没有出来，也没有哭泣。只是在对镜梳妆，她想把自己打扮得漂漂亮亮的再上路。在镜中，她第一次看到自己是那么丑陋。在这之前，她都以为自己是一朵花，可以常开不败。她原本以为跟着皇帝，便可尽享荣华富贵，颐养天年，却不想竟落得如此下场。

玄宗没有再留恋杨贵妃，他偷偷地命高力士将其带到驿站的佛堂自缢而亡。玄宗为笼络人心，故意将贵妃的尸体放在驿庭中，召陈玄礼及其他随行官员前来验看。陈玄礼见贵妃已死，遂免胄释甲，高呼："陛下英明。"玄宗含泪慰劳了陈玄礼及军士们，让他们重整队伍继续赶路，而只把杨贵妃的芳魂孤零零地留在了马嵬坡。

19. 江山易主

该死的人都相继死去了，不该死的人也最终死去了，这就是命，无人能够逃脱它所设置的圈套。杨国忠死后，他的妻子和幼子杨晞，还有虢国夫人和她的儿子裴徽向西逃到了陈仓，被县令薛景仙逮捕并处死。这位跟李林甫一样，耍了一辈子心机的人，却最终连后人都没有留下一个，真是悲哀至极。

七月十六日，玄宗与陈玄礼一行离开马嵬坡，却不知道朝何处去。天下之大，竟然没有一个地方可以让他们落脚。有人建议退向陇右，有人建议退向灵武，也有人建议退向太原，还有人建议返回长安。玄宗一时也拿不定主意，经过几番商讨，他们才一致决定前往蜀郡。有了目的地，便有了行走的方向。他们一路上零零落落，散兵游勇似的前行，可刚出发不久，有一群乡民出来挡住了他们的去路。他们想搞清楚皇帝为何要逃走，而把自己的子民留给叛军。玄宗不知如何是好，而乡民却越聚越多，很快就达到了两千余人。玄宗想尽快脱身，便想到将太子李亨留下来抚慰百姓。那些乡民看见太子愿意留下来陪伴他们，个个欣喜若狂，好似看到了新的皇帝。乡民们声泪俱下地恳求太子，说："你若孝顺父皇，就不应该随其流亡，而是想法复兴唐室。"李亨的儿子广平王李俶和建宁王李倓，以及太监李辅国敦促太子顺从民意，并建议他将驻守河北的郭子仪和李光弼召回，伺机恢复两京。玄宗听闻此计，觉得可行，遂分出后军两千人及飞龙厩马给李亨，还将东宫的内人送了过来。玄宗告诫儿子："只要你立志匡扶唐室，我立刻将皇位传与你。"李亨坚辞不受，但还是答应父皇留了下来。

玄宗见儿子答应复兴唐室，心中窃喜。但他又怕身边的将士和百姓讥笑他将责任推给儿子去承担，自己却落荒而逃，颜面扫地，就将刚刚收到的从成都发来的十万匹春绢全部拿出来分发给将士们。他说："诸将都是我大唐的功臣，为社稷流了不少汗，我惦记着大家。只因安禄山这个逆贼，忘恩负义，密谋造反，迫使我不得不暂时外出回避一下。此次出京，诸位没来得及跟亲人告别，也没来得及在祖宗面前说一声。我们下一步要前往蜀郡，路途艰辛，这十万匹春绢都分发给大家。至于朕，自有子孙和太监们照料，不用大家挂怀。"玄宗的这一番话，不像是一个皇帝说的，而更像是一个慈父跟子女们说的，那么贴心暖肺，感动得将士们伏地痛哭。得到春绢的将士们高呼万岁，并发誓说："哪怕牺牲性命，也要保护吾皇入蜀。"玄宗见自己的施恩计有了效果，亲切地对将士们说："很好，朕就跟着诸位走。"

一切安排妥当之后，玄宗皇帝在将士们的护卫下到达扶风，经散关，向蜀郡逃亡。而太子李亨一行则从马嵬坡向北出发。在途经平凉时，李亨招兵买马，补充了几百人到自己的队伍中来，并得监牧马数万匹。这期间，驻扎灵武的朔方留后杜鸿渐派人面见太子，劝他到灵武扎营。而另一位御史中丞裴冕也来平凉劝他去灵武休养生息并壮大实力，以匡扶唐室。李亨听从了劝告，随即抵达灵武。在灵武，他得到群臣的拥戴。

李亨是在开元二十六年被立为太子的，到这年已经十九年了。因他不是杨贵妃亲生的儿子，一直对玄宗提心吊胆。现在杨贵妃死了，玄宗又远走蜀郡，他在灵武的地位迅速提升。灵武紧邻黄河，素来被称作塞上江南，是个富庶之地。经过一段时间的修整，便有同样心系唐室的贤臣奉劝李亨登基。起先李亨尚有顾虑，他担心父皇前脚刚走，他这时登基，恐遭人唾骂。然则那些贤臣们对他说："如今逆贼乱常，皇帝入蜀，江山险阻，进奏路绝，只有靠太子殿下顺应民心，以安社稷，此乃大孝矣。"李亨思虑再三，又分析父皇已经逃往蜀地，如果反攻，肯定来不及。他只要掌握了大权，夺回长安，必定指日可待。于是，他终于还是答应了群臣的劝谏。八月十二日，李亨在灵武荣登皇位，称为肃宗。

肃宗称帝的时候，玄宗并不知道这一消息，而他已经抵达了蜀郡，并开始琢磨反攻计划。但新皇帝已经管不了旧皇帝的想法了，肃宗深深地知道，要想复兴唐室，必得重用贤臣，完善政权体制。他首先任命助他顺利登基的杜鸿渐和裴冕为宰相，接着任命陈仓县令薛景仙为扶风太守兼防御使。并于八月二十七日将扶风改名为凤翔。

在肃宗任命的大臣之中，李泌是不得不提及的一个人。此人才智过人，在他年幼时，就曾得到玄宗和张九龄的赏识。特别是张九龄，还称他为"小友"。成年后，李泌好神仙道术，常在嵩、华、终南几山之间游历。天宝年间，因他召讲《老子》，得以待诏翰林，又供奉东宫。当时，玄宗让太子李亨与他结为布衣之交，李亨常称其为先生。只因杨国忠看不惯他，嫉妒其才华，又不愿看到太子身边有这样一个足智多谋的朋友，便处处排挤和打压，迫使他归隐颍阳。肃宗继位后，想依靠他的治国才能，专程派人去请他出山。李泌得知太子做了皇帝，自是十分欣慰。他听从肃宗召唤，从隐居之地赶来灵武，辅佐新皇帝成就霸业。但李泌虽然同意帮肃宗干事，却不愿接受任何任命。他说："陛下待以宾友，则贵于宰相矣。"肃宗为了说服他，故意说："你不接受官职，难道是要让将士们认为你别有野心吗？"李泌一听，也就无话可说，只好勉为其难地按照肃宗的任命，做了侍谋军国、元帅府行军长史，辅佐广平王李俶。肃宗了解他的为人和性格，私下向他承诺，只要战争结束，天下平定，他就归还李泌自由身，任他去过闲云野鹤般的生活。

有了李泌的辅佐，再加上郭子仪和李光弼这两位大将，肃宗深感复兴唐室大有希望。就在肃宗为自己的复国大计运筹帷幄之时，玄宗也在成都调兵布阵，准备收复长安。他还在来蜀的路上时，就盼来了宪部侍郎房琯与他同路，这是玄宗的爱臣之一。他的另一名爱臣是驸马张垍，出逃路上，玄宗也传信让张垍前来会合，可张垍却并未到来，这令玄宗耿耿于怀。他见到房琯后，兴奋异常，立即任命他为同平章事。在房琯的建议下，玄宗在八月十五日下诏，令太子统天下兵马元帅，领朔方、河北、河东、平卢节度使。又任命另外几个儿子为其他地方节度使。这道诏书曾让安禄山深感不安。在安禄山看来，玄宗让自己的血亲担任主将，一定会比其他非血亲官员更有抗击外敌的力量，他相信血浓于水这个道理。

然而，玄宗的这些计谋最后都成了泡影。他到达蜀郡十天之后，灵武的特使便赶到蜀地，告知他太子李亨已经称帝，尊称玄宗为太上皇。此消息如一道晴天霹雳，打得玄宗措手不及。他把自己关在房内，独自品尝现实这杯苦酒。玄宗虽心有不甘，但木已成舟，两天之后，他派遣韦见素和房琯奔赴灵武，承认肃宗称帝的事实，并奉传国宝玉册到灵武传位。

得到玄宗的承认后，肃宗心里越加踏实。这下，他可以心无旁骛地向安禄山开展军事进攻了。他一方面派遣郭子仪先去镇压黄河以北的突厥部落，不让他们节外生枝；另一方面又派一名王子去回纥寻求支援。他跟回纥的交换条件是：克城之日，土地士庶归唐，金帛子女皆归回纥。

或许肃宗别无选择，就在他按部就班地开展军事行动时，李泌建议他将复国大业的根据地从灵武改到凤翔。肃宗听取了建议，在迁徙路上，他遇到从叛军处逃出来的边令诚，当即将其处死。十月二十三日，他又在路上遇到专程从成都赶来奉传册命的韦见素和房琯。按说，肃宗得到父亲的册封，他的皇位也就更加巩固了，可他却变得忧惧起来。这种忧惧，主要是由房琯引起的。他知道房琯是父亲的人，且是一位名士，如果不重用他，又不好向父亲交代。如果重用，又不想要他参与大政。几番思量，肃宗觉得目前正是用人之际，权且信任房琯，便将他留在身边予以重用。

20．流亡

哥舒翰被俘和玄宗的出逃，让我感到黑云压顶。连皇帝都逃跑了，留下的子民还有活路吗？我知道，长安我是回不去了，它将随时间一道，成为供人凭吊的记忆的废墟。潼关的失守导致白水也跟着沦陷，覆巢之下，安有完卵。我没有别的出路，我很担心妻儿的安危，只能想办法先逃出长安，去白水与妻儿会合，然后再带上他们去逃难。当我历经艰辛赶到白水时，却听我同在白水避难的表侄王砅说，我的妻子料到已经等不到我，就先行带着孩子逃走了。我想去找我的妻儿，我不能失去他们。我已经没有国和家了，如果再失去他们，那我就注定会成为孤魂野鬼了。在王砅的陪同下，我们一起出逃。为尽快追上妻子，王砾不知从哪里找来两头毛驴。我们一人骑一头驴，朝无尽的前方逃去。可我们走出白水没多久，就遇到几个同样逃难的大汉，非要让我们把毛驴留下。我和王砾不从，他们就掏出刀子来，架在我俩的脖子上。我们都被吓傻了，只得乖乖地将毛驴拱手给了他们。没了毛驴，我和王砾就只能步行。王砾比我年轻，又熟悉道路，步行没多久，他就跑到我的前面去了。我大声地喊他等等我，他根本听不见。周围太嘈杂了，呼救的哭喊声此起彼伏。暮色越来越浓，像一块膏药蒙住了我的双眼。我高一脚低一脚地向前迈步，脑子里总是浮现出妻子和孩子们的面孔。想到他们，我想掉泪却始终掉不下来。我的腿有点发软，像拖着一条粗粗的铁链子。但我知道我不能停下，我停下，我的时间就停下了，我的命也就停下了。我打起精神，朝前大大地迈了几步。这时，我感觉身后有人撞了我一下，就掉进了路边的蓬蒿坑里。我的心慌了，我再次大喊王砾，喉咙却无论如何发不出声。估计是王砾逃了一段路程之后，回头没看到我的身影，就返身回来找我。他不停地呼叫我的名字，我听见他的喊声，才使出浑身力气，答应了一声："王砾，我掉坑里了。"王砾走过来，又去旁边找了一根绳子，才将我从坑中拖了上来。幸亏我这个表侄是个热心肠的人，让我躲过一劫。要知道，在逃难的路上，还有谁愿意去管另一个人的死活呢？

脱险后，王砾见我体弱力衰，怕再有闪失，就一直跟在我身边，再也不敢走快了。王砾真是个有本领的人，我们又朝前走了一段路的时候，他让我停下来歇歇，等他一会儿，就转身朝一条小巷走去了。我不知道他去干什么。过了没多久，他竟然从巷子里牵着一匹马出来，手里还拿着一把刀。我惊慌地问他："你抢的？"

他笑笑："你看我像劫匪吗？放心骑吧，不会有事的。"

我让他骑，他不愿意，说："你骑，我来保护你。"

我被他推上马后，他左手牵着马绳，右手握着刀，俨然成了我的开路先锋。在王砾的帮助下，我终于追赶上了我的妻子。她一见到我，眼泪就下来了。妻子说："我以为我们再也不能相见了。"

我安慰她："活着就好，活着就好。"

一路上，逃难的人越来越多，你推我搡，排起长长的队伍。大家都不知道朝何处去，仿佛身后追来的是洪水，是火山，如果不抓紧时间逃，就会立刻毙命。那些男男女女，老老少少边逃边哭，好似在用哭声替自己送葬。我带着妻子和孩子没日没夜地赶路，月光照着白水县的荒山，山野静悄悄的，不时有夜鸟躲在树林里发出荒凉的鸣叫。我的女儿紧紧地拉着我的手，我明显感觉到她全身在发抖。几天没吃东西了，孩子饿得哭。实在受不了的时候，她就把我的手指头放在嘴里咬。那一刻，我好想自己的手指变成一根萝卜，给我的女儿充饥。她甚至把我整个人都吃掉，我也是愿意的。女儿把我的手指咬得很疼，还咬出了血，但我强忍着，我不能喊疼。我一喊疼，她会更疼，妻子也会疼。咬了一会儿之后，女儿觉得肚子还是饿，就放声大哭起来。我担心她的哭声会引来老虎和豺狼，就将她的头搂在胸前。她以为我要欺负她，瞬间哭得更凶了。还是我的大儿子懂事，他料定妹妹是饿了，因为他自己也饿，就跑去路边摘了几个苦李子。我知道那苦李子不能吃，但还是递给了哭闹的女儿。女儿将苦李子放进嘴里，嚼了起来，而且还嚼得津津有味，好似她吃的东西并不苦，而是比蜂蜜还要甜。

当我们紧赶慢赶，好不容易走到白水县东北六十里的彭衙故城时，老天突然下起了绵雨。这场雨一下就是十多天。天上雷电不断，地面泥泞不堪。所有难民都没有避雨的工具，只能冒雨前行。为防滑，大伙手拉手，连成一条线。如果有人滑到悬崖之下，或在雨中病死或饿死了，大伙也不伤心，继续手拉手朝前逃。在雨中行走是困难的，体力消耗也大。有时走了好几天，也走不了多远的距离。灾民所过之处，路两边的野果都被采摘光了。要是树干能咬得动的话，估计那些杂树也会被灾民连根拔起，咬碎了吃到肚子里去。如遇到雨势增大，狂风又起，实在无法挪步，大家就跑去低低的树枝下歇息。那些稀稀疏疏的树枝，既是灾民的雨伞，也是灾民的屋檐。

我对能不能顺利领着妻子和孩子逃亡出去，心里一点底都没有。我的妻子和其中一个孩子都生病了，发烧、咳嗽，但我只能眼睁睁地看着他们难受。我唯一能做的，是在路边采些草药，用石头捣碎后，敷在他们的额头。但这招也不奏效，不过是让我的心里好受一点罢了。

好在经过好些天的跋涉，我拖妻携子抵达了一个叫同家洼的小地方。在这里，我想起我的老朋友孙宰就居住在此。我的心里浮起一丝暖意。到达同家洼的当天，我们连夜跑去敲孙宰家的门。孙宰开门一见是我，又惊又喜。我们没有过多的寒暄,他知道此刻我们最需要什么。他将我们迎进屋后,点亮了烛灯,赶紧去烧了热水来让我们烫脚。当他看到我的妻子和孩子们病恹恹的、失魂落魄的样子,又剪了些白条纸贴在门外替他们招魂。孙宰的妻子更是贤惠,见有远客来到,急忙去灶房预备晚餐。当她煮好晚餐的时候,我的几个孩子因赶路的疲倦都睡着了。孙宰的夫人小声地将我的孩子们唤醒,让他们吃了一顿饱饭。那一夜,是我在逃难途中最感温暖的一夜。这是友情的温暖,也是人性的温暖。吃罢晚饭,我跟孙宰坐在一起想聊点什么。可当我们四目相对时,却什么也说不出,唯有热泪盈眶。孙宰见我心情沉重,跟我说了一番鼓励的话,还说要跟我结拜为兄弟。那几天,他把自己的堂屋腾出来让我们住,孙宰的这种侠肝义胆的行为,真是令我感佩!

但我们不能在孙宰家久住,过了几天,我辞别了孙宰夫妇,又带着妻小踏上了逃难的道路。我们一路经过了华原、三川,最后到达了鄜州。在刚过华原地界时,因长期的淫雨,山洪暴发。放眼望去,一片汪洋,地面全都被淹没了,只剩下些土山包。闪电像火练一样在天空出现,雷声从远方滚来。顺着黄土高原流下来的雨水冲刷平地,积聚在洼地里浑黄一片。麋鹿走投无路,站在露出水面的土山包上东张西望,眼里充满了惊恐。洪水冲倒树木和木石堵塞水口的声音,野鬼般咆哮着,就连华原县东南四里处的那座土门山的山门都给冲毁了。我望着眼前这黄黄的一片浊水,心里十分难受。本来就兵灾未熄,山河破碎,却又遭受这惨绝人寰的自然灾害,真是天要灭我大唐吗?如果洪水与洛水汇流直入黄河,要不到两天便可淹没潼关。这样的话,不知又该有多少生灵丧命啊!我的耳中仿佛已经响起了无数妻离子散之人的哭声。

我到达鄜州之后,那凶猛的洪水仍在肆虐。我不想再跑了,再跑的话,只能把我的妻儿跑死在路上。我想在鄜州暂时找个安全的地方驻扎下来,再决定以后该怎么办。可在鄜州,我人生地不熟,没有一个朋友,最终找来找去,才在城北的羌村将我的妻小安顿了下来。住在羌村的这段日子,我的心一直没有闲下来。我每天都在打听和关注外面的情况,看能不能寻求到一线新的生机。直到洪水退去之后,我才得到消息,说肃宗已在灵武登基。我反复琢磨,如今江山易主,要想谋求再生的出路,只能把希望寄托在肃宗身上。于是,我准备先把妻儿留在羌村,独自一人北上延州,出芦子关,去灵武投奔肃宗,这也许是我能够想到的唯一的办法。我将这个想法跟妻子说了，她没有反对也没有赞成。她知道，我决定了的事情，是很难更改的。而且，她也只能听我的，我也是她们唯一的希望。只是她担心我这一走，不知又会遭遇怎样的艰险和磨难。人活在战乱和流亡途中，都是前途未卜的。我们可能还会相见，也可能再也不会相见了。

21. 耻辱

　　我从羌村出发的那天，妻子牵着孩子跟出来送我，送了很远，边送边哭，搞得我也依依不舍。孩子们也不停地向我挥手，边挥边喊："希望父亲早日归来，希望父亲早日归来。"我劝他们赶紧回去，外面风大，他们仍是不听，直到将我送过山坳，消失在他们的视线中。我当着他们的面，不好意思流泪，怕引起他们更大的伤悲。可我一旦看不见了他们，我的泪就下来了。我想，我们过的都是什么日子啊！

　　在从白水一路逃难到羌村的过程中，我感觉自己起码老了十岁。那种既要照顾妻子，又要照顾孩子的惶恐，给我造成很大的心理压力。现在我独自上路，虽然身边少了需要我照顾的人，但我仍感疲惫不堪。从羌村出发没多久，我就口渴得不行，嗓子沙哑，说话都费劲。我去到一条小河边饮水，当我蹲下身子的那一刻，我看到自己的影子倒映在河面上，那么清晰。河面上的我又老又丑，脸瘦得颌骨凸出，一头的白发随风摇晃。我被我自己吓住了，我以为是有水鬼要伸手来抓我。我起身就跑。我跑得越快，感觉身后的水鬼就追得越快。我必须摆脱这个水鬼的纠缠，我要活着去见肃宗。可就在我气喘吁吁地跑到一座小山脚下时，一队军士拦住了我。他们将我团团围住，我的心紧张死了。我立刻清醒过来，我落入叛军的包围之中了。他们见我神色慌张，其中一个军头叉着腰问我："你是谁，跑去哪里？"

　　我故意镇定地回答："附近的村民，去走亲戚。"

　　军头将我上下打量了一番，意识到我是在撒谎，便吩咐手下的人用绳索将我绑了。我奋力挣扎，越挣扎他们越对我拳脚相加。我一个手无缚鸡之力的人，怎敌得过这些胡人的野蛮。他们押着我，跟着队伍一起前行。我知道他们是要去长安，而我的目的地是灵武。如果我被他们押到长安去，那我只有死路一条，就再也没有翻身的机会了。我开始给军头说好话，请求他网开一面，放了我。可军头根本不拿正眼看我。我只好表明我的诗人身份。可那个军头听我如此说，露出满嘴的黄牙大笑了起来。而且，他还故意用手指着我的鼻子跟军士们说："大家听见了吗，他说他是诗人，我们活捉了一个诗人，哈哈哈。"军头的戏谑使我遭受了耻辱，我明白，跟这帮胡人谈是没有用的。他们只知道侵略和造反，只知道抢和杀。命运又一次将我抛向了悬崖。我不再反抗，一切都只能听天由命了。就这样，我被叛军押解着，神思恍惚地又回到了长安。

到了长安之后，或许是叛军觉得我羸弱，又是个只会写诗的人，并没有像对待俘虏一样对我，也没有将我送往洛阳。他们只是对我进行监视，这多少给了我几分活动的空间。

几个月不见长安，这次被叛军押送回来，要不是我亲眼所见，我都不敢相信我见到的会是长安城。到处都是破破烂烂的，昔日的宫殿和府邸有的被捣毁，有的被焚烧。稍微完整一点的官邸里，统统住满了叛军。他们聚在一起，嘻嘻哈哈，露出胜利者的表情，有的军士竟然站在旧宫殿的廊柱上撒尿。

其实，早在潼关被攻陷之后，安禄山就秘密派遣孙孝哲率兵直捣长安。很快，长安相继沦陷。孙孝哲命令部下仅用了三天时间，便将所有皇室宝藏洗劫一空，并将所有流亡官员的家眷处死，连吃奶的婴儿也不放过。安禄山要求孙孝哲将所有缴获的战利品送往洛阳后，悉数将杨国忠和高力士的党羽剜心割肺，以祭奠他死去的儿子安庆宗。孙孝哲按照安禄山的命令，前后斩杀一百余人，且将剩下的官员、太监、宫女和乐工等数百人押往洛阳。他强迫这些俘虏表演歌舞，供他享乐。安禄山也在蹂躏这些俘虏的过程中获得了心理上的满足。

看到长安城在短时间内被叛军毁成如此模样，我的心是痛的，每个老百姓的心也是痛的，我们都生活在水深火热之中。我很担心我的那些昔日好友，我不知道他们是死是活，经过多方打听，我才耳闻他们都星散到了各地，比如韦见素和房琯跟着玄宗出逃到了蜀郡；王维、郑虔、储光羲被俘虏到了洛阳；哥舒翰和张垍却最终投降了。但不管怎样，他们总算都还活着，能活着就是好的。生逢乱世，没有什么比活着更重要了，留得青山在，还愁没柴烧吗？

129

玄宗倒是逃跑得及时啊，他这一跑，就什么都不要了。对帝王来说，活命大于一切。只是我不知道玄宗在出逃之后是否想过，帝王的命是命，草民的命难道就不是命了吗？我曾在长安城内看到一位被玄宗遗弃的皇孙，穿着破衣烂衫，跪在路边行乞。任凭过路人说什么，他都不开口说话，也不肯道出自己的姓名，之前那种帝王子嗣身上流露出来的贵族之气已荡然无存。为此，我写过一首《哀王孙》的诗。不过，见到这个落魄的皇孙，倒也让我想明白了一个道理，像玄宗这样的皇帝，连自己的孙子都可以抛弃，又还有什么是他不能够抛弃的呢？只可怜长安城的老百姓，他们居然还在日夜盼望着皇帝能够回来拯救他们呢！这些百姓是多么愚蠢啊！当然，我也是这些愚蠢的人群中的愚蠢的一个。

　　被叛军统治下的长安是死寂的，我也是死寂的。我像是被人关进了一个笼子里，想飞都飞不出去。我日日思念我的妻子和孩子，他们还不知道我被叛军捉回到了长安的消息。说不定，他们还以为我早已到了灵武，见着了我们的新皇帝呢。转眼中秋节到了，整个长安城却没有一丝节日之气。要是在往昔，家家户户都围坐在院中赏月吃饼呢。我望着天空中圆圆的月亮，内心却升起无限的凄凉。街市上黑灯瞎火，关门闭户，那些本该在今夜团圆的人却个个流离失所，逃难去了远方，只剩下月亮的清辉覆盖在死寂的废墟之上。那天晚上，我一夜难眠。隔壁叛军划拳、唱歌的喧闹声不绝于耳。我坐在地板上，望着鄜州的方向发呆。我猜想今夜那鄜州的月亮是不是跟长安的一样清圆，如果是，我的妻子也一定带着孩子们坐在窗前赏月吧。在我离开羌村之前，她又有了身孕。只可惜，我的孩子尚年幼，还不懂得思念的心酸。这样想着，我的心里似乎好受了一些，我依稀看见蒙蒙的夜露沾湿了妻子的鬓发，冷冷的月光映寒了她的玉臂。我多想搂着她，倚靠着薄薄的帷帐一同赏月啊。

　　为能与家人团聚，我仍在想方设法逃脱叛军的控制。到了十月份的时候，我觉得转机来了。肃宗准备发兵收复两京。我想凭借着肃宗的英明决策和锐气，一定能够剿灭安禄山的叛军。可未曾想，这次率兵出征的人是房琯。他主动请缨，信誓旦旦要与叛军血战到底。房琯的心态我很理解。江山刚刚易主，一朝天子一朝臣，他又初来新皇帝身边，想趁机表现一下自己，做点成绩给主子看。

肃宗见他态度坚决，命他立即发兵，并封他为防御蒲、潼两关兵马节制使。房琯谙熟古代兵法，经他缜密分析，他决定采取车战之术御敌。但万万没有想到的是，安禄山知道房琯将用车战，他下令将士们对房琯采用火攻，致使房琯在陈陶斜和青坂两次都遭到惨败，共损失兵士四万多人。

房琯出征的失败，给了肃宗猛烈的打击。他大发雷霆，想趁机治罪于房琯，革去他的职务，还是李泌连忙出来营救，才使得房琯幸免于难。当我得知房琯兵败的消息时，失望的阴云更浓厚地罩在了我的头上。但我仍然安慰自己，说这两次战役的失败，只是反攻中的一个挫折，而不是彻底的失败，我在《悲陈陶》和《悲青坂》两首诗里表达了我的这种感受。

然而，安慰归安慰，我心里还是清楚，房琯的失利充分证明了我唐帝国的不堪一击，这使我更担忧远在延州以北的芦子关。那里地处偏僻，防守空虚，驻兵都被调去东征了，万一在山西的史思明和高岩秀乘虚而入，西进攻打芦子关，那后果就不堪设想了。

也许这只是我个人的忧虑吧，并不代表肃宗皇帝也是这样想的。天一天比一天冷，长安开始飘雪了。雪花纷纷扬扬地在空中翻飞，好似战场上新死的士兵的鬼魂。我把自己关在屋子内，冷得瑟瑟发抖。葫芦丢弃了，酒器中没有一滴酒，火炉中的余火即将熄灭，暗红的火光照在我的脸上，像血色的黄昏。突然间，我思念起了我那远在钟离的韦氏妹，和滞留在平阴的弟弟，不知道他们都还好吗？越想我心里越孤单、越空虚，只能用手指在空中比画着，我希望自己画出的是一张平安符，保佑我大唐江山永固，也保佑我的家人安好。

至德二年的春天来得是那样早，我为换换压抑既久的心情，想到城中四处去走走。当我看到破碎的山河上发满了春草，路旁盛开着鹅黄的野花时，不由得流下了眼泪。我跟妻子写的家书，一封也发不出去。我抬起头，看到树枝上站着一只鸟儿。我问它："春鸟啊，你能帮帮忙，将我的家书捎给我的妻子吗？"可那鸟儿拍拍翅膀，头也不回地飞走了，只留下一长串嘤嘤的哀鸣。我一个人慢慢地朝曲江边走去，江岸上的翠柳发出了嫩芽，水蒲也已穿上了绿装，只可惜沿岸的宫殿却千门万锁，没有一丝生机。遥想当年，只要一开春，玄宗皇帝就会在盛大的彩旗的簇拥下来到南苑踏青，昭阳殿里的美人相伴其左右，车前的女官带着弓箭，白马套着黄金的辔头。如果那时天空正好有鸟雀飞过，女官就会拿出弓箭,朝鸟雀射去。一笑之间,一对双飞的鸟儿即刻坠落在地,博得皇帝和贵妃的欢颜大笑。可如今,战火连绵,国破家毁,贵妃明亮的眼眸和洁白的牙齿在哪里呢?她会从马嵬坡的坟堆里爬出来,瞭望这春天的景色吗?清澈的渭水向东流去,玄宗也跟着这水流逃走了,什么都没留下。想到这些,我的泪水沾湿了胸襟。但无论怎样,哪怕江山更迭,换了人间,这流淌的江水也会照样东流,江花也会年年照开。到黄昏的时候,有叛军骑着马从曲江边跑过,想必他们也是赏春归来,嘚嘚的马蹄扬起的尘土扑得我满脸都是。那天晚上,我还去曲江西南边的大云经寺拜访了赞公房。我在寺院里住了一宿,赞公与我聊起当下的时局,更是心中凄凉。

也是在这年正月,就在我暗自伤怀的时候,另一件谁都没有想到的事情发生了——安禄山被他的儿子安庆绪与严庄、李猪儿合谋杀了。此事令叛军震惊,长安的百姓也都在议论纷纷。安禄山自造反以来,一直患有眼疾,到最后双目失明,看不见任何东西。由于医治无效,患处生了疽,这让他的性情变得暴躁无常,经常跟身边的人发脾气。只要有人稍微让他不满意,他轻则将其鞭挞,重则直接拖出去斩了。这让军中将士诚惶诚恐,每天都活得提心吊胆。安禄山称帝后,时刻享受着帝王般的生活,将自己幽闭在禁中,一般人是见不到他的。如部下有事求见,都是通过他的亲信严庄传达。严庄虽是安禄山最信任的人,在军中地位很高,但也经常遭到安禄山的辱骂和鞭挞,这使得严庄早就对其怀恨在心。除严庄外,安禄山的另一个亲信则是李猪儿。此人出生于契丹部落,十九岁起就服侍在安禄山左右,脑瓜子非常灵活。安禄山为让李猪儿死心塌地地跟着他,便将其阉割,这是李猪儿心中永远的痛。尽管这样,李猪儿仍然对安禄山百依百顺,可安禄山却对李猪儿拳打脚踢。安禄山的表现,让左右随从心寒。他们觉得连严庄和李猪儿这样的红人都惨遭安禄山毒打,那他们今后的下场就更是可想而知了。其实这些随从的担忧,也是安庆绪的担忧。自从安禄山的宠妾段氏生了安庆恩后,安禄山就一心想将继承人的位置传给他,这让安庆绪害怕父亲斩草除根,有时夜里做梦都梦见父亲要加害于他。他正愁不知如何是好,严庄看穿了安庆绪的心思,同时也想借助安庆绪这把刀杀人,便在一天夜里悄悄跟安庆绪说了将安禄山杀死的想法。

严庄说:"事有不得已者,时不可失。"

安庆绪环顾一下左右，低声说："兄有所为，敢不敬从。"

随后，严庄又约来李猪儿，他知道李猪儿也早有此意，拍着他的肩说："你我对皇帝忠心耿耿，却前后受挞，宁有数乎！不行大事，死无日矣。"

李猪儿点点头，问："太子意下何如？"

严庄气定神闲地说道："行矣。"

于是乎，一场密谋就这样展开了。一天，安禄山朝会群臣，在宝座上疽痛难忍，没坐多久，就罢朝回寝了。夜里，严庄和安庆绪手持利刃立在帐外，李猪儿执刀深入帐内，趁安禄山将睡未睡之时，刺向安禄山的腹部。左右见之，不敢动弹。安禄山慌了，忍住疼痛急忙伸手去摸枕边放着的佩刀。因他眼睛看不见，摸了许久都没摸着。安禄山摇动帐竿大叫："有家贼行刺，有家贼行刺。"大叫之后，他就垂头而亡。这时，立在帐外的严庄和安庆绪火速赶到帐中，吩咐手下的人在床底挖了一个深坑，用毡子将安禄山的尸体裹好，埋在了坑中。安庆绪警告宫中所有人，封锁此消息，谁一旦泄密，必将碎尸万段。第二天清晨，严庄假装哭泣地对外宣称安禄山病危，并说传皇帝口谕，立晋王安庆绪为太子。紧接着，安庆绪登基，尊安禄山为太上皇，还给安禄山举行了一场隆重的假发丧仪式。

安禄山之死，使整个时局发生了转变，叛军军心涣散，群龙无首。肃宗见此情势，立马将根据地迁至凤翔。一些被叛军俘虏押往洛阳的官吏也都趁机逃回了长安，而更多沦陷在长安的人也在趁机朝长安之外逃走。

22．破镜重圆

我也是那些想趁机从长安逃脱的人之中的一个。如果再不能趁此乱局脱身，恐怕今后就更没有机会了。正在我准备要逃离的时候，我的好朋友郑虔却从洛阳回到了长安。他被叛军俘虏后，安禄山曾任命他为水部郎中，郑虔佯装生病，推辞不就。大家都明白，郑虔对唐王朝赤胆忠心，怎能去叛军处任伪职呢？郑虔在洛阳时，曾给尚在灵武的肃宗捎去密章，汇报叛军在洛阳的情况，供新皇帝参考。如此之忠诚，实乃唐王朝之幸。郑虔这次回到长安，我们相见甚欢。

他的侄子郑潜曜在自家的池台备薄酒替他压惊，我也参与了。多时不见，或许是陷贼忧愁的缘故，郑虔变老了许多，白发跟我一样多。我们一起饮酒，谈论时局，仿佛当年的温暖场面重又回来了。只是，喝酒的气氛已经与过去大不相同。

郑虔跟我的想法一致，我们都想去投奔肃宗，辅佐新皇帝光复唐室。但郑虔在长安的名声太大，被叛军盯得太紧。加上在我逃跑的时候，他正患病，行动不便，故我只得先行逃走。逃跑之前，我怕暴露行踪，还曾再次跑去大云经寺住过几天。赞公担心我在逃跑路上受苦，还将他的细软的青履和洁白的氎巾赠予我。这份恩情，我永生难忘。

那应该是四月份，初夏的草木长得非常茂盛了。我左躲右藏，终于在一个月夜从城西的金光门逃了出去。我不敢走大路，那时叛军安守忠和李归仁正率领兵士从河东打到了长安的西边，与驻守在滻桥的郭子仪的军队相对峙。我只能避开这条道，选择从崎岖的山林小路逃走。我每走一段，就要回头看看身后，我担心叛军会来追赶我，将我再次抓回去。只要发现身后无人，我悬着的心就会稍稍平静一点。有时跑得太急，从山林中蹿出来一条蛇或一只野兔，都会吓得我屁滚尿流。我不清楚活过了今天，能不能活得过明天。我就这样畏畏缩缩地向凤翔的方向逃去，一直当我逃到武功时，才渐渐脱离了危险。这一路上的心酸，真是没法向人述及。

经过千难万险，我终于还是活着到达了凤翔。我本来想体面一点去拜见肃宗皇帝，但我早已没有了体面的资本。肃宗见到我的时候，我脚上只穿着一双麻鞋，衣裳破烂得露出了双肘。肃宗体恤我，让我休息几日后，便派中书侍郎张镐传旨，任命我为左拾遗。我深刻地记得，张镐宣读的诏书中是这么写的：

> 襄阳杜甫，尔之德才，朕深知之。今特命为宣义郎行在左拾遗。授职之后，宜勤是职务毋怠。命中书侍郎张镐赍符告谕。至德二载五月十六日行。

这份诏书，写在一张黄纸上，长宽皆有四尺，字大二寸许。我跪接诏书后，眼泪簌簌地往下掉。我说不清楚自己为何流泪。是激动吗？是，也不全是。我很清楚"左拾遗"是个什么样的官职——那是一个见皇帝的命令有不便于时、不合于理的时候,就主动提醒他,请他斟酌后再行命令的职务。同时,这个职务也有定期向朝廷举荐贤良的责任。我当时不理解,皇帝为何将如此重要的一个职务任命我来担任。按级别来说,我不过是个"七品下阶"。但授职之后,我渐渐明白了,其实皇帝这样做,是他并不需要什么真正的谏臣,不过是给我一口饭吃罢了。

既然我看穿了皇帝的用意,就应该在大是大非面前装装糊涂,睁一只眼闭一只眼,不必当真。可我的性格哪是这样的人啊?我生来就对那些黑白不分,是非颠倒的人痛恨不已,而我自己又怎么可能去做我所痛恨的那类人呢?我刚任左拾遗不久,就给皇帝捅了一个娄子。此事是因房琯而起。

房琯自陈陶大败之后,因有李泌说情,幸免于难。肃宗念在旧情的分上,仍任命他为宰相。房琯为人热情,好宾客,常常邀上我和贾至、严武等人谈诗论艺,喝酒品茶。越到后来,他干脆称病连朝也不上了,整天要么跟人高谈佛学和道家思想,要么听门客董庭兰弹琴。而且,有消息还传出董庭兰以受贿的方式,作为官吏与房琯见面的媒介。当时,朝中有一些野心家,如荷兰进明、崔圆等人,素来跟房琯结怨甚深,正愁不知道以何种方式报复他。这下机会来了,他们罗织罪名,跑到肃宗面前大说房琯的坏话。而肃宗也觉得房琯越来越不是一个合格的宰相,时值国家多难之际,他不但不忧思社稷,为皇帝分忧,反而自得逍遥。肃宗被激怒了。至德二年五月,皇帝宣布要将房琯罢相。我当时认为房琯只是小过,被皇帝处罚重了。以我对他的认识,我觉得房琯是非常有才能的一个人。他自小就享有盛名,通过勤学苦读,晚年终成一代"醇儒"。如果皇帝就因为他一时的怠惰就将其罢免,无异于毁掉了一个人才,这将是朝廷的损失。同时,我深知,罢免房琯,本就是荷兰进明、崔圆等人的阴谋诡计,我绝不能让这样的奸佞小人的阴谋得逞。基于这两点,我充分行使皇帝赋予我的左拾遗的职权,不断向皇帝提出谏言,劝他不能因为一点小错,就将一国之相罢免。没想到,我的谏言更加激怒了肃宗。他竟然当着众多大臣的面质问我:"杜甫,你如此包庇和偏护房琯,为他开脱罪责,是要结党营私吗?"我没有意识到皇帝此话的厉害,他已经对房琯深恶痛绝,不罢免不足以平心头之恨。而我还在不识时务地继续谏言,皇帝见我不依不饶,遂下令逮捕我,诏三司推问。

御史大夫韦陟想帮我，他与崔光远、颜真卿审问我后，向皇帝奏请，说我虽然谏言言辞激烈，有失分寸，但也不失为谏臣的职责所在。皇帝其时余怒未消，以为韦陟是变相来替我求情，于是对韦陟也表示不满。幸而有宰相张镐斗胆请求皇帝宽大为怀，饶我一命，肃宗才在六月一日这天颁布赦免令，宣告我无罪。

皇帝赦免我后，张镐和韦陟都劝我今后不要动不动就谏言，但我一见到皇帝不合理的命令，还是忍不住想跳出来冒死上疏，这或许是我作为一个诗人的简单的固执吧。最典型的例子，是朝中有个侍郎叫吴郁，做事非常认真，恪尽职守。凤翔一带因时常有叛军的间谍出没，只要抓住间谍，都交由吴郁处置。吴郁每每处置间谍时，都要条分缕析，追根溯源，分辨黑白，将事情追查到朝中一些权贵身上去，他因此树敌过多。权贵们合力要惩办他，便向肃宗打小报告，诬陷吴郁，吴郁终被肃宗贬往长沙。我几次鼓起勇气，想冒死替吴郁辩白，仍是张镐他们劝我，说房琯事件刚刚平息，不要再触怒皇帝，惹火烧身。我只好任凭吴郁蒙冤，却未替他说哪怕一句公正的话。

当然，我也推荐过一些真正有才学的人为朝廷所重用，比如我在七月二日写了《为补遗荐岑参状》，就成功使岑参做了右补阙。这些都是我的分内之事。可人要真正做好分内之事，不违背自己的良心，那是多么难！要知道，人都是不喜欢听谏言的。尤其是皇帝，他自以为自己说的话和下达的命令都对，容不得他人献言，也不需要他人献言。他之所以明知自己不喜欢左拾遗这个官职的存在却又偏要它存在的目的，不过是掩人耳目，让大臣们觉得他开明罢了。这些体会和认识，都是我任左拾遗以来获得的。我知道肃宗皇帝不想听到我说真话，他只想我做个哑巴，我也索性很多时候都不再向他谏言。没事的日子，我就写点诗，分赠给我的朋友。我把我的想法和情怀都浓缩在我的诗里，我相信我的朋友们都能够看懂。在凤翔这段时间，我写过诗给去陇右任节度使的郭英义，以及出使吐蕃和分别到汉中、同谷、武威、河西等地任判官的朋友们。

在为朋友们写诗的同时，我又开始思念起我的家人来。投靠肃宗后，我的人身安全有了保障，不再担心被叛军监视和吓唬了，但我不知道我的妻子和孩子们生命是否安全。自从我被叛军捉住那刻起，我连他们的一点消息都没有。还是长安期间，我曾给妻子寄过一封家书，之后就再没写过。即使妻子收到我的信要回复我，可在叛军严密控制下的长安，她的信又怎么能送得进来呢？况且，我现在人在凤翔，这事我的妻子还不知道呢。后来有一位客人要去鄜州，我托他带了一封书信去找我的妻子。他回来后告诉我，说我的家人们都还活着。我的心一下子轻松了许多，我面向鄜州的方向，深深地鞠了三个躬。

这年的八月，我实在难耐思亲之苦，又见战事暂时缓解，便向皇帝告假，回鄜州探望家人。估计是皇帝觉得我留在他身边也不是什么好事，只能给他心中添堵吧，他爽快地恩准了我的请求。

我离开凤翔回鄜州的那天，持续了几天的一场秋雨刚刚停止，天空上出现了稀薄的阳光。我向朝中的友人严武、贾至、岑参等告别后，便穿着一领青袍朝鄜州的方向走。那会儿朝廷正在积蓄力量收复两京，无论是公家还是私家的马匹都按规定收入军中统一分配，就连凤翔的官吏每天都只能填饱肚子，故我也只能步行上路。我先从凤翔步行到麟游县的九成宫，沿途阡陌纵横，几乎看不到人烟，落雁浮在寒冷上，饥饿的鸟儿站在戍楼一动不动。偶尔见到一小队人流，不是伤兵，就是难民。我又饥又饿，但还是把布袋里的干粮拿出来分了一小半给他们。越朝前走，道路越险，我的双脚都磨出了泡。我忍着疼痛走到邠州时，人完全虚脱了。镇守邠州的李嗣业素以养马闻名，他见我如此惨状，发善心借给我一匹马代步。我谢过他后，继续赶路。骑马的轻快免去了我脚底的痛苦。我在马背上东张西望，不时有猛虎出来挡路，把马吓得嘶鸣起来。猛虎听到马叫，也被吓着了，转身躲到崖石背后。我赶紧用鞭子赶马，逃脱险境。山路两旁，开满了野菊花，金黄灿烂。各种各样的山果，有的红如丹砂，有的黑如墨漆。近旁的草木沾满了露水，马蹄过处，露水就如珍珠般落下地面。我许久没有看到这么有生机的景象了，只可惜我年华虚度，错过了多少美好的自然奇观！仔细一想，我今年都已经四十六岁了，却仍是一事无成，还在为家人的安危担忧，心情又开始沉重起来。不觉间，马驮着我到达了宜君县附近的玉华宫。这座宫殿本是唐太宗贞观年间修造的，曾经是那样的富丽堂皇，可现在宫殿的周围却长满了蓬草，整座建筑呈现出腐朽荒破之象。这个世界上的诸多事情，真是瞬息万变！在几番感叹之中，我总算到了鄜州。鄜州更是一片凄凉。鸱鸟蹲在桑树上哀鸣，野鼠在草莽间四窜，让人看了心生寒意。

我抵达羌村时，已是夕阳西下时分了。晚霞将我的影子拖得很长，看上去，有一种让人落泪的感觉。我走到家门口的时候，正看见妻子在给孩子们缝补衣裳。他们一见到我，全都愣住了。过了好一会儿，才喜极而泣。他们没想到我还活着。在这兵荒马乱的年月，我能够活着回来，确实有些偶然。邻居们听说我回来了，都爬满墙头来偷看，嘴里发出长长的喟叹。邻居们散去后，我们一家人吃了顿简朴的团圆饭。夜里，我与妻子相对而坐。她拉着我的手，不停地说："这是在做梦吗？这是在做梦吗？"第二天，我想带孩子们到附近转转，陪陪他们。可他们围着我看了看，就怯怯地离开了。他们已经将我当作了一个陌生人。到了中午时分，有四五个邻家父老又拿来新酿的米酒给我喝，说是要庆贺我的大难不死。他们从榼里不停往外倒酒，酒有的清，有的浊。边倒边解释说："酒味之所以淡薄，都是田地无人耕种之故。年轻力壮的人，都被召去东征了。"我那日特别开心，被父老的热情感动得泪如雨下。喝着喝着，我竟然唱起了歌来。我已经多年没唱过歌了，那歌声飘得很远，在羌村的上空久久回荡。

  回到羌村后，我不再为妻子和孩子担忧，但我的心又开始替朝廷担忧起来。我每日都在关注着凤翔方面的消息，我盼望肃宗能够率精锐之师，及早收复长安。这是我的愿望，也是所有老百姓的愿望。果然，没过多久，我就得到消息，说肃宗先前派王子去回纥请求支援的事有了结果，回纥军队正从西北赶来帮助肃宗兴复大业。回纥的可汗派遣其子叶护和帝德将军率兵四千人，于九月抵达凤翔，肃宗皇帝设宴犒赏了他们。随后，肃宗的长子、兵马元帅广平王李俶、副元帅郭子仪率领朔方等军和回纥军队共十五万从凤翔出发，进攻长安。唐军与安守忠率领的军队大战于香积寺，安守忠大败，斩首六万，夜里叛军弃城而逃，长安终告收复。我听到这些消息后，心中无比激动，赓即写了一首诗《北征》，以表达我的喜悦之情。

  长安的失而复得，使肃宗皇帝大喜过望，他立刻派信使前往蜀郡，邀请太上皇玄宗返京。同时，在李泌的建议下，肃宗还于十一月在凤翔下了罪己诏，表达了使百姓遭受战乱灾难的悔恨心情和宣告了京城收复的消息。下完罪己诏之后，肃宗快速确定了离开凤翔返回长安的行期。他一再请求李泌随同返京，但李泌坚决不从，说："陛下之前对臣有过承诺，一旦收复长安，即还臣自由之身。"肃宗见他心意已决，也就随他去了。

  此时，回纥军队见任务完成，嚷着要求朝廷兑现当年的承诺，即肃宗当初说的：克城之日，土地士庶归唐，金帛子女皆归回纥。就在他们准备劫夺金帛之时，广平王李俶长跪在叶护的马前，请求延缓时日，待东都收复之后再取所需。叶护被李俶的谦卑打动，欣然答应。三天之后，李俶与回纥军队发兵攻打洛阳，不日，洛阳也被收复。

肃宗在返京的驿站内，闻听东都洛阳也已传来捷报，心中更是一阵窃喜。他问信使："安庆绪下落如何？"信使回答："逃到东边的邺城去了。"肃宗哈哈大笑了几声，便陷入了长久的沉默。十二月八日，在长安百姓绵延数里的欢呼声中，肃宗皇帝胜利返回长安。

23．光阴暗

我一得到长安收复的消息后，即刻带着妻子和孩子从羌村出发，赶赴长安。这次我在路上奔波的心情与以往任何一次都不同，那种内心的欣悦，掩盖了路途上的劳顿。人逢喜事，赶起路来也有劲，我妻子的脸上也少了忧愁，我们都感觉是走在一条光明的道路上。这是我第三次到达京城了，第一次在长安落魄了十年，第二次在叛军的控制下度过了耻辱的八个月，唯愿这次回京能够带给我好运，我为自己祈祷着。妻子安慰我说："你此次回京，是以朝廷命官的身份回去，与以往自是不同。"她的话给了我很大的鼓励，但愿我们一家人都不再活得那么没有尊严。

我们到达长安的时候，有幸见证了百姓们喜迎新皇帝的热闹场面，他们前呼后拥，满脸热泪，我从他们的表情和欢呼声里，感受到一种打不败的精神力量。社稷惨遭践踏，而人民却依然顽强地活着，我也忍不住老泪纵横。

一月十六日，当人们还沉浸在肃宗回京的喜悦之中时，太上皇玄宗也从蜀郡回到了长安。太上皇回城的前一天，肃宗亲自去城外迎接父亲，当父子两人久别重逢时，肃宗立刻脱掉黄袍，换上早已准备好的紫袍，跪拜在地，并抱住父亲的腿大哭不止。玄宗知道儿子的心思，也跟着呜咽起来。随后，他亲手替儿子披上黄袍，在场的人无不为之动容。第二日，肃宗像个侍卫一样，护着太上皇入城。左右两侧都站满了欢呼的人群。太上皇见肃宗如此兴师动众，故意饱含热泪地大声说:"吾为天子五十年,未为贵;今为天子父,乃贵耳!"返京后,太上皇在含元殿抚慰百官,又在长东殿拜谢九庙主,痛哭流涕。待所有仪式举行完毕后,太上皇知道自己该怎么做,遂返回兴庆宫闭门不出。我参与了这场挂着欢乐也挂着泪水的场面,心里预感到将要发生什么,但又说不出到底会是什么。

到了一月二十八日这天,肃宗来到丹凤楼,颁布了一道诏令,他要大赦天下,追赠那些在捍卫朝廷中阵亡的官吏们。诏令规定,凡是在战争中惨失妻儿的人家,将免除两年的劳役,这很得百姓人心。与此同时,皇帝还将过去改换的州郡地名和官名重新改了回来,仍按原来的称谓。蜀郡就是在那时改称成都府的。为更好地开启新政,笼络人心,朝廷特意开出了一长串分封和拔擢名录,按名单奖励宗亲、将领和官吏。未在奖励名单之列的官员,就按例进阶。我就是在这次奖赏中,官阶从"七品下阶"晋升到"七品上阶"的。

获得皇帝的奖赏后,我决定不负皇恩,坚决把左拾遗的职务做好,辅佐皇上彻底平定天下。我之所以说彻底,是因我深知目前长安和洛阳虽已收复,但叛军仍在虎视眈眈,随时准备逆袭京城。尽管,史思明见安庆绪失掉洛阳后,派信使到长安呈了上降表。皇帝也接受了他的降表,封他为归义王兼范阳节度使。可我始终觉得这是史思明的缓兵之计,以假装降服再待时机。并且,安庆绪从洛阳逃到邺城后,仍盘踞着七郡六十余县。表面上看他们已成强弩之末,但到底还没被彻底铲除。

肃宗大概觉得已经夺回了长安,可以安心做皇帝了,开始采取措施惩罚那些他不喜欢,或者说他觉得有负于他的大臣。在御史中丞崔器等人的挑拨和怂恿下,二月十一日,朝廷正式下令,将接受安禄山伪职的附逆官吏按六等论处:重者斩首或自尽,其次重杖一百,再其次贬官或流放。此令一出,人心惶惶。当天,即有二十五名官员被处死。行刑之前,执行官还将官吏们押到含元殿前,强行让其脱掉鞋帽,顿首请罪。我的诸多诗人朋友也因之受到牵连。广文博士郑虔被俘后,安禄山任命他为水部郎中,他称病未就,并暗中写密章送达灵武,皇帝看在他这一点上,免了他的死罪,贬谪为台州司户参军。王维本也被安禄山迫为给事中,但因他曾写诗讥讽过伪朝,又得到他弟弟王缙的营救,降职为太子中允。唯有苏源明不曾接受过伪职,被朝廷提拔为考功郎中。

我眼睁睁看着朋友们受罚,却没有任何办法营救他们。个人在权力面前,永远是弱小的,微不足道的。郑虔被贬出发去往台州的时候,我没有机会去送他,这成了我终身的遗憾。我知道,他这一去,我们就再也没有相见的可能了。我回想起曾经与他饮酒高歌的欢快场面,不免心中凄然。

郑虔走后,我的心情非常郁闷,整日都待在署中,撰写奏表,一写就是通宵达旦。那段时间,因为熬夜,我的脸色苍白,眼泡也是肿的。贾至、严武、王维和岑参他们见我心事重重,常常跑来看我,陪我喝酒,还写些唱和诗。岑参还特别以写诗的方式提醒我,平时多到外面去走走,不要老是频繁地写那些谏表。我知道岑参是为我好,怕我吃亏,落得像郑虔一样的下场。但我想既然我是皇帝任命的左拾遗,就有责任履行自己的职责。如果贪生怕死而不作为,或说些违心的言论,那将对国家无益。我写谏表的目的,是希望皇帝能够重用像房琯和张镐这样心术正,又有才能的人;而不应该重用像李辅国之流的奸臣。

但有时候我仔细想想,岑参的规劝也不无道理。眼下京城刚刚收复,百废待兴,战乱已经造成唐帝国的贫穷,别说百姓衣食无着,就连官员们的月俸都不能按时发放。在这样的残局之下,皇帝哪还有心思倾听一个左拾遗的谏言呢?

渐渐地,我也没有心思再去写那些没用的谏表,我还有家室需要供养,能在朝中混一天是一天。有时从北城下朝出来,我喜欢跑去曲江边散心。只要看到那些江边的桃花和杨柳,黄鸟和蛱蝶,我的心情就会好很多。说不清为什么,我的意志变得越来越消沉,对人生的虚无感一日胜过一日,我甚至又想到过死。但我又不能将这种情绪流露出来,让我的妻子看到,我不想增加她的心理负担。我只能一个人偷偷地喝闷酒。我欠了酒馆不少酒钱,每次去,店家都催我要账,我只好跑去当铺将我的衣服典当了来还赊账。我多数时间都喝得酩酊大醉,我希望自己在醉酒中不要醒来。

这之后不久,又接连发生了诸多让我绝望的事情。李辅国继续利用皇帝对他的宠信陷害忠良,先是高适因他而被降为虚职,派往东都。继而,贾至也被派作汝州刺史。再接着,张镐又被罢政事。眼看着我在朝中的朋友一个个失势,我预料到将会有更大的事情发生。我在宫廷中的交往范围越来越窄,皇帝大概也觉察到了我的颓废和怠惰,已经对我表示不满。

乾元元年六月,我的灾难降临了。灾难的起因仍然是房琯,他被皇帝以结党营私罪贬为邠州刺史。尽管他在前一年就已被罢免政事，只保留了一个太子少师的虚职，后在朝廷的嘉奖中晋升为金紫光禄大夫，进封清河郡公。可这些都是皇帝给他的虚幻的折磨，如今朝廷不需要他了，要对他新账旧账一起算。肃宗严厉下诏，训斥他在两年前的战败，又责骂他在去年招揽董庭兰为其弹琴，还斥责他好吹嘘，培植党羽。这数宗罪名，每一宗都足以令房琯百口莫辩。处理完房琯后，肃宗还将他认为的房琯的朋党国子祭酒刘秩、京兆尹严武，分别贬为阆州刺史和巴州刺史。而我曾因上疏营救过房琯，自然也难摆脱厄运，被贬为华州司功参军。

我的命运就这样被改写了，人生的许多事情，真是祸福相依啊！我只能跟着命运的轨迹走，这就是宿命。在离开长安之前，我一一辞别了亲友，然后灰头土脸地从金光门奔赴华州。在路过金光门时，我真是感慨丛生。一年前，我也是经此门从叛军的控制下逃跑的。虽然之前是逃离，这次是被贬出走，但心里却是一样难受。我老杜落魄大半生，对朝廷忠心耿耿，却最终得不到皇帝的信任，遭小人进谗言被贬离京。这一去，不知等待我的，又将是何种命运！

华州的治所在郑县，我怀着凄凉的心境抵达了目的地。郑县有一个亭子，我很喜欢。亭子里分外安静，我常独自去那里静坐，想一些事情。偶尔，我还将笔墨带去亭子里，写一些诗遣怀。经历过这么多的荣辱之后，还是只有诗对我最好。也只有在写诗的时候，我的心灵才是彻底放松和自由的。但很快，我写诗的时间和心情就被繁重的公务所替代了。司功参军这个职务管理的事情太杂乱，诸如学校、庙宇、考试、典礼等，都属于我的职责范围。除此之外，我还得帮助刺史起草表奏书简，记录州中官员的优劣、服务年限、请假缺席等事宜。我的案头上，各类卷宗堆积如山，连睡觉的床上都被塞满了。

这就是一个被贬官员的现状。但我仍是任劳任怨，一边辛劳地忙于政务，一边关心着国家安危。我不能因为位卑就忘记了忧国，有哪一个人的命运不是跟国家的命运联系在一起的呢？在任司功参军期间，我觉得自己做得最有意义的事情，是为刺史作了《为华州郭使君进灭残寇形势图状》和《乾元元年华州试进士策问五首》。我在前文里，是想借刺史之名，力劝皇帝争取在秋收之前，对安庆绪采取军事行动，且集中攻打相州东、西两州，以平复叛军。而在后文里，我主要是想针对朝廷目前面临的现实问题来给考生们出题，如怎样在减轻百姓负担的同时增加朝廷收入；怎样恢复对河流的管理，开通漕运；怎样增加兵源，却不消耗农业生产的劳动力，等等。我相信这些问题都是朝廷迫切要引起重视或解决的，我更希望能通过考试发掘有才能的人来替国家献言献策。至于这样的建议是否能够被皇帝采纳，我就管不了那么多了，只要说出来就算是尽力了。

后来的事实证明，皇帝并未采纳我以刺史的名义奏呈的建议，在攻打叛军的问题上，他更是没有听取我的建议。他仍将希望寄托在回纥军队身上，为达此目的，在八月份，肃宗竟将自己的女儿宁国公主许嫁给了回纥王朝的英武可汗。宁国公主出嫁当日，肃宗心里十分难舍，特派堂弟汉中王瑀相送，自己也跑去送她到咸阳的磁门驿。

宁国公主流着泪说："国家事重，死且不辞。"

肃宗握着宁国公主的手，也流着泪说："朕对不起你啊，你为我朝所付出的代价，所有臣民都将铭记。"

就这样，在王瑀的护送下，宁国公主泪流成河地嫁到了回纥。可宁国公主的到来，并未取得英武可汗的欢心。他身着黄衣胡帽，坐在帐榻上，故意高傲地问王瑀："来者与天子是何关系？"

王瑀感觉遭到了羞辱，又不敢反抗，只好如实回答："我是天子的堂弟。"

英武可汗说："那请快快下拜吧。"

王瑀气得两眼发绿，拒不下拜。英武可汗接着吼道："两国君臣有礼，何不下拜？"

王瑀一直站着不动，铿锵有力地说："我大唐天子以可汗有功，特将宁国公主嫁与可汗。公主是天子的亲生女，才貌双全，可汗应当珍惜。公主既已嫁给可汗，那可汗就是唐家天子的女婿了，从礼数上讲，哪有坐在帐榻上接受诏命的道理？"

英武可汗见王瑀机智过人，气度非凡，只好走下帐榻接受了大唐的诏命，并于次日册封宁国公主为可敦。

回纥的可汗被肃宗的诚意所感动，再次率兵出征。十月二十七日，肃宗皇帝下令，让郭子仪、李光弼、李嗣业、崔光远等九名节度使配合回纥军队共同围剿安庆绪。到十二月份的时候，相州东、西附近的州郡全部被朝廷军队占领，安庆绪被迫退守相州。朝廷军没有继续攻打，而是采取围城的方式，试图让叛军粮绝而亡。安庆绪派人向史思明求援，史思明这时终于露出了狐狸尾巴。他先派遣一万兵士进驻相州附近的釜阳，再亲率精兵十三万火速跟进。由于朝廷军根本没有任何防范，结果未能阻挡住史思明的再次作乱。

我在华州的工作日益烦琐，周而复始的案牍工作怎么做都做不完。慢慢地，我开始对这种官僚文牍主义产生厌恶，心情也很浮躁，即使写诗也不能让我的心安静下来。我很想变成一只蚊子，哪怕苍蝇也行，从署中飞出去，再也不要飞回来。我真的是快被这些讨厌的文牍弄得窒息了。恰好这年岁暮，我因公事要到洛阳去，这令我如释重负，我终于可以暂时离开这个鬼地方了。

在去洛阳公干的途中，我遇到好几个友人，这令我心情大好。过阌县的时候，姜县令特意用黄河里的鱼来招待我，我从来没吃过这么好吃的鱼。接着我到了湖城县，住宿在刘颢的家中，刘颢的弟弟也是岑参的朋友，我们一起饮酒赋诗。在湖城县东边，我居然还遇到了孟云卿。在我被贬出长安的前夜，我曾与云卿彻夜长谈。我们在这里邂逅，自是别有一番意味。我将孟云卿带到刘颢家里，介绍他们认识。当晚，我们三个也是谈到夜深才沉沉睡去。那些天，是我被贬官后，过得最惬意的日子。

到洛阳之后，我还专程去了我的故乡陆浑庄一趟。我想去看看我的亲人，分别经年，不知他们近况如何。当我走到庄门口时，发现一切都变了模样。房屋早已垮塌，地基裸露在外面，木柱也被雨水淋烂。让我更悲伤的是，我打听到我的一个从弟居然死在河间都三年了，幸而我那在济州的兄弟尚还活着。在陆浑庄，我还碰到了旧时的伙伴卫八。我们俩订交的时候，彼此都还是青年。可如今，我已是白发满头，而他也是鬓发苍苍，儿女成群。时间的利齿真是锋利啊，把我们都啃成了一副衰老之躯。

当我在洛阳处理完公事，已经是乾元二年的春天了。又到了百花竞放的季节，可我无心赏景，我必须尽快赶回华州，还有一大堆文牍在等着我呢。想到这，我的脖颈上仿佛又被套上了一根绳子。这次洛阳之行，使我对时局有了更深的体察。有感于此，我写了一首《洗兵马》来表达我对战争局势的忧思，我再次以写诗的方式来替天下的百姓祈福！

就在我启程回华州时，史思明已经攻占了相州东边的魏州。李光弼认为应该及时阻止史思明再行进攻，便联同郭子仪移军围攻史思明。谁知，宦官开府仪式同三司、观军容宣慰处置使鱼朝恩反对这样做，李光弼的想法遭到否决。其时，九节度使的军队已在邺城达数月，所备军需物资基本耗尽，军士的士气逐日衰微。四月七日，史思明料定朝廷军已经疲软，率领五万精锐之师向九节度使的六十万大军发起猛攻。正当战役进行得如火如荼之时，一场飓风从天而降，顿时黄沙漫天，朝廷军和叛军尽皆溃散。朝廷军向南溃退，叛军向北溃退。郭子仪的部队损失惨重，万匹战马，最后只剩下三千；十万甲仗，也遗弃殆尽。他一路退回到洛阳，边退边毁坏大桥，以防史思明引兵南下。东都的官员为求自保，离职逃窜，百姓流离失所。特别是回纥军队，他们也加入了这次围攻战，可面对史思明的锐师重压，他们仓皇从邺城撤退，躲到了长安周围的地带。

也是在这一年，英武可汗暴毙，回纥贵臣要求按风俗将宁国公主殉葬。宁国公主不从，她说："我是大唐的公主，殉葬的风俗是回纥的，大唐没有。"

贵臣们说："既然各自风俗不同，按回纥风俗，可敦无后，就得遣返大唐。"

宁国公主巴不得回到大唐，回到肃宗的身边。嫁给英武可汗的这些年，她无不日夜思念着大唐，故她跟回纥的贵臣们说："我宁愿回到大唐去。"贵臣们留着她也没有用，于是按照风俗，在宁国公主的脸上割了几刀，便将她送回了大唐，这即是肃宗信任回纥军队所付出的代价。

朝廷军在邺城兵败之际，我向西走来到了新安县，遇到县吏正在强行抓丁。按照唐朝制规：始生为黄，四岁为小，十六为中，二十一为丁，六十为老；天宝三年，又改为以十八为中，二十二岁为丁。可此时新安县的壮丁已经被征完，县吏为凑足数量，居然张贴出府帖，让那些未经任何训练的中男去充丁打仗。我走在县城的大路上，听见县吏大声地在按户籍册点兵。

我走上前问道："莫非是新安县小，壮丁征完了，才抓这些不成丁的青年吗？"

新安吏不耐烦地说："府帖昨夜才下达，上面下令，说没有壮丁就依次抽未成年男子。"

我又问:"这些男子这么小,如何能守住王城呢?"

新安吏再也没有回答我,只是忙着叫下属赶紧抓人。我站那里,看见有的被抓住的男子还有母亲相送,而有的连送行的母亲也没有。充塞我耳朵的,只有满城的痛哭声。我在心里默默地对他们说:"不要哭了,即使你们眼睛都哭瞎了,天地也是没有感情的。"

离开新安县,我的心情沉重如山,那些年轻人的哭声还在我的耳旁回荡。然而,当我走到陕县,投宿在石壕村,又碰见有官吏来这里抓丁。与我在新安县遇到的情形不同的是,新安县的官吏是在白天抓人,而石壕村的官吏是在夜晚来抓人。跟我住宿相邻,住着一对老夫妇。他们一共生有三个儿子,可在这之前,三个儿子都被征兵去了邺城打仗。其中,有两个在战争中死去,剩下的一个仍在军队里。现在官吏又来抓丁,他们没有儿子再贡献出去了,官吏就想把老头也抓走。老头吓飞了魂,直接翻墙逃跑了,只留下老太婆在家。那些官吏又凶又恶,跳骂了一晚,勒令老太婆把老头子交出来,老太婆只是哭。我在隔壁的房间里一宿没合眼,听着官吏的咒骂和老太婆的哭声。直到天快亮的时候,老太婆见官吏见不到人誓不罢休,只好委屈地说:"孩子们死的死了,没死的也在军营里,我家里没有人了,不如你们将我带走,到河阳大营里当一名炊事兵吧,也算是为国家尽点绵薄之力。"官吏听老太婆如此一说,商量了一阵,就将老太婆带走了。天明之后,老头子从外面回来,蹲在家门口,泣不成声,连声说:"是我害了老太婆啊,是我害了老太婆啊。"我将老人扶起来,劝慰他平复情绪。

这时,村里另一个挂着拐棍的老头走了过来,自言自语地说:"抓吧,抓吧,我的人生走到尽头了,我再没有希望,也再没有留恋了。我的子孙都死光了,老太婆也快要死去了,我还有什么好留恋的呢?皇帝又不会亲自去打仗,只有我这把老骨头去了,我早点把自己交出去,好早一点去投胎啊。"这样喃喃自语了一阵,老人索性丢掉拐棍,趔趔趄趄地朝前走去。

那几天,我还在路上遇到过刚刚新婚的新郎被捉去充丁的。新郎被官吏抓走后,那位新娘子在后面边追边哭诉,她说:"夫君啊,我昨天才跟你草草成了亲,连床席都还没来得及睡暖,你就被抓走了。我们还没举行拜祭祖先的大礼呢,你让我怎么去见公婆呢?我在家做女儿的时候,不论白天还是黑夜,我的爹妈都不让我出来抛头露面。俗话说'嫁鸡随鸡，嫁狗随狗'，我嫁到你们家，什么都不图，就图个平平安安。你今天要去上战场了，生死未卜，可抛下我该如何是好？我多想跟你一起去啊，我如果去，应该不会影响你的士气吧。我本是穷人家的女儿，好不容易才置办了身上穿的这套丝绸嫁衣。从现在起，我就把它脱下来，洗干净，一心一意等你回来。你看那天上的鸟儿，不论大小，从来都是成双成对地飞，为什么地上的人儿却要两相分离啊！夫君，让我跟着你一起去打仗吧，我们活要在一起，死也要在一起……"

新娘的哭诉，每一句话都是血，洒满了道路；每一个字都是针，扎在我的心上，但我也只能眼看着新娘追赶他的夫君。那些狠心的官吏才不会去在乎新娘的苦痛呢，他们只顾完成任务，好向上头交差。他们的官帽永远比百姓的生命重一百倍，一千倍，一万倍。就在新郎被官吏抓住走远之后，那位新娘还坐在地上哭诉。这时，从旁边的墙洞里跑出来一个青年，年龄跟新娘差不多大。他大概是同情新娘，见她可怜，就安慰她不要再哭了。

那个青年劝她："别哭了，这都是命，我们得认命啊！我跟你一样，也是个可怜之人。我原本也是被抓去打仗的，只因邺城兵败，我趁机逃了回来。我想回家。可当我走到村中，才发现我已经没有家了，到处都是一片凄惨的景象，野鼠乱窜，狐狸怒吼，整个村中只有一两个老寡妇。我扛起锄头准备下田，把田地拾掇拾掇，却被县吏知道我跑回来了，就又派人来抓我，我放下锄头就跑。他们在后面使劲追，我躲到墙洞里，才侥幸逃过一劫。只是，我逃过了今天，不知能不能逃过明天。如果再被他们抓住，我就只好再去服役。反正我也无所谓了。家没了，土地没了，横竖不过是个死，早死晚死都是死。只是我对不起我那生病死去的母亲啊，她都死了五年了，我也没好好埋葬她。她生我养我，却得不到我的送终，这老百姓的日子还怎么过啊？"

我听着这个青年的讲述，更是万箭穿心。我没想到，老百姓的日子已经到了山穷水尽的地步。我感觉自己这一路上像是走在噩梦之中。我加快脚步地走，我想尽力从噩梦中解脱出来。可刚到潼关，我又遇到士卒在修筑城墙。我目睹那些瘦弱的兵士光着膀子，手握铁锤和钢钎，在奋力地敲打。火星溅在他们身上，烫出一个又一个的燎泡。而旁边负责监工的官吏，却手握鞭子，在狠狠地催促和叫骂。倘若有士卒动作稍微慢了一点，就会遭受皮鞭之苦。

我问潼关吏:"你们重修城墙,是为了防御叛军吗?"

潼关吏挥挥皮鞭,让我下马步行,然后指着山隅为我介绍情况说:"是的,你看这城墙修得多么坚固啊,哪怕是飞鸟也飞不进来。"

接着,他又说:"有了这城墙,如果胡贼来犯,我们只需据守即可,就不必担心西都长安被侵犯了。你看这个要害的地方,狭窄得只能通过一辆车子,真是'一夫当关,万夫莫开'呀。"

听潼关吏如此一说,我立刻想到,从前镇守潼关的哥舒翰因杨国忠促战出兵而惨败,便随口说道:"请转告你们将领,千万要吸取当年桃林塞那一战的教训,不然,仓促作战,只会死伤更多的兵士,陷人民于更深的深渊中啊!"

我就这样在老百姓的哭泣声中回到了华州。当时正值盛夏,因久旱无雨,粮食颗粒无收,致使饥荒大面积蔓延,人民的生活更是雪上加霜。我也无心再埋首于那些文牍之间消耗光阴。每天晚上,只要我一闭上眼睛,那些我在从洛阳回华州的路上所见的悲欢离合,就会自动从我的大脑里跳出来,折磨着我,使我良心不安。我多想替这些受苦受难的人们做点什么,但我一个小小的司功参军又能做什么呢?即使我没有被贬官,继续留在皇帝身边做个左拾遗,也同样改变不了什么。我那些合理的建议,有哪一条是被皇帝采纳了的呢?罢了罢了,我再也不想被"形役"所累,再也不想替华州刺史写无用的奏呈,再也不想出什么考试题目了。经过反复的自我拷问之后,我打算辞去官职,重新做一个流浪者。

第四章 黎 明

诗人说

诗最终还是没能拯救杜甫。
因为诗到底不是匕首,不是利剑。
它只是文人口中的呼喊,是呼喊中的细雨。
他想辞官,我认为是明智的选择。
待在那样一个鱼肉百姓的朝廷里,他会生不如死。
诗人是无力的,可怜的,但他的心是仁慈的,充满正义感的。
不仁慈的人,没有正义感的人,成不了诗人。
诗本来就是仁慈和正义的化身。
他在朝廷里看到过那么多的灾难、残忍和血腥;
他在朝廷里看到过那么多的欺骗、诡诈和背叛。
若他不选择离去,就只能要么在自我麻痹中苟活,要么在官场的夹缝中摇尾乞怜地求取生存。
这两种活法对于一个诗人来说,都是致命的。
诗最终也没能拯救我。
不然,我也不会恳请杜甫还魂来与我相见了。
我以为诗会帮助我行走和飞翔,可事实是它照旧让我在床上躺了二十年。
我没有功利,没有欲望。
我只把写诗变成写诗本身。
但我内心的怀疑依然根深蒂固。

我用诗来追问疑惑，又用诗来解答疑惑。

我不知道，到底我是诗，还是诗是我。

我可以坚持写诗，却不能保证诗能让我坚持活着。

人活着和诗活着是两码事。

我已经躺了二十年了。

我不清楚还能不能躺过二十一年、二十二年、三十年、四十年……就像我不清楚杜甫辞官后，他是如何活过了他的一年、三年和五年……

难道也仅仅是靠写诗吗？

他的诗可以成为他活着的注释或见证吗？

如果可能，那我也可能会继续好好地活着。

我也会更加热爱生命。

躺着的我活得不容易，走着的杜甫活得更不容易。

在他面前，我似乎真的没有自暴自弃的理由。

杜甫用诗记录他所处的时代。

我用诗记录我的心路历程。

我们都是赤子，都是呼唤爱的人。

也许杜甫说得对，人都是要死的。早晚都得死，我又着什么急呢？

有时候，不是命运将我们逼上了绝境，而是想法将我们逼上了绝境。

换句话说，我们也许不是输给了命运，而是输给了想法。

我不知道杜甫真实的想法是什么，我只知道乱世逼走了他的人，却留下了他的诗。

他的诗是他的传记，我的诗是我的传记。

我们都是用文字替自己"树碑立传"的人。

24. 入蜀记

年轻人，很高兴你能转变思想。这样，我就没跟你白费口舌，也没白喝你的好酒。我看差不多天快亮了，我本来也该走了。但瓶子里还有几口酒，浪费了可惜。那我就索性多待一会儿，把我这一生中最后的那段时光给你讲完吧。今后，我也不可能再跟其他人讲我的心路历程了。

其实，当我决定辞官之前，我是有过强烈的心理斗争的。从我个人来说，我已经对朝廷失去信心了。李辅国因当年鼓动肃宗篡权登基，深得皇帝信任。他在朝中的势力越来越壮大，已经形成了一个控制大局的官僚集团。他每天根本不会为政务操心，只会专门挑拨皇帝，发动党斗，排除异己，陷害忠良。在他的挑唆下，肃宗将他的父亲从兴庆宫移居到西内幽禁了起来。李辅国去兴庆宫让太上皇搬迁时，态度十分恶劣，他凶巴巴地吼道："皇帝有旨，尔等速速撤离。"太上皇已是垂暮之躯，奈何不了李辅国，只能看着他羞辱自己。站在一旁的高力士实在忍无可忍，说道："李辅国休得无礼。"李辅国嚣张的气焰才有所收敛。搬到西内后，玄宗拉着高力士的手说："若非高将军在，阿瞒不免为兵死鬼。"说得高力士心潮起伏。李辅国知道高力士是太上皇的心腹，想方设法将其流放去了巫州。玄宗的妹妹玉真公主见哥哥可怜，要求见太上皇一面，都未被允许。像这样的朝廷，如果我继续为其效劳，凭我的个性，说不定哪天就得罪了他们，被处以极刑，还不如尽早辞隐的好，这样反倒落得个自在。可我又想，假使我真的辞去官职，断了俸禄，我靠什么养活我的一家大小。我的妻子又给我生下两个女儿，我可以忍饥挨饿，可我的孩子们呢，他们都还未长大成人。我徘徊着，犹豫着，我不断地肯定自己的决定，又不断地否定自己的决定。后来还是妻子的一席话，让我最终离开了华州，踏上了东都之行的道路。我的妻子见我整日忧思重重，在希望与绝望之间挣扎，在现实与理想之间受苦，恻隐之心顿生。她是这个世界上唯一愿意为我付出一切的人。她深情地对我说："夫君，你若实在想辞官那就辞吧，不论未来的路如何艰险，日子如何难熬，我和孩子们都将跟随你左右。"妻子说完，我搂着她，泣不成声。我想，今生我能娶到这样的妻子，是我老杜的福气。

乾元二年立秋之后，我毅然放弃了官职，偕妻子和孩子去了秦州。我选择去秦州，是因为我的从侄杜佐在那里，还有同样是因房琯一事被赶出京城的赞公也在那里。我想先找个有熟人的地方安顿下来，毕竟有认识的人，做什么事都要方便一些。秦州属陇右道，山势陡峭，陇山呈南北走向，高两千多米，是渭河平原与陇西高原的分界。我们一家人翻山越岭，跋涉在崇山峻岭之间，苍鹰在高空翱翔,发出嘹亮的鸣叫。孩子们没有见过这么雄壮的山,有些兴奋,指着我问这问那,可我没有心思回答他们,我的心思仍停留在对自己前途未卜的担忧和国家命运的忧戚上。我虽辞去了官职,但还是对我脚下的土地充满了热爱。

在我去秦州之前,史思明杀死了安庆绪。那时,安庆绪仍被困在邺城,成为泥潭之鱼。他见史思明在相州打败了朝廷军,再度派信使薛嵩前去求救,并答应将燕国地位禅让给史思明。史思明佯装同意,谁知当安庆绪带着三百骑兵去见他的时候,他早已下令将士们持着兵器在军营恭候他。安庆绪意识到事态不对,想立刻反攻。这时,史思明的部下将安庆绪的几个弟弟全部绑了押到营房前,安庆绪见回天乏术,只得给史思明跪下叩头称臣,他说:"我不能担当重任,丢失洛阳,被朝廷军所围,幸而燕王看在家父的情面上,率精锐之师搭救,才使臣侥幸生还,此等恩情,没齿难忘。"史思明斜视着他,说道:"胜败乃兵家常事,丢失洛阳算个什么,关键是你杀父夺位,此等逆子,是可忍孰不可忍。今天,我将替你父亲严惩你这个奸贼。"说罢,立即命人将安庆绪拖出军营斩首了。被一同处死的,还有安庆绪的四个弟弟,以及高尚、孙孝哲和崔乾祐三人。安庆绪死后,史思明回到范阳,自称大燕皇帝。

是年九月,史思明率大军从开封向西进攻,李光弼知道洛阳快保不住了,朝廷为他运送物资的通道被切断,加之在八月份的时候,襄州将康楚元据州独立,自称南楚霸王,随后他手下的大将张嘉延袭破荆州,澧、朗、郢、峡、归的州官全部逃往山谷,导致从襄阳到湘西这条通道也全面崩溃,军需物资同样无法运送到前线。没过多久,李光弼的战备物资被耗尽,向当地老百姓征缴来的少量粮食仍无法填饱军士们的肚子。史思明认识到这一点,加大了进攻力度。李光弼于绝望之下誓死反击,他手里高举一面红旗,一边令将士迎战,一边又告诫将士们说:"大家看我手中的红旗行动,在我的红旗未动之时,你们皆可自行作战,择利而进;如果看到我手中的红旗向下挥动三下,必须万众一心,拼死杀敌,违令者斩。"说完,为鼓舞士气,他又将一把短刀插入靴子里,大声说:"我乃国家重臣,一旦战事不利,诸将死于前方,我也将随即饮刀自裁,决不让你们独死。"将士们见李光弼如此决绝,甚为感佩。在他的统一指挥下,将士们使出最后的力气,击败了敌将周挚的人马,却最终未能制服史思明的主力军。随即,叛军再次占领洛阳。

  我深深地为处于战乱下的人民的痛苦而伤悲。我原以为,陇右道这边的情况会稍好一些,人民的负担不会那么重,然而,自安禄山叛乱以来,驻守陇西的军队都先后被调去东征了。军队走后,只剩下少数兵力驻守边疆,基本处于空虚之势,这给了吐蕃入侵的绝好机会。贞观十五年,松赞干布与文成公主成婚之后,虽促进了汉藏两族的经济和文化交流,但在政治和军事上却一直处于紧张状态。吐蕃嘴上自称是大唐皇帝的外甥,心里却始终在觊觎着母舅的家产。他们像一群躲在密林深处的鹰隼,准备随时趁机将大唐帝国里的肥肉叼走。这下机会来了,吐蕃见唐朝正值战乱,一面遣使者前来告知他们愿意派兵帮助朝廷军平乱,一面又暗中召集党项、吐谷浑等部落对唐王朝进行掠夺。短短几年时间,玉关以西、北庭、安西等地区都落入了他们的掌控之中。而且,他们还把目标范围锁定到了凤翔,乃至长安周边。

  我在去秦州的路上,就感觉到这一带的气氛特别紧张。鼓角声和羌笛声时常在傍晚或黎明响起,惊飞了不远处丛林里的各类鸟雀。如遇天气晴朗,胡人还会吹响嘹亮的胡笳,跳起"白题斜舞",那些羌妇的欢歌笑语飘荡在黄云白水之间。而在欢歌声之外,却随处走着衣衫褴褛的难民,他们望着远处的"烽火",一会儿紧张,一会儿平静。我还在城东的楼上望见有出使吐蕃的驿使,快马加鞭地从难民中间穿过。可没过多久,又有使者在路上骑马飞奔,高喊要防范吐蕃,叫大家小心。我带着一家大小处处避让,我的长子宗文还是被使者的快马吓倒在地。

  好在秦州暂时还是安全的,没有遭受到兵戈和灾荒,许多被战乱搞得无家可归的人都翻过陇山,跑到这里来避难。看着这些难民,我想,我不也是来避难的吗?他们是难民,我也是难民,我们都是难民。

  到达秦州后,我首先就跑去找我的从侄杜佐,他住在城东南五十里的东柯谷。杜佐一见到我们全家人,很是热情。我们彼此都庆幸对方还苟活于人世,他将我的几个孩子揽入怀中,抚摸着他们的头说:"但愿你们往后的日子能比你们的父辈好过啊。"那些天,杜佐几乎把家中好吃的东西都拿出来款待我们。尤其是我那几个孩子,他们风餐露宿,没吃过一顿饱饭。忽然得到这样热乎乎的饭食,开心得手舞足蹈。我原计划是想在杜佐家多住一段时日,可我的妻子说,我们人多，不便长久叨扰从侄。何况，战乱之年，谁家的日子都不好过。我觉得妻子说得有理，比我考虑得周详。于是，短暂寄居之后，我们便离开了杜佐家。

在离开杜佐家之前，我还跟赞公见过一面。他当时住在西枝村的一个土室里，离杜佐住的地方很近。老友相见，自是有说不完的话。当我们再次提及房琯事件时，都不禁潸然。赞公让我们不要再到处找地方住了，就住在他土室旁边的另一间土室里。可那间土室还是太小，挤不下我们一大家人。赞公到底关心我，他说西枝村山水甚佳，不如在附近的山上修筑一座草堂来居住。而且，他还亲自领我去坡地上选址，我跟着他在后面走，看着他清瘦的背影，我心里有些过意不去。他那时年龄已经很大了，却还在替我这个避难之人操心，真是折杀我啊！赞公带我去看的地方的确不错，山野幽静，阳光充足，很适宜居住。我也很想留在此地终老，可我哪有那么多的资财来建草堂呢，便只好辞谢了他，在秦州城里找了一座废弃的民宅住了下来。

避风雨的地方有了，可我们一家大小几口人要吃饭，这是最让我头痛的一件事情。那段日子，我的疟疾又犯了，此病已经折磨我两三年了，都未能根治，且经常发作。病一复发，整个人都处于瘫软状态，啥事都干不了。但病得再厉害，我也不能让孩子们挨饿。这时，仍是妻子提醒我，她让我重操在长安时干过的老本行，去山中采草药来卖，由她帮我煎制。我听了妻子的话，待病情略微好转，我便背着筐子去采药，顺便拾取一些橡栗等野果来充饥。山中的草药很难采挖到，有时出去劳累了一天，筐子里却未有多少。一次，我在山中采药时，滚下了坡，险些丢掉了性命。我忍着剧痛从地上爬起来，坐在太平寺泉水旁的草地上，望着潺潺的流水做白日梦。我想，要是能够用这比牛乳还香美的泉水灌溉出一片繁茂的药圃出来，那该多好啊。这样我就不用再去山中采药了，我的妻子和孩子们也不会挨饿了。我还会将这些草药送给那些生病的老百姓。

但这只是我的空想，通过卖药仍然无法解决我的生活困境，幸好有当地的一些朋友时不时地向我伸出援助之手，帮我渡过难关。秦州的隐士阮昉就曾给我送来三十束薤菜。有时我穷到口袋里只剩下一文钱，哪怕孩子们再饿，我都不舍得花掉，握在手里反复观看。那一文钱，仿佛是一粒火星。有一粒火星在，就有一份希望在。火星没有了，希望也就没有了。杜佐知晓我的处境，有空的时候，他会跑来看我。手里不是提一点米，就是拿一小捆菜。如果杜佐因事长时间没有来，我还会厚着脸皮以赠诗的方式请他送一些霜薤和粟米来。入夜，当秋风从破败的窗子吹进来，刮得呼啦啦地响。我躺在床上，看着蜷缩成一窝的孩子们，再想想明天早上妻子因无米下锅的脸上泛起的愁苦表情，我也有几分后悔自己的辞官。我扪心自问："老杜啊老杜，你连饭都吃不起，家人也养不活，还假装什么清高，还大谈什么家国天下，难道你就不能委屈一下自己，拍拍官吏的马屁，装装糊涂，以获取一点养家糊口的俸禄吗？"这样问过之后，我确实感到后悔了。但马上，我又反问自己："老杜啊老杜，如果你真是那样的人，在朝中阳奉阴违，以获取从民脂民膏里抽出来的可怜的俸禄，你会心安吗？"最终，我还是自己说服了自己，既已辞官，就再也不会回到朝廷中去。

苦闷的时候，我就写诗。在秦州，我有计划地写了一批诗作。其中写得最多的，是寄赠给我的朋友们的。尤其当我辞官后，我反而特别想念曾跟我同朝为官的朋友们。我不知道他们现在过得怎么样，他们当中的不少人都被贬出京，在外地的日子应该也不好过吧。我将这些诗分寄给薛据、毕曜、高适、岑参，也寄给贾至和严武。我希望他们都安好。这些诗其实寄托了我对他们的关怀和问候。

说来非常奇怪，就在我写这些诗分寄给朋友们时，竟然连续三天晚上梦见李白。醒来后，总是泪湿枕头，我不觉又忆起这位比我年长的老朋友来。自从天宝四年我与他在兖州分别后，就再也没有见到过他。我只耳闻，至德元年十二月，永王李璘从江陵东下，要北上去抗击胡寇，被苟安江南的官吏李希言阻挡，诬陷其要篡夺皇位，李璘被处死。李白因曾在李璘的幕府工作过，受到牵连。他逃亡到彭泽后，被逮捕关入浔阳牢狱。乾元元年，又被流放到夜郎国。这之后，关于他的消息，众说纷纭，莫衷一是。有人说，他在去夜郎国的途中已经坠河而亡。我也以为那时他真的死了，想起曾与他在一起的点点滴滴，不禁悲从中来。我有感而发，写了几首算是追念他的诗。可后来，我又得到消息，说他并没有死。他被流放到夜郎国的第二年，就遇赦放还了。欣喜之下，我又写了一首《寄李白二十韵》，来祝福这位我所敬重的诗人大难不死。

或许是因了李白的缘故，我还特别思念另一位朋友郑虔。他被贬为台州司户走的时候，我一直为没有机会去给他送行而歉疚。我担心他会跟我一样，因性格刚直而遭人暗算。思念之下，我也给他寄赠了几首诗去。没想到，过了不久，他给我写来一封信，信上说他目前在务农，且生了病，常常遭受他人的排挤。但好在尚有人同情他，不时给他一点钱买酒喝。看得出来，他的处境很艰难。他还在信中把自己比喻成埋在地下的宝剑，遗憾永远没有被挖掘出土的希望了。

在秦州居住的三四个月时间里，我写诗的速度很快，产量也高，我也不晓得是哪里来的激情，反正就是想写，内心总有话想说，不吐不快。除开那些我写的寄赠给朋友们的诗以外，我还写有《秦州杂诗二十首》，但多是一些抒怀之作。

到了十月份，我在秦州的生活难以为继，常常是吃了上顿就没了下顿。正在我走投无路之时，恰好在同谷县的一位官吏，我称他为"佳主人"，来信说同谷附近栗亭的良田里出产薯类，填饱肚子完全没有问题。山崖上还有蜂蜜可采，竹林中的冬笋又多。不但如此，栗亭旁还有一个清池，可供泛舟游览。我一听，身处乱世，这样一方沃土，那不就是人间天堂吗？

我没有来得及多想，便又领着一家大小赶赴同谷。从秦州到同谷要路过许多地方，我首先经过的是秦州西七十里的铁堂峡和盐官城。这一带山势险要，苦风吹刮着深山，落日照耀之下，饥饿的孩童在路边发出哀声。我的几个孩子见到这些同龄人，感同身受，也嘤嘤地哭了起来。在盐官城，有不少煮盐的工人终日在盐井旁劳碌，脸上的表情也像是被盐巴腌过，苦苦的，咸咸的。这些盐井都是被官家所垄断的，几个盐监官站在旁边，袖着手，像看表演般看着那些汗流浃背的工人。按当时的官方报价，每斗盐可卖三百钱，但转给商人之后，每十斗盐就卖到了六千钱。他们以如此暴利来盘剥处于战乱威胁下的民众，真是类同禽兽。

仲冬的天气日趋寒冷，我和妻子将厚一点的衣裳都给孩子们穿上，而自己只穿着单衣。在经寒峡、法镜寺到青阳峡这段路的时候，山壁陡峭如削，寒风呼呼地拍打在峭壁上，像一个愤怒的官吏在抽打难民的耳光。我和妻子都冷得瑟瑟发抖，孩子们也是手拉手，怕滑到悬崖下面去。道路两边的草叶上全都结了霜，像撒了一层盐。走着走着，我不知怎么突然想起朋友吴郁来，他的故乡就在附近的两当县，他被贬至长沙时，我还在朝中做左拾遗。吴郁是一个正直的人，然而在他人生的关键时刻，我却无力为他站出来伸张正义。现在，我辞官从他的出生地路过，作为朋友，我觉得应该去他的祖屋看看。我担心妻儿们受累，就让他们在青阳峡找个地方住下等我，独自去了两当县。当我在两当县看到吴郁破败的祖屋时，自责感像毒蛇一样盘绕在我的心里，赶都赶不走。睹物思人，我又念及他被流放到长沙后的辛酸，于是写了一首《两当县吴十侍御江上宅》的诗，来减轻内心对他的愧疚。

  从两当县返回后，我们一家人继续前行，艰难地经过了成县东边的龙门镇、石龛，才进入了同谷附近的草积岭和泥功山。我印象最深的，是在龙门镇时看见的那些替官家采集箭杆的伐竹人。因年年征战，当地可用作箭杆的竹子都被采光了，无法应付官家的索求。但他们在重压之下，还是冒着生命的危险，爬上云梯去采伐竹竿。抬头望去，就像一个个巨大的移动的蜘蛛。我担心他们会摔下来，这比箭镞射死还要惨。我不懂事的小女儿问我："他们爬那么高干什么，是在采药吗？"我没有回答她。她还太小，我不想跟她过多地谈论生死，加重她的绝望。活着已经不容易了，我干吗还要去做那么残忍的事情呢？瞬间，我又联想到那些在战乱中被箭杆射穿的兵士，他们比难民还更可哀怜。年纪轻轻，就被强行抓去作战，又不明不白地战死沙场，连尸体都无法掩埋。假使将他们的白骨堆积起来，那将是多少根用生命制造出来的箭杆啊！

  想到这些，我的心情越加灰暗。所幸蹚过泥泞的泥功山后，我们总算到达了同谷县。这一轻微的喜悦给我灰暗的心情增添了一抹亮色。我以为那位"佳主人"给我在信中描绘的天堂的样子马上就会到来，可事实却并非如此，我们在这里的生活仍然是食不果腹。那位"佳主人"也没有对我们伸出过援手。这让我一下子明白过来，他之所以写信让我来同谷，是希望借助我之前在朝中为官的老关系，发展他自己的仕途。哪知，当我到了同谷，他一见我拖家带口的落魄样，迅速鄙视起我来，这就是世态炎凉，人情冷暖。

  到同谷县后没多久，我们全家人都病倒了，我只有在这里暂时先住下。饥饿时刻折磨着我们，妻子消瘦得厉害，孩子们每晚都在面壁呻吟。身处群山之中，河南的老家不能回，朝廷又容不下我，而未来也没有方向，我感到我的人生被堵死了，我掉入了漆黑的峡谷地带。在同谷，我没有一个朋友，也不认识任何人，没有谁可以帮我。为让我的家人们活下去，我又只得带病去山上捡拾橡栗、挖黄独。每天上午或下午，我带着一把生锈的长镵，在群山中爬来爬去。我渴望挖到更多的黄独，但满山都被大雪覆盖，黄独的枯苗被掩埋在积雪底下，我的长镵根本没法触及。洁白的雪地上，只留下我的脚印和叹息。

夜里蜷缩在破屋中，雪光从对面的山上反射过来，通过门缝，将我的影子照在墙壁上，我看见自己的乱发垂过了双耳，乱发的颜色比积雪还要白。雪花还在屋外翻飞，我的心境却堆满了寒冰。也许人越是处于逆境，就会越加思念自己的故乡和家人。我想到了我的弟弟和妹妹们。我的三个弟弟杜颖、杜观和杜丰都在远方；而我的妹妹呢，她的丈夫死得早，孩子还未成年。我这个做大哥的长年漂泊在外，无法给她任何照料。到处又都是兵荒马乱，连一封家书都看不到。我对着屋外飘舞的雪花喃喃自语，我委托雪花替我传达对亲人的问候。可雪花无言，只是静静地飞。群山喑哑，除了白狐、蝮蛇在山上蛰居，看不到其他动物。这些可怕的狡猾的动物，把其他可爱的动物赶跑了。我好想从雪夜里冲上山，将这些野物斩尽杀绝，但我一个老迈之躯，饿得连提刀的力气都没有，也就只能望山兴叹了。

有一回，待大雪过去之后，天气放晴，我想独自出去走走，便来到县城东南边的万丈潭和凤凰台。万丈潭景色幽深，是个览胜的好去处。我站在潭涯上，沉思良久。我不能判定自己今后还有多少观景览胜的机会，照目前的窘境下去，极有可能饿死或冻死在路上。故当我站在凤凰台下仰望山顶时，我仿佛听到山上有一只无母的雏凤在呱呱地叫唤，它已经被饿得气息奄奄了。我想与其让人和凤都挨饿，还不如牺牲我这个老朽的生命，将我的心化为竹实，血液化为醴泉供那只雏凤食用。待它有朝一日长大，生出彩翮，口衔瑞图飞入长安献给皇帝，那天下也就太平了，人民也就不会再遭受如我一样的苦难了。

然则，这只不过是我作为一个写诗的人的愿景罢了。在同谷待了一个月之后，贫困再次驱使我去寻找新的安生之地。我跟妻子商量，到底去哪里。妻子说还是找个有熟人的地方好一些。我在脑子里过了一遍，在我的亲戚中，只有一位表弟在成都府任司马。而且，在成都，我还有几个认识的朋友，如裴冕等人。我相信他们至少不会像那位"佳主人"那样对我吧。我动了去成都的念头。

这年的十二月份，我以自己四十八岁的穷老之身，又带着家人向成都出发。

我们沿着栗亭之西逶迤南下，过木皮岭时，山势陡然变得嵯峨、雄浑，叠嶂的峰峦塞满了整个天空。向下俯瞰，那万丈深渊好似切开的一道地口。我们小心翼翼地走着，耳边不时传来虎豹争斗的撕咬声，吓得我的孩子们不敢挪步。左边的山壁上，还能看到废弃的栈道，七零八落地如同折断的车辕。山谷下长有大小不等的冬青树，有的树根都爬到石头上去了。西崖那边的景色更是秀美，其光彩如同一片大号的灵芝。但即使身处这样的"玄圃仙境"，我也只有低头赶路。我们一家人相搀相扶，到达了嘉陵江的渡口水会渡。

我们实在疲惫不堪，妻子建议我们走一段水路，再行陆路。冬天属枯水期，舟行还是比较安稳的，我也就同意了。我带着他们从绝岸上下到渡口，一家人慢慢地上了渡船。山野荒凉，暮色沉沉，船行在江心，宛如游入了邈远的云汉。江水清澈得可以看见下面的石头，两岸偶尔还能听见山猿饮水的呼唤。我们来自北方，从来未曾体验过这样的水上漫游，妻子和孩子们都很兴奋，要不是天气严寒，没准我那两个臭小子还会跳进江中去游泳呢！看到孩子们的笑脸，我那连日来因饥饿和跋涉造成的愁苦，以及病痛都一起消散了。水上行舟是缓慢的，直到半夜，我们的渡船都还在行进之中。天上的那钩弯月早已沉没，只有波涛声还在耳畔回旋。艄公在黑暗中摇着船桨，边唱边笑地好似走在平川之上。

我被这个艄公的乐观精神所感染，上岸后，我仿佛都还在跟着他的歌声赶路。在这种想象的歌声的引领之下，我们走过飞仙阁，进入了天下闻名的川陕甘栈道。随后，又翻过五盘岭，向南到了广元县的龙门阁。清江从龙门栈道下流过，长风驾着高浪在呼啸奔腾。陡峭的石壁上，栈道萦绕盘旋。远远望去，像是从天空上垂挂下来的一盘盘线圈。我不紧不慢地走，一阵冷风吹来，缭乱了我的白发。崖壁上的杂花也被冷风吹落，纷纷坠下来，令人目眩，也令人伤感。这是阁道中最险要的一段路，稍有不慎，一旦失足掉入崖底，将绝无生还的可能。我感觉自己每走一步都在历险，这跟我的命运何其相似。

过了龙门阁，便是昭化县的桔柏渡。渡上架着一道竹索桥，蒙蒙雾气将竹桥包裹。我们从桥上走过，沿嘉陵江而下，摇摇晃晃地来到了剑门关。我早就听说过剑门关的险峻，今日一见，果然雄居天下。那连绵的群山抱护着西南，山壁的石角又指向着北方。左右山崖更像相并的两堵高墙，形成天然的防范堡垒。站在剑门关前，我不禁想到过往的历史，而流露出对当下的担忧。自古以来,蜀地都是兵家必争之地。战乱中,蜀地的大量珠宝流向中原,连岷山、峨眉一带也遭到掠夺。早在三皇五帝的时候,蜀地百姓安居乐业,彼此亲密无间。可后来的历代君王,设官纳贡,致使纯朴的风俗被中断。直到今天的一些英雄豪杰,仍想割据蜀地分裂江山。王者嚷着要吞并,霸者嚷着要割据,搞得天下你争我夺,互相残杀,这都是为什么啊?我的追问没有得到天帝的回答,只有我立在剑门关下,临风惆怅、惶恐无言。

穿过剑门关,再绕过德阳县的鹿头山,之前险峻的山脉忽然不见了,出现在眼前的是一片辽阔的平原。我知道,我终于活着到达了成都。夕阳之下,锦江一刻不停地向东流去,高大的城墙中填满了华丽的房屋。街市上人声喧闹,笛箫与笙簧错杂奏响。时令已经到了岁暮,照说又是倦鸟归巢,家人团聚的时候,可我仍旧有天涯孤旅之感。成都再怎么热闹,那毕竟不是我的家。我只是一个落难至此的浪子,我真正的家尚在那硝烟弥漫的远方。

25. 草堂欢

我们一家人到达成都后,寓居在西郊浣花溪旁的草堂寺。这座寺庙建于梁朝,周边环境非常幽静,左右只有三两户人家,离城区还有很远一段路程。我刚一住下,就赶紧联系我的表弟王十五司马,告知他我已偕家人抵达成都。我知道在这个寺庙里不能久住,拜托他看能否给我想个法子,重新找到一个栖身之处。

草堂寺里只有一个僧人,法名叫复空。他见我们不远千里,流落至此,大发慈悲心,愿意暂时收留我们,还允许我坐在寺庙里的双树下听他讲经说法。复空上人对佛法的研修真是高深,我在听他讲过几次佛经之后,觉得现实残酷,人生多难,遂又有顿入空门以求自我解脱之念。但考虑到我身边的妻子和孩子,我又很难忍心抛下他们。我到底还是一个红尘中人,六根未净,要入佛门,怕是没人愿意给我剃度的。

其实,我在联系表弟王十五司马之前,还曾设法联系过节度使裴冕。我虽然跟他没有深交,但我还在朝中做左拾遗时,每次的朝会上,也是抬头不见低头见。仅凭这同朝之谊,我想他多少会给我这个落难之人一点援助,这也是人之常情。况且,我在秦州时,还写诗夸赞过他的治政才能。但此人或许是官做大了,已经瞧不起我这样的落魄之人,他得知我到了成都,非但没有给予我任何帮助,甚至看也没来看我一眼,这令我伤心透顶。反倒是他身边的下属,偷偷地给过我一些微薄的支持。

人还是至交好,像高适,他本在彭州做刺史,知道我到了成都,第一时间给我寄诗来表示问候,还托人专门给我送来钱粮。这样的友人是值得我信任的,也是值得我终生铭记和感恩的。有时候人活在世间,就图一个情字。这个情字,只有在患难之中,方可体现。

在草堂寺住了一小段时日后,我想尽快搬离出去。我那几个孩子太吵闹了,他们见到成都的青山绿水,心情比流浪路上舒畅了许多,天天在寺庙里追来追去,我怕影响到复空上人清修。人家好意让我们留宿,不能破坏了他的寂静。这么多年来,从官场到民间,我各种酸甜苦辣都尝遍了,再也不想继续逃难,只想找个清静之地终老。如今既然到了成都这个富庶之地,又远离中原战乱,便盘算着能在此地修筑一个草堂了此残生。我的妻子也很赞同我的想法,她也不想再四处奔波受罪了。可建草堂需要钱,我拿不出一文钱,那个时候,我又开始恨自己。我写了这么多的诗,将之视为我的精神至乐,却最终换不来米盐,还让一家大小跟着我受罪。

我的表弟王十五得知我的处境,非常着急,没过多久,他便给我送来建堂资金,这真是雪中送炭。有了表弟的援助,再加上其他人的筹集,我终于在上元元年开春之后,于城西七里浣花溪畔找到一块荒地,着手建造属于我的草堂。那块荒地的旁边,有一棵楠树,树干粗壮得需要我的几个孩子手拉手才能将其抱住。树冠更是如一把翠绿的巨伞,给地面带来清凉。在这样的树下修建草堂,是我理想的选择。我需要这棵树的陪伴,也梦想着自己能像这棵树一样老而弥坚。

草堂动工之后的几个月里,我们一家人都处于兴奋的状态。亲眼看到自家的房屋从挖地基,到立房梁,再到盖茅草,这种每天的变化带给我们的幸福感是前所未有的。妻子天天给建房师傅们烧水喝,而我则到处跑去找朋友们要这要那。我渴望将草堂美化得好一点,雅致一点。漂泊大半生,好不容易有了个窝，我不想辜负朋友们的好意。我听说萧实县令管辖的地方桃树成片，多得数不尽，跑去向他索求了一百株幼苗种植在草堂周围；又到绵竹县令韦续那里索求了几丛锦竹，栽在草堂的旁侧；还去绵谷县尉何邕那里索求到若干桤树苗，种在草堂前的水沟的西边。但我仍觉得草堂的环境还不能令我满意，后来，我又去涪江县尉韦班处弄到好些松树苗，培植在院坝内。韦班真是慷慨，他说："杜兄乃文人雅士，若只在堂外种些树苗而堂内却无瓷器，那还叫什么雅舍呢？"于是，他又派人去家中取来几副他所收藏的大邑瓷碗碟赠给我。有了如此多的点缀，我的草堂逐渐有了雏形。我见妻子和孩子们都喜欢吃水果，就去果园坊的徐家登门拜访，求回来一些李子和黄梅树苗。我亲自将果树苗种上，妻子帮着挖坑掩土，孩子们帮着浇水。那一瞬间，我好似看到刚刚种下的果树上结满了密密麻麻的果子，我们一家人坐在果树下的草地上，边吃水果边晒太阳。

在诸多朋友的相助之下，这年春天快结束的时候，一座崭新的草堂落成了。我们一家人站在草堂前，望着白茅盖成的屋顶，心中洒满了阳光。乌鸦领着几只小鸦飞来桤树林里小憩，燕子在草堂的屋檐下呢喃。再转身朝草堂柴门的方向望去，沿江踩出来的小路可通向对面的青郊。这是我理想中的住地，现在终于实现了，喜悦之情溢于言表。我至今还记得第一天晚上入住草堂时的情景，孩子们在木床上又蹦又跳，兴奋得像是几只蚂蚱。待他们都玩儿累入睡后，妻子靠着我的肩说："我们总算有个自己的窝了。"说完，眼泪夜露般朝下滴。看着妻子幸福而心酸的泪珠，我突发奇想，要借此良宵跟她举行一个拜堂仪式。当年我们结婚时，匆忙得都没有拜堂。我重新点燃两根红蜡烛，又找来一块红布盖在她的头上。妻子说："算了吧，都老夫老妻了。"我说："不，一定要拜。"我们俩在这个异乡的草堂叩拜天地，然后朝着老家的方向叩拜双亲，最后夫妻对拜。那天夜里，没有锣鼓，没有唢呐，没有鞭炮，烛光将我们的影子投射到墙壁上，像一个久远的梦境。当我替妻子揭下红盖头的那一瞬间，我见她头上的白发又增添了不少，眼角的皱纹也加深了。我心疼地说："这些年真是委屈你了。"她说："自家人，有啥委屈的。"那是我流浪以来最感温馨的一个夜晚，我们都睡得很香，很安稳。

有了安居之地，又暂时远离战乱的纷扰，我的心情变得舒畅起来。每天漫步在草堂侧畔的小径上，真有置身"世外桃源"般的感受。满眼所见，皆是一派祥和景象：蜜蜂在花丛间嗡叫，蜻蜓在草尖上滑翔，花鸭在池塘里浮水，蚂蚁在青石上爬行；丁香和丽春在风中吐绿，栀子和枇杷在传递季节的信号，杨柳在河边梳头，荷花在水塘里搽胭脂……这些自然物象令我感动，让我有一种回归山水的陶然。遇到天气特别怡人，而我兴致又好的时候，我会步行得稍微远一点，到附近的村子去转转。在清江的弯曲之处，建着农家的茅舍，柴门半开半掩，立于古道一旁。因地方偏僻，野草荒深，几乎使人迷失了去集市的方向。农夫们光着膀子，在茅舍旁的田地里劳作，斜阳从天空照下来，他们的身上好似落了一层金粉。我当时想，就这样做个农夫也是幸福的，自耕自食，只要没有天灾和战乱，平平淡淡地过完一生。

然而，天气不可能永远是晴日，随时都有风雨和洪流。住进草堂不久，我就遭遇了梅雨季。那是在四月份，黄梅已经熟透，不料一夜之间，昏昏细雨自天而来，一下就是半个月。我的草堂屋顶茅草盖得薄，很快就被连日的阴雨浸透。雨滴从堂顶漏下，将地面打湿。孩子们坐在床上不敢下地，怕稀泥粘住破鞋。我也几天都不想出门，外面的沙洲都被淹没了。溪水涨得很快，漩涡滚滚，险象环生，这让我这个从北方来的人感到心惊。我垂头丧气地坐在床沿，思乡之情油然而生。我好想回到河南去，只可惜剑阁险阻，将我困在蜀地。我一直都在渴望听到官军收复东郡的消息，可这消息就是不来，我的耳边只有如怒的涛声。

好不容易等到天放晴，水退去，来自自然界的威胁解除了，可我生活上的暴风雨又接踵而至。我虽然在朋友们的帮助下建起了草堂，但我们一家人没有生活来源，平时都是靠友人接济。如果遇到友人接济不及时，我们就会断炊。眼见孩子们的欢快一天天暗淡下去，妻子脸上的愁容又开始多了起来，而我多年的病痛又复发，我真是觉得天要亡我。有时候，会有一两个来草堂拜访我的人，我都不好意思接待他们。我不是怕他们见我寒酸，实在是我没有接待他们的能力。但既然人家已经来了，我也只好勉为其难地行待客之道，还吩咐儿子帮我整理好葛巾出迎。有客人来，自然是要吃饭，没米下锅，我只有跑去菜地掐几片稀稀拉拉的蔬菜叶子来让妻子煮汤给客人喝。好在客人也不计较，都能理解我的状况。他们见我这般窘境，匆匆喝了几口菜汤就离去了。

我就这样和家人在草堂饱一顿饥一顿地过着日子。有时背着妻子和孩子，我会踱步到草堂外的李子树下哭泣。我深觉人如此狼狈地活着，一点意思都没有，还不如做一棵树来得挺拔。有一次，我的女儿出来摘李子吃，看到我在树下哭泣，她娇滴滴地问："爹，你哭什么啊？"我摸摸她的头说："爹爹被毛虫咬了。"女儿说："咬哪里了，我帮你吹吹。"我故意撸起袖子，露出右臂给她看："就这儿。"女儿嘟起小嘴巴，朝着我手指的部位呼呼地吹气。她吹一口，我的泪就滴一滴；她再吹一口，我的泪就再滴一滴。吹着吹着，她也哭了。我抱起她，像抱起另一个我自己。

所幸在草堂住久了，我认识了一些左邻右舍，他们给了我不少关照。我也从他们那乐天安命的生活态度里学到了豁达和自适。比如住草堂左边的，是一位辞官归隐的县令，他曾向我讲述过他昔日为官的辛劳。他跟我一样，性格耿介，看不惯官僚阶层的尔虞我诈，遂辞官归隐于此，安度余生。此公十分风雅，他不惜花费钱资买来许多野竹栽种在住地周围，还常常顶着平民百姓用的白头巾露着额头在江边徘徊。他喜好饮酒，见我年老多病，经常请我去陪他痛饮。醉酒后，还要与我吟诗。此种性情，真是旷达。

跟这位县令一样旷达的，是住在草堂右边的锦里先生。他非常好客，又很勤奋。头上时常戴着黑头巾在院子里劳动。他在院子种了些芋栗，足够他们一家吃很久。我隔三岔五地去拜访他，跟他聊天。他不但招待我吃饭，还趁秋水初涨时，邀我去乘船野游。我俩边野游边在小船上饮酒。周遭幽花满树，细水通池。我们喝完一杯又一杯，直到黄昏月上，他才将我送回家。他离去时，总不忘给我的妻子和孩子们也送点吃的。

我在心里面感激着这些邻居，他们都是我落难途中的贵人。有时实在憋闷得慌，我也会去成都跟一拨风雅之士交往。当时有两位名画家韦偃和王宰就寓居在成都，韦偃善画鞍马，王宰善画山水。我曾目睹他们在一块儿作画。王宰的画让我想起年轻时游赏过的吴淞美景，真是巧夺天工。韦偃的画更是千变万化，笔法磊落。我平生是最爱马和鹰的，马给我驰骋的狂奔之力，鹰给我展翅高飞的壮阔之感。我对他们的画赞不绝口。艺术真是可以让人忘忧的。韦偃离开成都时，还专门来草堂跟我辞别。他知道我喜欢他的画，就在草堂内东边的墙上画了两匹马作为纪念。那两匹马壮硕、彪悍，每次想家的时候，我就会盯着那两匹马看。我恨不得翻身骑上它，一日千里地飞奔回故乡。

在成都，我还去城南的武侯祠，瞻拜过诸葛亮。站在柏树森森的祠内，我想起当年"三顾茅庐"之事，诸葛亮为先主开创基业，又为后主匡济时危，可谓披肝沥胆，一片赤诚。只可惜他"出师未捷身先死，长使英雄泪满襟"。让我生出无限感慨。游玩总是令人忘返，我没有哪一次进城，不是玩到很晚才回草堂。有时回去，妻儿们都睡着了。第二天起床，孩子们都纷纷跑来问我："爹爹，你昨天又去哪里了，这么晚都不回来？"我说："去成都拜会朋友去了。"孩子们说："都不带我们去玩。"孩子们的话让我感到内疚，于是，我曾专门抽出一天时间，领他们去浣花溪泛舟。

那会儿已经是秋天，我带领着孩子们，在太阳偏西时出发。我划着小船在迂回的溪流上泛游。远郊一片荒僻，秋色凄凉，没有什么可看的，只有西岭那白皑皑的积雪和云外纤纤的虹霓尚可观赏。沿溪左右两岸，有不少儿童，携带着网兜和竹箭在捕射鱼鸟。我的孩子们见到同龄人，站在船上朝他们喊话，也想去参与捕射。可那些岸边的孩子根本不理睬这几个外地来的孩子，这令我的孩子们很受打击。我为安慰他们，让他们将注意力转移到前面掏藕采菱角的人的身上。他们把荷叶菱叶翻得凌乱，掏出藕在水里晃荡两下，就放进嘴里吃起来，这又让我的孩子们垂涎欲滴。我只好把船撑快，快快朝前划去。那天我们玩得很晚，暮色笼罩了村子，孩子们都还不想回。我说："你们看别人家的鸡都进笼了，该回去了，下回咱们再来。"孩子们听了我的话，才极不情愿地跟我一起回到草堂。妻子早已做好了便饭，还斟上了一碗刚刚酿成的浊酒。我端起酒碗，一饮而尽。我本想吃了饭好好地睡一觉，可就在我还没有放下酒碗的时候，却隐隐约约地听到了从村子东边成都方向传来的鼓鼙声。

正当秋色越来越深，越来越浓的时候，我的家里已经揭不开锅了。我硬着头皮，向高适写诗求援。高适收到我的诗后，很快便给我捎来一些钱粮，并邀我去蜀州做客。高适的邀请启发了我。我想把朋友捎来的钱粮都留给妻儿，自己出去周游，这样可以省一个人的口粮。主意拿定后，我安排好家事，只身去了蜀州。在新津县，我意外遇到了诗人裴迪。故人相逢，自是感慨万千。裴迪说："人生多艰，我们不妨都洒脱一点。忧也一天，愁也一天。"在他的陪同下，我们一起游览了新津寺。我已经许久没有跟友人游览美景了，在登上新津寺的那一刻,我又找到了当年与高适、岑参同游大雁塔的感觉。站在寺庙的木廊上,看着满山变黄的秋叶,凄凉的鸟影从寒塘上飞过,又听得蝉声在古寺周围嘶鸣,悲凉一下子又攫住了我的心。一个落魄之人,只要稍微见到荒景,就容易伤悲不已。裴迪鼓励我好好活着,好好写诗。他说像我这样的人,即使不能为朝廷效力,也可以用写诗的方式为时代做证。

拜别裴迪,我还在途中遇到一位闾丘和尚,他是成都人闾丘均的孙儿。闾丘均与我的祖父杜审言同年入仕,这样算来,我跟闾丘和尚也是世交了。他住的寺庙距成都很近,我想以后我们是可以经常来往的。我在他修行的寺庙里住了几个晚上,傍晚他陪我在夕阳照耀下的长廊里散步,佛门的安静真是让人神清气爽。入夜,我又聚在他的禅房,听他讲经说法。月光挂在天空如一个金盆,我的内心是少有的祥和。这样的体验和心境,还是我刚到成都时,听复空上人讲法时有过。那天晚上,我又有遁入空门的想法。如果故乡再也回不去,那我宁可在此出家,以佛法超度那些在战乱中死去的亡魂,让他们的魂魄能够返回故里。但我又做不到彻底超然物外,我一直在切盼李光弼能够挥师直捣幽燕,结束持续多年的战乱。

从蜀州回到草堂后,我的忧思一天重过一天。时令很快到了岁暮,我哪里都不想去,像一只冬眠的青蛙,只偶尔躲在屋子里翻翻书,写写诗。这一年过去,我又老了一岁。老一岁,离死亡就更近一步。草堂前的蜡梅又开了,香气弥漫进屋来,也没能改善我的心情。还是裴迪这时寄来的一首诗,给了我些微的慰藉。老友赠诗,我自是得回赠他一首。我本来应该在回赠诗里写得温情一点,以免牵动友人愁肠,但不知怎的,诗写出之后,我才发现它的基调仍然是伤感的,如初冬的天气一样薄寒。心里不明亮,看什么都是灰蒙蒙的,写出的诗也是暗幽幽的。没办法,诗为心声啊!

给裴迪捎走此诗后,已经是除夕之夜了。这是我们在草堂度过的第一个春节。妻子比平素多准备了两个菜,孩子们围着桌子,舌头都快伸出来了。妻子说:"今晚除夕,故土万里,我们一起朝故土的方向磕个头吧,也算是给祖先们拜年了。"听妻子如此一说,我的眼泪在眼眶里打转。给祖先们磕完头,妻子又让孩子们给我磕头。孩子们一个一个跪在我面前,边磕头边说:"爹,过年好。"喊得我心里似在滴血。我没有压岁钱给他们,就抓了几粒米放在孩子们的衣袋里，给他们压惊驱邪，希望他们一年比一年好。孩子们得到米后，又一粒一粒放回到了米缸里去。他们知道，那几粒米可以救活一家人的命。

26. 秋风歌

　　上元二年注定是一个多事之年。还在早春二月，天下就发生了大事。奴剌、党项进犯宝鸡，用火烧毁了大散关后，向南进攻，侵占了凤州，杀死了刺史。朝廷为稳定和巩固西南，派崔光远代替李若幽任成都尹，充剑南节度使。然此时的朝廷在李辅国和张皇后的合谋下，已出现混乱之势。肃宗皇帝向来性格软弱，事事都听张皇后和李辅国的。但令他最担心的，还是史思明。这个霸占东都的逆党，是朝廷的一个劲敌，如不尽早将其剿灭，朝廷随时都有危机。陕州观军容使鱼朝恩多次向肃宗进言攻打史思明，肃宗采纳了他的建议，命令李光弼率兵夺取东京。李光弼上奏说："贼军锐不可当，不可轻易发兵。"肃宗正在犹豫之时，朔方节度使仆固怀恩因李光弼曾严惩过他的部下，对其怀恨在心，就趁机依附鱼朝恩奏请皇帝说："陛下，臣以为可以发兵，勿虑。"肃宗见两位大臣都如此讲，就对李光弼说："速速发兵，不得抗旨。"李光弼被迫，只好安排郑陈节度使李抱玉镇守何阳，由他和仆固怀恩等人攻打洛阳。当敌我两军在邙山准备布阵交战时，李光弼命令部队依险列队，而仆固怀恩非要在平原列队。李光弼说："依险列阵可进可退，若在平原列阵，则战而不利也。"仆固怀恩不听李光弼的劝告，依然我行我素。史思明见对方在布阵时乱了方寸，趁机火速进攻，打朝廷军个措手不及。李光弼和仆固怀恩渡河而逃，朝恩和卫伯玉逃回到陕州，李抱玉也弃城而逃，叛军将河阳、怀州全部占领。肃宗审讯，吓得脸色都变了。

　　史思明本性残暴，此战得胜后，更是飞扬跋扈。只要部下稍有不满他的意，就会被灭族。他的长子史朝义常跟随其带兵打仗，为人谦逊，体恤下士，将士们都效忠于他，这令史思明心中不快，因此史朝义从来没得到过史思明的宠信。他宠信的是他的幼子史朝清，这一点军中将士心里都很清楚。史思明长久以来都在思虑着杀掉史朝义，立史朝清为太子，但他得找个充分的理由。这次李光弱战败，正好机会来了，他派史朝义带兵作开路先锋，乘胜攻入西关，自北路袭击陕州，他自己则从南路率领大军接应。这年三月，史朝义领兵至礓子岭，多次被卫伯玉击败。史思明不得不退守到永安。他责怪史朝义怯懦，要按军法将其斩首，幸而有众将士跪地求情，而史思明也觉得目前正是用人之际，才暂时饶了史朝义一命。随后，史思明命令史朝义修筑三隅城贮藏军粮，限他在一天内完工。史朝义拼命在限期内筑完，只是墙上还来不及抹泥。史思明前来检查工期时见状，大加斥责，并派人监督史朝义立马将泥抹上。史思明转身走后，还放言说："只要等到陕州攻克，我必斩此逆子。"这话传到史朝义耳中，让他感到后怕。他的部下骆悦、蔡文景说："既然我等与王都不过是陛下的一颗棋子，随时可能命归黄泉，不如谋划将之……"说到此处，骆悦用手在自己的脖颈上划拉了一下。史朝义低着头，沉思良久，哭道："诸君善为之，勿惊圣人。"蔡文景等人立刻将史思明的宿卫曹将军召来，告知他们的谋杀计划，曹将军本是史思明心腹，但他见军中诸将杀心已起，搞不好，还会祸及自身，便只得依计行事。当晚，骆悦带领史朝义的三百名士卒披着甲胄，去到史思明入寝的鹿桥驿。宿卫兵觉得奇怪，想禀报史思明，但被曹将军制止，都不敢妄动。骆悦领兵进入史思明寝所，正碰上史思明如厕。骆悦问史思明的侍从："陛下何在？"侍从吞吞吐吐地还没答话，就当即被杀。史思明听到动静，料到有变，翻墙跳到马厩中，骑上一匹马就跑。骆悦的手下周子俊取弓箭一射，正好射在史思明的臀部。史思明翻身落马，被兵士活活擒住。史思明惊慌地问："是谁造反？"骆悦说："奉怀王之命。"史思明说："我朝来语失，宜其及此。然杀我太早，何不待我克长安！今事不成矣。"骆悦等人将史思明押送到柳泉驿，将其囚禁起来后，禀报史朝义说："事成矣。"史朝义心虚地说："不惊圣人乎？"骆悦说："无。"此后，骆悦还派人将史思明被囚之事，告知了史思明在福昌的亲信周挚，周挚听后，惊倒在地。但事已至此，周挚也回天乏力，只能见机行事。骆悦知道周挚心里不服，想斩草除根，便劝史朝义将周挚杀了。杀了周挚，骆悦还是不放心，怕军中众心不一，索性将史思明用绳子勒死在了柳泉驿，并以毡将其尸体裹了，用骆驼驮回到洛阳。

史思明死后，史朝义顺利坐上了皇位，改元显圣。为绝后顾之忧，他还秘密派人前往范阳，命散骑常侍张通儒等将史朝清的母亲辛氏，以及不附己者数十人尽皆杀害。

当历史正在春天的阳光下阴晴变换时，我仍在草堂内辜负春光。我不知道该干什么。就在我犯春困的时候，高适给我寄来他的一首诗，题目叫《人日寄杜二拾遗》。他在诗中说自己已经官至刺史，可谓高官厚禄，可他仍觉得壮志难酬，怕要老处西南了。而且，他还通过对自身的感叹，联想到我这位朋友，犹如"此人不出，如苍生何"的谢安，高卧东山，卅年不起，于今又书剑飘零，成了孔夫子说的那种东西南北之人，更觉自己的不安，所以他要写诗来安慰我。我被高适的诗所感动，我一个流落到成都，靠朋友们筹资建个草堂安居的人，能得到朋友如此真诚的挂怀，实乃我老杜之幸。

看了高适的诗，我自觉不应待在草堂浑浑噩噩地过日子，应该出去踏青晒太阳，把发霉的心情也拿出来翻晒翻晒。去年底，我因忙着回草堂与妻儿过年，只在新津走马观花地逛了一圈，很多地方都还没有去，我想再次去新津逛逛，便在春光的照拂下，又到新津去了。新津有座四安寺，很有名，是神秀禅师所建。我老早就想去，一直没有时间和机缘。这次一到新津，我便跟裴迪相约去四安寺赏春，裴迪欣然应允。可到了出游当天，我左等右等，裴迪就是没有来。我也不知道是什么原因，或许是他公务缠身，走不开吧。我只好一个人登上四安寺的钟楼。站在钟楼上远眺，孤城中晚霞的红光即将消失。附近市镇的上空，漂浮着翠而浓的炊烟。有一个僧人沉默地来钟楼敲钟，我想跟他打个招呼，可他低着头，旁若无人，我也就没张嘴。我孤单地立在钟楼上，独自面对着这寂寞而苍凉的暮色。

我在新津县游春的那些天，还先后两次去过县城东南五里的修觉寺。当我看到寺前寺后的景物时，心里总会泛起一缕思乡之愁。修觉寺建在一个江天敞豁之处，山门被幽雅的花竹簇拥着。山路与岩石相互环绕，江水与云烟各自静静地去留。寺门左边的禅枝上，栖落着飞来投宿的鸟雀，那一声声长鸣，叫出了我的暮归的心声。

赏春赏出这般愁绪，是我不想看到的。但没有办法，人若是没有经历过我这样的处境，是万万体会不到我的感受的。我这次重来新津，赏春只是一方面，其主要目的，是想去蜀州拜会高适。我前次去新津，因时间匆忙，又逢年底，没来得及前去与他会晤，这次我无论如何都要去拜会一下他。自从我流落到成都，大都是他在接济我，这等恩情，让我特别感激和思念这位老友。

我到达蜀州的时候，大概是我的憔悴多病模样让高适心里难受，他一见到我，就落泪了。我看到他也清瘦了许多，脸上一副倦容，触景生情，也忍不住泪水涟涟。

我说："老哥，多谢你的扶助，我今日才能活着来见你啊！"

高适拭去眼角的泪滴，说："贤弟万不可如此说，只怪我高某无能，不能给你更多帮助。"

我立起身，深深地给他鞠了一躬。高适看我如此施礼，连忙扶着我说："贤弟不必如此，不必如此啊。"

那日，我们见面之后，聊了许多往事，从我们的交往聊到现今的时局。我们都为朝廷的现状担忧。高适说："生逢乱世，我作为蜀州刺史，也只能做好分内之事，替皇上分忧。至于其他，我只能听天由命啊！"

我说："仁兄已为朝廷尽忠了，只可惜朝内奸臣揽权，恐来日堪忧啊！"

高适叹叹气，说："来，咱俩今日喝个一醉方休，不谈国事了。"

我说："好好好，一醉方休，一醉方休。"

告别高适后，我又回到了草堂。春日的气温是和暖的，我的孩子们在草堂前的草地上嬉戏，无忧无虑。我想，要是人永远不长大，是不是就没有忧愁啊？可这个世界上有不长大的人吗？别说人，就连我去年栽种的那些花木松竹都长高了。我走到一丛翠竹底下，握着竹子轻轻摇动，我想知道，长高的竹子会不会有忧愁。可竹子只是摇了摇头，就变得安静了。春阳照在竹叶上，像敷了一层疗伤的药物粉末。

我的妻子是勤劳的，她趁此大好春光，在草堂左侧开垦了一块荒地，种了些莴苣和白菜秧子；又在草堂右侧开辟出一块园地，培植了一些药材；还去邻居处换来几只小鸡和小鸭养着。我不忍心她为了这个家操劳，就去帮她锄地、挑水。妻子说："这不是男人干的活儿，你去歇着吧。"我说："你能干的活儿，我也能干。"妻子笑笑,又汗流浃背地劳作起来。

邻居们见我们如此恩爱,又勤劳,都喜欢跑来草堂找我们聊天。妻子跟这些邻里之间相处融洽,没发生过任何口角之争。待彼此都熟悉之后,大家更是亲如一家。挨着我们居住的,除了我前面说的归隐县令和锦里先生,还有一位跟我一样落魄的文人斛斯融。此人饱读诗书,满腹经纶,不但诗作得好,字也写得好。只因他家道贫寒,性格耿介,不趋权势,才潦倒半生,蛰居在这乡野里靠卖文字为生。凡是乡里有人亡故,都请他去书写墓碑。斛斯融经常来草堂找我谈诗,有时一谈就是半天或一天,我很欣赏他的骨气和诗才。我们两人还常常跑去百花潭边黄四娘开的小酒馆喝酒。黄四娘也是个性情中人,平时喜欢听我们谈诗论文。她只要一见我们两个到店,就热情得不得了。又是舀酒,又是送花生米,嘻嘻哈哈个不停。有时我俩喝完酒,才发现没带酒钱,她也不计较,只笑着说:"下回给,下回给。"要是下回我们也给不出钱,她仍笑着说:"再下回给,再下回给。"这位村妇的大度让我十分惭愧,我觉得不能老占她的便宜,便写了一首诗赠给她——"黄四娘家花满蹊,千朵万朵压枝低。留连戏蝶时时舞,自在娇莺恰恰啼。"这可把黄四娘高兴坏了,她非要免我一顿酒钱,并将之前的欠账通通勾销。斛斯融见我写诗赠给黄四娘,他也写了一首诗赠给她。但黄四娘只把我赠给她的这首诗写在了酒馆的门上,但凡有人前来打酒,她都会得意扬扬地指着门上的诗说:"瞧瞧,杜大诗人专门写给我的。"

这些左邻右舍带给我许多欢乐,让我这个流落成都的异乡人感受到一丝温情。很多次,我在从黄四娘的酒馆喝酒归来的路上,看到道路两旁杂花满树,树底下的溪流清澈如镜,水边的蒲草像鱼尾一样摆动,我都会心旷神怡。我不知道到底是酒使我陶醉,还是这初春的景色使我陶醉,让我享受片刻逃离尘世的快乐。

尤其是有天晚上,我喝酒回到草堂,躺在床上却怎么也睡不着。后半夜的时候,天下起了细雨。细雨在微风的伴送下,沙沙地飘落在夜间。我仿佛听见在夜雨的滋润下,万物拔节的脆响。那种生长的力量是巨大的,喜人的。到成都这么久了,我第一次感受到自然界带给我的向上的力量。我披上衣裳,推开柴门,独自去江边转了转。郊野黑云密布,唯有江船上的渔火闪烁着一点光明。我在细雨中走着,也在黑夜里走着。我感觉自己也是一株老树,被细雨滋润出了新芽。我的白发好似转青了，我又回到了自己的童年。那天夜里，我记不得在江边走了多久，又是何时回到草堂去睡觉的。待第二天醒来，我到门外的小径去看被夜雨打湿的花丛，那浓艳的鲜花一重叠一重，好似把整个锦官城都铺满了。

那夜过后，我深深地爱上了这蜀地的春雨。当三月的江中来了桃花汛的时候，那更是一道奇观。上涨的水位淹没了沙滩的边缘，碧绿的水光晃映着柴门。附近的农民见涨了水，都高兴地用竹筒做的管子将水引入田园，进行春耕浇灌。我也闲不住，干脆叫孩子们去给我挖来一捧蚯蚓，跑到江边去垂钓。江中的鱼又大又肥，坐半天时间，就能钓到十几条。我将鱼提回家，让妻子煮了。一家人都吃得津津有味，那是独属于我们的美餐。

可能人越老就越睡不着觉，这年入春以来，我每天都起得很早，心里总是挂牵着一些事。我想把草堂打理得好一点，给妻儿们一个好的心情，也给自己一个好的心情。我担心草堂外面的渠沟塌陷，就去镶嵌了一道石块。还将周围的林木砍掉一些，以便将远山显露出来。这样，无论朝阳升起，还是落日西下，我都能看到。我既是浣花溪边的一个"雅士"，也是浣花溪边的一个"酒神"。在这样的春景下生活，我也不再讲究小节，整天穿着草鞋漫步于深林或小径。把酒壶挂在腰间自斟自饮，若是走累了，就找块石头坐下来，看翻仰在地上的蜜蜂抱着落絮玩耍，也看成行的蚂蚁在干枯的梨树上爬上爬下。这种乡野之趣，是我以前从未体验过，也没有心境去体验过的。

当地的村民都忘记了我是个诗人，寒食节的时候，他们还主动邀请我们一家去村里集体过节。蜀地的风俗传统真是美好无比，我带着孩子们走在江村的路上，只见风吹着花片上上下下地飞舞。汀洲上的雾气缓缓地升起，竹叶上反射出明净的阳光。各家各户都拿出酒来让大家品尝，我挨着一户一户地喝。我喝得越多，他们越是欢快。没喝多久，我的醉意就上来了。孩子们扶着我，摇摇晃晃地走着。这些善良的老大爷，还把自己做的应时的吃食赠送给我的孩子们，让带回草堂享用。我半眯着眼，迷迷糊糊地继续朝前走，撞得树上的花粉雨点般落满了我的身。邻人笑我，孩子们笑我，我也笑我。

我成了一个老顽童。我第一次感受到活着的美好和意义。我是多么希望这个人世都如寒食节那天一样充满了欢乐啊！这些纷纷落下的花粉，真能掩盖我的忧伤吗？

就在这人间四月天，当百花爬满枝头的时候，各地的小军阀也像花枝上的蜜蜂，在蠢蠢欲动。我丝毫没有想到，这动乱会来得那么快。我好像还在醉酒里没有醒过来，就闻听梓州刺史段子璋攻陷绵州，将东川节度使李奂赶到了成都的消息。段子璋占领绵州后，以该地为黄龙府，自称梁王，改肃宗的上元二年为黄龙元年。绵州百姓跑的跑，逃的逃，过着提心吊胆的日子。段子璋得胜后，又派兵攻取遂州，活捉了嗣虢王李巨。朝廷见天下形势突变，立即命令崔光远率兵攻克绵州。崔光远接到命令后，经过一番缜密分析，将高适的蜀州兵马留为后盾，让李奂为参赞军机，派西川牙将花惊定为前锋，火速向绵州发兵进攻。李奂因吃了败仗，知道段子璋的厉害，在发兵前，他向崔光远说道："段贼智勇双全，主帅万不可轻敌啊。"

崔光远不屑地说："段子璋不过一个宵小之辈，看本大帅如何降服他。"

李奂不再言语，高适觉得李奂的提醒在理，也劝谏崔光远说："绵州城池固若金汤，若强攻，恐怕不易攻破，主帅何不……"

高适话还未说完，崔光远胸有成竹地说："君等不必多言，老夫自有谋略。"

花惊定到底是员猛将，他率精锐之师星夜兼程赶到绵州城下。段子璋预料到崔光远必将受朝廷之命前来围剿他，早已在城门周围设下埋伏。花惊定的军队一到，即刻进入了段子璋的伏击圈。花惊定见已中埋伏，拼死相搏。顷刻之间，杀声四起，绵州城外血流成河。所幸花惊定足智多谋，指挥有方，只死伤了一半的人马。就在花惊定快抵挡不住的时候，崔光远的大军及时赶到。段子璋知道如继续恋战，必将损失惨重，遂下令让兵士撤回到城内镇守。崔光远一看自己的队伍死伤过半，怒火中烧，发令让大军架设云梯，轮番向城内进攻。然而，段子璋练兵有方，朝廷军爬上去一拨，就被打滚下来一拨。再爬上去一拨，再被打滚下来一拨。不到一个时辰，大军又死伤了不少兵士，而段子璋的将士却毫发无损。崔光远急了，大喊道："凡攻破城池者，金帛子女，任凭尔等掳取。"将士们一听主帅之言，个个又都精神百倍，疯了似的朝云梯上爬。为掩护这些勇士，崔光远命弓箭手向城墙上不停放箭。这种激励果然奏效，没过多久，少数官军就爬上了城墙。崔光远骑在马背上，露出了欣慰的笑容。段子璋见崔光远下了狠招，披盔戴甲亲率两万将士冲出城门，直向朝廷军杀来。顿时，号角齐鸣，鼓声震天，崔光远还没反应过来，已经疲惫不堪的大军便丢盔卸甲，束手就擒。崔光远慌了阵脚，在左右部将的护卫下，拼死逃窜。段子璋勇猛追击，将崔光远的坐骑射翻在地。崔光远瘫在地上，连连告饶："将军若放过老夫，我定将助你占领西川，成就霸业"。

段子璋长笑一声，说道："你个老匹夫，别跟本王耍奸计。"

崔光远颤抖着身子说："我是诚心归顺，绝无半点邪心。"

段子璋露出讥讽的神色："那你当面给本王磕三个响头，以表忠心。"

崔光远跪直身子，正要磕头，突然，花惊定从旁侧骑马提矛飞奔而来，以迅雷之势向段子璋刺去，一股鲜血喷薄而出，溅了崔光远一脸。段子璋的护卫合力刺杀花惊定，花惊定奋勇抵抗，又将段子璋的两名大将刺杀。段子璋的其他将士正要迎上前作战，花惊定指着段子璋的尸体吼道："尔等的梁王已死，愿降者不杀。"叛兵们面面相觑，都放下了手中的兵器。

花惊定将崔光远从地上扶起，说："主帅受惊了。"

崔光远佯装镇定地说："无妨无妨，多亏花卿出手迅疾。"

为犒赏花惊定，崔光远让花惊定及其属下任意抢夺绵州的金帛细软。花惊定也自认为斩杀段子璋有功，又救了崔光远的命，为所欲为地吩咐属下将戴有金镯的妇女的手腕砍下，将镯子取走，这导致东川数千人死于无辜。

一个勇将，却也是一个恶魔。

蜀中军阀叛乱的消息，使我的心情糟糕透了。朝廷尚未收复东京，军阀又在蜀中作乱，这岂不是一波未平一波又起吗？我预感到成都也将在不久变成纷争之地。我不想看到那一天的到来。这年夏秋之际，我独自一人去成都北边的武担山散心，之后又去了一趟青城县。我虽说是去散心，实际却是去寻求一些旧相识，给予我生活上的帮助。眼看着孩子们一天天长大，食量增加，我的家里又出现朝不保夕的状况。我让他们降生到这个人世，却没有能力养活他们，想想，不禁涕泪滂沱。在青城县，但凡遇到喜欢我的诗的朋友，我都会写诗相赠，以换取几文酒饭钱。然在当时那种环境下，我那些旧相识也过得并不好，看到他们也都一样要养家糊口的分上,我也不好意思为难他们。也是在青城县逗留期间,我从一位官场朋友处得知,我的族弟杜位,因其岳父李林甫之事,受到牵连,被流放岭南新洲新昌郡十年,现被减罪移植到了江陵。我很挂念他,又无缘得见,就以诗代简寄给他,聊表我的一点思念之情。我流落在外的这些年,跟我的亲人们都断绝了书信往来,我真是愧对他们!

我不能在青城县久待,我得快些回到草堂去,我的妻儿们还在盼着我拿钱回去买米呢。可令我伤心的是,当我匆匆忙忙赶回草堂时,我看见草堂门前那棵我深爱的楠树被暴风雨连根拔起,虎倒龙颠似的倒在荆棘丛中,我的心顿时破碎了。我当初将草堂建在这里,也是因为看上了这棵树。草堂建成后,它可以说是见证了我的喜怒哀乐。每当我喝醉了酒,都会在树下坐上或睡上片刻。我将它视为我的知音,只要我心里有苦闷无处诉说,我就会默默地讲给它听。我相信它是听懂了我的心声的。我爱它的树干,爱它的枝叶,爱它的沉默和挺拔,也爱它的高洁和沧桑。我原以为它会看着我老死的,却不想我才离开它短短的时间,它竟先离我而去了。我站在树前,用手抚摸着它裸露出来的树根,欲哭无泪。那树根上的泥土还是新鲜的,我想重新将它扶正,栽回土里,可我没有那么大的力量,我只是一个无用的老朽。这棵楠树的翻倒,是草堂的一个预兆吗?我琢磨不透,实在是琢磨不透。

果不其然,在楠树倒去不久的八月里的一天,一场暴风雨再次光临草堂,将我屋顶的三重茅草全部卷飞。我一直跟着翻飞的茅草急追,我的妻子和孩子们也跟着茅草追,试图将茅草追回来。可那些茅草被飓风刮到了江水的对岸,有的高挂在林梢,有的沉落在塘坳。妻子急得捶胸顿足地哭喊:"老天爷啊,你为何要这么对待我们这些穷苦的人啊!"孩子们也被飓风吓得哇哇大哭,追着追着就蹲在原地不敢动了。我不停地捡拾地上还没有被风刮跑的茅草,这时,南村的一群顽童嬉笑着从小径上冲出来,贼似的抱起我的茅草就往树林里跑。我大声地喊:"你们住手,快住手。"风太大,他们听不见我的喊声。即使听见了,他们也不肯住手。我的嗓子都喊沙哑了,仍是没用。我气喘吁吁地拄着拐棍叹息:"真是天意弄人啊!"过了一会儿,飓风终于停了,黑云像墨汁般聚拢在头顶。天空灰蒙蒙的,似要塌下来一般。当天夜里,雨又下个不停。我们一家大小躲在靠墙的一小块尚能避雨的地方,被冷得发颤。盖了多年的被子本就不够暖和，又被雨水淋湿，我和妻子只能将稍微干燥的半边被面给几个孩子盖住，自己靠在墙上，望着雨水从屋顶漏下来。孩子们整个晚上都在蹬踹被子，被面都被他们蹬破裂了。房中积水盈尺，我们的日常用具，包括我的部分诗稿都在水面上漂来漂去。自经丧乱以来，我的睡眠一向很少，在那天夜里我更是彻夜未眠。我在心里默默地质问上苍："老天啊老天，要怎样才能得广厦千万间，让普天之下的穷人都能遮风避雨，笑逐颜开啊！"

这场风雨让我的草堂破败不堪，像遭受了战乱的洗劫一样。这之后，我做什么都不顺心，院子里不是柏树生病，就是橘树生病。人也没精打采，只想坐卧而不想行走和站立。每次进得家门，都是四壁空空，如此惨景让我百忧交集。朋友们听说我的草堂遭灾，都先后跑来慰问我。最先来的是徐九少尹，紧接着，员外郎范邈和刚从楚中放还来成都游玩的吴郁又来看我。他们来的那天，正好我出去串门没在，他们给我留下一些食物和钱资，就匆匆地离去了。我回草堂后，妻子跟我说及此事，我倍感遗憾。人家惦记着我的生存，我却没有见他们一面，只好写了一首诗来作为答谢。

这年十月，因花惊定的暴行激怒了肃宗皇帝，朝廷要治罪于他。而崔光远是花惊定的主帅，自然也难辞其咎。他在得知朝廷即将严惩他们时，忧愤成疾，终于一命呜呼。随后，朝廷派严武为成都尹，兼剑南节度使。在严武没有抵达成都之前，先任命高适暂代严武职务。高适一到成都，第一时间就跑来草堂看我。来时，他还约上了王抡侍御同行。王抡很早之前就答应携酒来看我，却迟迟未来，我还写诗催促过他。没想到，他这次竟然跟高适一块儿来了。他们问及我草堂灾后的情况，惹得我又是好一番伤感。他们劝我想开一点，说有朋友们在，大家会帮助我渡过难关。我想我一个卧病老夫，竟还能得到在朝中为官的友人的怜悯，也算是活得值了。

我没有好饭菜招待他俩，只能让妻子炒了两个素菜来佐酒。我们边喝酒边聊天，不知怎么聊到了李白。想起这位诗坛前辈，我的思念之情又被点燃。自从我与他在山东分别后，只偶尔在睡梦中得以见到他的尊容。我知道，他是个狂人，放浪不羁。很多庸俗之辈都想将他除掉，可我则独独喜爱他的奇才。他才思敏捷作出过非常多的佳作，只可惜跟我一样，却最终落得个身世飘零的结局。高适见我有些沮丧，劝道："贤弟不必如此，你与李白都是当世奇才，若有朝一日天下平定,相信大家都会否极泰来。"王抡听高适这么说,也劝道:"高大人所言极是,杜兄不必悲观。"

送走高适和王抡之后,我的脑海里还浮现着李白的身影。我对他的感情,估计只有写诗的人才能懂得,那纯粹是一种精神和心灵上的默契。我怜悯他,其实也是在怜悯我自己。

几场风吹雨打之后,一年又将走到尽头。我的心情仍是有些郁闷。蜀州司马李七告诉我,他将在皂江上造一座竹桥,免得当地百姓再冒着冬寒涉水过江。我听后非常高兴,为他的功德而高兴。李七特意邀请我去观看造桥,我也有意出去走一走,便又一次去了蜀州。李七主持修造的这座竹桥跟木桥结构差不多,我是亲眼看到他建起来的。竹桥建成之日,四方百姓都跑来观看,连口称赞李七司马功德无量。我还因此写过一首应酬诗赠给李七,一是替乡民感谢他,二是谢谢他对我的盛情款待。竹桥修建期间,严武早已抵达成都上任,高适办完交接手续,也从成都回到了蜀州,继续做他的刺史。我与高适在蜀州喝了一顿酒后,就又返回草堂,跟我的妻子和孩子们过那没什么好过的春节了。

27. 落叶飘零

第二年刚开春,我就收到老朋友严武的赠诗,他诚恳邀请我去他的府上做客,并在诗中示意我重新出来做官。这让我倍感欣慰,多谢他这个老朋友还没有忘记我。妻子对我说:"既然严大人邀请你去做客,那你就去吧,指不定日后我们还得仰仗他的帮扶呢。"我想了又想,最终还是没有去,只回赠了他一首诗,以表明我的态度。我说自从我当年做左拾遗因疏救房琯遭贬以来,已甘心隐居于山水之间,早已失去了出仕的兴趣了。况且我生性疏懒,跟阮籍一样,为礼法之士所不容。如今幽闭草堂,若偶尔兴起,就去锦江里钓钓鱼,这样的生活我已经习惯了,再也没有任何别的想法。我知道他像谢安那样,喜欢登山玩水,故在诗的末尾,我还特别说到,如果他能在旌旗仪仗的簇拥下出城,屈尊来到草堂,那我会马上叫人在茅草丛生的门前铲出一条路来,恭候他的大驾。

我写这首回赠诗纯粹是出于礼节和答谢,哪承想,严武却认了真,没过多久，他就带着小队随从到草堂来了。他一进草堂的柴门，就大呼："子美，杜子美啊，你这草堂可真是春色怡人啊！"

我当时正在房内看书，出门一看是严武，忙上前恭迎道："哎呀，今日不知是那股仙风将严中丞给吹来了，令我这草堂蓬荜增辉啊！"

严武哈哈笑道："不是什么仙风，而是你写给我的诗啊。"

"见罪见罪。"我拱手道。

"你我老友，何必见外。"说完，他手一挥，身后的随从便将抬着的东西往我草堂里放。有粮食和菜蔬，还有布匹和器皿。

"中丞如此厚礼，让我老杜铭记在心啊！"

"别急，还有呢。"

严武神秘兮兮地从随从的提箱里掏出一瓶酒来。

"这可是青城山道士酿造的乳酒嘞，你不想尝一尝？"

"迫不及待，迫不及待啊！"

妻子见我俩兴致高涨，拜过严武后，立即转身去灶房拿出酒具。我将严武一行请进草堂内落座后，便你一口我一口地喝了起来。

那天之后，我跟严武的交往更加频繁了，他又多次提着酒来我的草堂欢聚过。我也曾去成都他的府尹里喝酒，与他的同僚一起谈论时局，咏厅壁上的蜀道画图。严武出任成都尹后，治理有方，事事都替老百姓着想，很受百姓的爱戴。去年冬天到今年的春天，成都苦旱严重，百姓们望天兴叹，我曾写过一则短文《说旱》呈给严武，希望他为政要合乎天理，不违人情，将军队中服役的兵士放假回家，补充乡间的劳动力。而且，对关押在牢狱里的囚犯进行清理，除那些应该被处以死刑的犯人外，将其余的统统释放出来。只要囹圄一空，怨气全消，上天必会普降甘霖。严武采纳了我的建议，实行改革，在百姓中产生了很大的影响，我也为他的明智称赞有加。

这年春社日，我在村子里闲逛，被一个农民老大爷拉去喝酒。老头喝到酒酣耳热之时，不停地在我的面前夸赞严武，说严武是他有生以来遇到的最好的官。说着说着，他竟然哭了起来。我劝他不要激动，说蜀州百姓能遇到严中丞，是大家伙儿的福气。老大爷又喝了一口酒，指着他的大儿子说："我怎么能不激动啊,他本是严中丞麾下飞骑军的弓弩手,当兵很久,从未轮换。没想到前几天被放回来帮我这老头子务农,减轻了我的负担,我真是太感激了。日后,我就是死,也愿意承担一切徭役赋税,再也不逃避了。"老大爷知道我跟严武私交甚笃,说完话,赶紧叫老伴用瓦盆端了一盆酒出来款待我。我不好扫老大爷的兴,就陪他慢慢地喝,一直从上午卯时喝到下午酉时。我几次要起身告辞,老大爷非不让我走,还不断呼唤老伴拿出板栗来给我俩下酒。只要我一站起来,他就拽着我的胳膊朝下按。老大爷虽然动作粗鲁,指手画脚,但看得出,他确实是出于真情,掏心掏肺地跟我边喝边谈天。我又只得陪他继续喝酒,后来直到月亮都出来了,他还不让我走。我问:"今日咱俩喝了几升几斗酒啊?"老大爷以为我嫌他没有酒了,生气地说:"瞧你问的,请放心喝,酒有的是。"那日,我和老大爷都醉得不省人事。

第二天酒醒,我将此事写在诗里,捎给了严武。严武接到诗后,说是要亲自来见见这位有趣的老大爷。四月里的一天,他竟自备酒筵跑到我草堂来了。那正是新笋上林的季节,我让妻子去竹林挖了几根嫩笋子让随来的厨子炒了,又提出前两天乡邻送给我的一篮子樱桃,请严武尝鲜。严武建议将那位拉我喝酒、夸赞他功绩的老大爷找来一块儿吃饭。那老大爷一来,跪下就拜,连呼:"感谢严中丞的大恩大德,放还犬子。"还提来一缸酒让我们喝。严武那天的心情无比美好,开怀畅饮。我担心他感染风寒,劝他少喝一点,他不听,说:"难得如此痛快。"酒喝至半场的时候,严武又郑重地跟我说,让我出来做官,与他一道,为朝廷做点事,为天下苍生做点事。站在一旁的妻子听严武如此说,偷偷地看着我。我从她的表情里,体察到她希望我答应严武。我明白妻子心里的想法,我如果能再出来做官,我们一家人的生活估计将不会那么艰难。但我还是没有立刻答应严武,我曾发誓不再走仕途之路。我虽然穷困潦倒,但的确也厌恶官场之事。严武见我犹豫不决,说:"子美,你不必急于答复我。我容你再好好想想,若你想通了,随时可告知我。"我端起酒碗,说:"感谢贤弟抬爱,我再思忖思忖。"

严武离去后,我的心情久久不能平静。我像一挂秋千,在现实与愿景之间摇摆。妻子知晓我内心的挣扎,但她看破不说破,也从不抱怨,就那么默默地忍受着一切。我内心的沉闷跟当时的旱情一样严重。我也在渴望一场雨,来滋润我的心田。就在四月快到尾声的时候,这场雨终于来了。风雷从万里之外飘然而至,滂沱的大雨泽及蓬蒿。村里的老百姓都在欢呼雀跃,他们这下不用再担心春耕问题了。雨水从我的茅屋顶漏下,把屋中的一切都打湿了,我也不去抱怨。只要这场雨水能够让老百姓地里的黍豆小苗长高,我也就安心了。这场及时雨一连下了三天,外江和内江都涨了水。我依靠着几案望着汹涌的波涛,感觉雨凉神清,连久积的肺病似乎都好了许多。雨停之后,田野上到处都静悄悄的,湿漉漉的。官曹们趁势下到乡间,勉励农民们赶紧耕种。看着村民们扛着农具下田忙活的身影,我虽然没有田地可耕却也同样感到庆幸不已。

有了雨水的浇灌,这年的庄稼长势喜人。刚到初夏,地里的麦子就熟透了。远远望去,金黄一片。我的几个孩子在麦地周围疯跑,把蚂蚱逮来装在竹筒里玩耍。还自己用纸和竹条做了风筝,在麦场的空地上去放飞。农民们都磨亮了刀镰,在为丰收做准备。我也以为农民们今年可以吃顿饱饭了,谁知,麦收刚开始,就有胡羌来边境抢夺粮食。东至集、壁,西至梁、洋,都有腰别弯镰来抢割麦子的奴剌和党项。那些农妇被撵得边走边哭,男人们也被追得四处躲藏,而我们的三千蜀军却只能眼睁睁看着,无力去阻拦和救护。看到这样的现实,我又泪如雨下——为挣扎着活在大地上的穷苦之人。

四月弥漫着一种死亡的气息。那一段时间,我都焦躁不安,总感觉有什么事情发生。有一天,我去黄四娘的酒馆喝酒,遇到浣花溪畔一个非常有名的道士。他到店里刚坐下,就摇头叹气地说:"近日我夜观天象,天下将有大事发生。"

"愿闻其详。"我端起一碗酒凑过去,黄四娘及店里的其他几位酒客也都围了过来。

"请道长给大伙儿讲讲。"大家异口同声地说。

道士喝了一口酒,摇了摇头:"天机不可泄露啊!"

酒馆里的人都失望地看着他,我也没再继续追问。那天从酒馆回来的路上,我一直在琢磨道士说的话,越琢磨心越不安。直到后来玄宗和肃宗先后病逝的消息传到我耳朵里时,我才深感震惊。我无论如何也不会想到,天下所有人也都不会想到,就在这年的四月里,被软禁在神龙殿的玄宗去世了,享年七十八岁。他再也不会遭人羞辱了，他彻底解脱了。或许是玄宗的死令肃宗感到后怕，觉得对自己的父皇有亏欠，要不是当初他默许李辅国发动政变，他父皇也不会落得如此下场。肃宗自三月以来，就已身染沉疴，卧病不起。玄宗的遽然逝世更加重了他的病情，没过几天，他也离开了这个人世，到阴间去跟自己的父皇团聚去了。肃宗的驾崩使得朝廷形势大乱，张皇后与李辅国原本在灵武时就勾结在一起，两人里应外合，彼此在朝中扩大了自己的势力范围。可渐渐地，当他们合力削弱了肃宗对他们不喜欢的人的信任之后，他们互相之间也出现了龃龉，开始算计起来。这下肃宗死了，他们都想假借太子之名，实现独揽大权的阴谋。为达此目的，还不惜以武力摧垮对方。可张皇后毕竟是个女流之辈，耍起手腕来要稍逊李辅国一筹。李辅国在宦官程元振的鼎力扶助之下，率领宫廷卫士控制了大内皇室。年轻的太子被吓得不敢作声，他身边的侍从也都四散而去，张皇后及其党羽被逮捕并伏诛。随即，李辅国扶太子李豫登基，这就是代宗皇帝。

代宗继位后，朝廷急需用人，便立即召严武入朝，他的在蜀州的职务暂由高适接任。严武在接到朝廷的召令后，跑来草堂向我辞别，他说："子美啊，没想到一夜之间，就是天翻地覆，桑田沧海啊！"我见他情绪低落，就写了一首诗《奉送严公入朝十韵》赠予他。我在诗中劝他既然新君已经继位，要更新法度，重用他这位旧臣，他应该大力施展自己的治国才能，辅佐代宗皇帝，早日平定天下。到那时，我也不至于老死蜀地，可以回到关中故乡了。而且，我还主动请求去送他，严武不同意，让我留在草堂，好好过日子，等待日后河清海晏的那一天的到来。我坚持要去送他，说他这一去，不知何时才能相见。严武见我情真意切，也就没再婉拒。

在送严武入朝的路上，我俩有感时事变化之快，又忆及当年我和他因房琯之事遭贬，不禁感慨万千。我们都无法预料接下来朝廷会发生什么事，严武也担心他这次入朝不知是吉是凶。我们在对朝廷的忧思的闲谈中，不久就到达了绵州。绵州刺史得知严武还朝路经此地，特在江楼设宴款待他。那天，我们在江楼上推杯换盏，落日的余晖照在江面上，薄薄的雾气环绕着沙渚。有几条沉甸甸的大船靠在滩边，鸟儿从楼前轻盈地飞过，此情此景美得令人心碎。我们从日暮时分，一直喝酒到夜色幽深。醉眼蒙眬中，看着灯火散落于远远近近，月华沐浴着整个天地,在江楼下走着的都是些来往的过客,我的心中泛起某种日暮途穷的凄惶之情,像这样的聚会人生能有几次啊?

严武高举酒杯,说:"子美,送君千里,终有一别,明日你就回草堂去吧,小弟我敬你一杯。"

"贤弟辅佐三朝,出将入相,真是地位尊荣,我也敬你一杯。"

"你回草堂后,可别只顾写诗啊,随时准备出来为朝廷效力吧。"

"日后再说,日后再说。"

夜越来越凉,微风吹动我们的衣襟,直到银河消沉,我们才回驿站打了个盹。第二天清晨,严武让我放心回去,不必挂念他。可我就是舍不得他走,他的离去好似把我的心也带走了。他也依依不舍,骑上马说要走,又下马来跟我说话。几番缠绵,我又将他送出绵州三十里,在奉济驿才总算分了手。

严武走后,我带着失落的心情,准备返回草堂。正当此时,另一件大事发生了。剑南兵马使徐知道见严武刚离开,就把他的官衔全部加在自己头上,自称成都尹兼御史中丞剑南节度使。徐知道的造反使得蜀中大乱,回成都的道路被阻断了,我无法回到草堂去。在这种情形之下,我只得暂留绵州,等待回去的机会。我寓居在绵州的一个公馆里,这个公馆靠近东津,经常有渔民在涪水中划船拉大网捕鱼。他们一网下去,往往能捕到数百条的鱼。那些杂鱼在网中挣扎,试图逃脱网眼,可它们越挣扎,被网得越近,最终只得精疲力竭地张大着嘴。看着这些垂着头等死的鱼,我总感觉鱼的遭遇也是我的遭遇,是天下所有老百姓的遭遇。我们都被战乱这张无形的巨网罩着,别说像鱼那样挣扎,怕是连挣扎的勇气都没有。

我又一次与我的妻子和孩子们隔绝了。我担心他们的安危,他们不知道我的情况,我也不知道他们的情况。我们都像是被现实关进了牢狱,我不可确知还能不能回到草堂去。如果回不去,那该怎么办,莫非就要这样生死相离了?想着想着,我的老泪又流了下来。但我不能沮丧,我一定得想法见到他们,将他们接到自己身边来。我曾跟她们承诺过,今生活要在一起,死也要在一起。

有了这个信念,我刻意使自己的心情平复下来,尽量不去想这些烦心事。我在绵州这座不大的城里东游西荡,为解闷,我到城外西北方向的越王楼去游览。这座楼是显庆年间越王修建的，当我站在越王楼上，看到碧瓦朱脊辉映着城郭，山头的落日铺在江水之上时，竟生发出楼在人亡的喟叹，这使我本来就郁闷的心情更加郁闷。

我把自己关在公馆里，有时几天都不出门。公馆门前，有一棵海棕树，长得高入云天。树皮像龙鳞犀甲般相互错落，苍青的棱角环护着树干。我坐在窗前望着这棵树，有一种想哭的感觉。海棕树长得再好，再葳蕤，可生在这禁苑之中，又能得到谁的赏识呢？

绵州当地的几个文友，见我整天把自己封闭起来，跑来跟我论诗。我知道他们是为我好，但我哪有心情去谈论这些啊？他们见我兴致不高，其中一个说，当时名画家姜皎也在绵州，非要拉我去看此公画鹰。这倒使我有了点兴趣，我跟着他们，专程去拜访姜皎。姜皎见了我，连夸我的诗写得好，说完，赓即铺纸挥毫，画他最拿手的角鹰给我们欣赏。姜皎那天的状态很好，几番泼墨，一只杀气森森的角鹰便跃然纸上。我也被这只鹰惊呆了，感觉那些真实的鹰反而是假的，而姜皎笔下的这只鹰反而是真的。

从姜皎处归来后，我一直被那只鹰所激励。我幻想自己有朝一日也会像那只鹰一样，生出翅膀，飞回到出生地。任凭山高险阻，战乱频仍，也无法阻止我的飞翔。

在绵州待了一段日子之后，我料定蜀乱一时难平，便想到去梓州。这想法，是因为我的旧友汉中王李瑀在那里任职，我渴望获得他的一些帮助。这既能让我有口饭吃，又能让我离成都近一点。在去之前，我先给李瑀捎去三首诗，也算投石问路。我在诗中以谦卑的口吻表达了对他的仰慕，又以可怜的心情讲了我有草堂难回的处境，希望唤起他的同情心。李瑀收到我的诗后，来信让我去找他。在他的许诺之下，我从绵州匆匆赶往梓州。

一路上，所见皆荒凉。我仿佛是一个追赶落日的人，在两边绝壁的胁迫下，不断向前。纵目南望，但见千山万山都被落霞染成了红色。鸟儿在树枝上杂乱地叫着，暮色掩盖之下的山野没有一个人影。我骑着马，我是孤独的，马也是孤独的。有时突然从草丛里蹿出一只野物来，马受惊得前蹄高扬，我也在马背上惊慌失措。我倒是不怕被掉进深谷里去，怕只怕草窝晃动处会有草寇的长箭射来。在乱世中行走，不得不防啊！

当我走到光禄坂这个地方，想起去年为平段子璋乱不幸阵亡的一位姓马的将军，更是悲从中来。这位马将军自称是伏波将军的子孙，他在去年去涪江之南讨伐叛贼时，我还曾跟他在江边握手道别，他的音容笑貌还在我的脑海中浮现。只可惜如今国家尚未平定，像马将军这样忠心爱国的将士却死去了不少。想到这些，我不禁替他们感到惋惜。

　　我下得马来，将马拴在一棵树上，在光禄坂走了走。我的脚都不敢下得太重，我知道，我的脚下都埋着无数贫苦农家男儿的累累白骨。他们为了江山社稷，挺枪跃马，浴血杀敌，却最终无一生还，做了这光禄坂的孤魂野鬼。野风从我的面前刮过，呼呼地响。那响声，不是来自远处，而是来自地下——那是无数猛士的冤魂在夜哭。

　　我到达梓州后，已是秋天了。凉风骚动着万里河山，可徐知道这群叛贼仍在四处发难。回成都的路依然被封锁着，我跟妻子更不可能有书信往来。我日夜思念他们，晚上根本无法入睡。而秋夜又过于漫长，映入我门帘的只有残月的光影，枕畔也只有远江的涛声。我实在无法忍受黑夜的孤寂，就起来点亮蜡烛给妻子写信，写了一封又一封。我明知道这些书信不能寄出，但还是要写。只有不停地写，才能抚慰我的思亲之苦。在梓州，李瑀实际上对我的帮助也不大，他偶尔请我去他府上吃一顿饭，喝一次酒，这免除了我的饥饿。可没过多久，他就离开梓州，去蓬州任职去了。李瑀一走，我又失去了依靠。我独自待在客房里，看着秋窗上爬满了曙色，零落的林中又吹起了大风，那种衰老无助之感，真是痛彻心扉。

　　转眼到了重阳节，我实在觉得无聊，就登上梓州城楼远眺。我明显感觉到，我的脚力已大不如前。登楼时，手撑住栏杆歇了几次气，才勉强登上去。举目四望，时景却与过去完全不同。弟妹远隔，国事维艰，妻儿也不能相见，只留下我这个老夫在楼顶独对秋风。忽然间，我又想到了严武。他应该跟我一样，也被战乱阻隔在了途中，不能顺利回到朝廷复命。可我仍是不知道他的情况，我只能猜想他重九那天在哪里，是否也跟我一样满怀愁绪。他是在思忖如何走出巴山呢，还是困居在小驿，独饮着浊酒和观赏着细小的菊斑，想念我这位故人？

那天从城楼上下来，我萌生了要偕家人走出三峡的念头，只是我不知道何时才能去草堂接他们。我担心自己还没有回到草堂，就饿死在了梓州。幸运的是，我老杜无论走到任何地方，都有那么几个深交或浅交的朋友。他们在关键时刻，都还买我的账。李瑀走后，或许是受他的重托，梓州别驾严二热情地招待了我。他是个性格豪爽之人，请我吃饭时，按着我的胳膊来敬酒。酒酣之际，还为我舞起了宝剑助兴。严二的侍从们在他的吩咐下，为我掸净乌帽上的尘土，端出小米来喂我的骡子。穿红着紫的仆人们在我面前走来走去，有的端菜，有的端酒，将我当作贵宾对待。那一刻，我的所有烦恼就抛在了身后，只与严二尽情欢娱。想想我老杜，一生飘零，到了晚景却遇到这样厚待我的朋友，怎能不动情呢？

也是在这个秋季，还有一件比严二款待我更令我兴奋的事情，那便是叛贼徐知道被他的部将李忠厚杀掉。得到这一消息，我按捺不住内心的激动。虽然叛乱仍未彻底平息，但给了我一线回成都的生机。我立马给高适捎去一首诗，问他如果我这时回成都接走家室是否妥当。高适回话说，可以让我绕道回去，由他先将我的妻儿从草堂接到城里，再交给我接走。在高适的帮助下，我于秋末终于见到了我的妻儿们。孩子们一见到我，就跑过来拉住我痛哭，妻子也在一旁流泪。高适说："事不宜迟，现在不是掉泪的时候，你们一家人赶快走吧，出去避一避，等战乱平定，再回草堂来住。"我就这样把妻子和孩子们接到了梓州。

有了家人在身边，我的心里踏实了许多，至少不用再为他们担惊受怕，他们也不必为我的生死担忧。我跟妻子说了欲通过三峡出川的想法，妻子没说好，也没说不好。她只是哭着说："原本以为可以在草堂终老，想不到又要开始飘零了。我们一家人就像树上的落叶，飘来飘去，不知何时是个头啊！"我怕引起妻子更多的伤悲，就没有再说话。

将妻子和孩子在梓州安顿好后，我一直在想法筹措出川的盘缠。那段日子，我在梓州一带到处游走，像一个散仙。我虽然穷得连饭都吃不起，却仍是改不了四处游历的毛病。这是我青年时代养成的习惯，也是文人的情节。我就剩那么点人生的自由了。大概在这年的初冬，我去了陈子昂的故乡——射洪。我心仪这位诗人已久，想去他的故地瞧瞧。在金华山上，我找到了陈子昂的学堂遗迹。那学堂早已荒芜颓败，石柱已经倾斜，遍地都是青苔。我伫立在这片遗迹前，为陈公的英年早逝而痛悼。随后，我还在县城北面的武东山下，瞻仰过陈公的故居。我到的时候，已经是傍晚了。夕阳正在西沉，故居里弥漫着惨淡的晚烟。我在他的故居里踱步，念及他的一生，不禁为他的诗才和人品所折服。在我的心中，他是与扬雄、司马相如接踵的人物，他的忠肝义胆也必将彪炳千秋。

射洪县的历史人文深厚，也出过不少有名的人物。拜谒过陈子昂故地，我还去拜访了文公和尚。他住的寺庙十分幽静，隐藏在一片乔木丛中。我一进入山门，就见有红色的云霞缭绕如带。人走在山石台阶上，长长的藤萝纷披舒卷。回头俯瞰山下的万家城邑，都被这野山的屏障隔绝在了外面。文公是个佛法高深的僧人，他见到我后，淡定从容得很。他跟我说，他不下凡尘已经十几年了。曾有长者前来施舍金钱给他，他也禅心不动。那天我向他请教了不少关于学佛的事情，他有问必答。他的通透、睿智和超然物外，让我觉得他就是一颗光洁无尘的明珠，或一轮当空而照的白月。从寺庙里出来，我一路上都在反思自己。想想我这个漂泊南北之人，心灵芜杂缺少耕锄，又久遭诗酒的污染，还曾每为官职不高而羞愧。而文公隐居深山数十年，却从来不为这些凡俗之事所恼，我是早就应该向他学习的。再想想那尊者王侯贱者蝼蚁，到头来都要同归于尘土，又何必非得在红尘中苦苦挣扎呢？

然则，我到底是个不争气的人。每当我在寺庙拜见大德高僧，都会生出离之心，可很快，这种念想就被现实给稀释了。我不知道究竟是放不下妻儿呢，还是放不下自己，抑或放不下那些受苦受难的苍生。入佛门固然可以寻求自我的解脱，可那全天下的受苦人又该如何解脱，谁去关怀他们的生老病死呢？

带着这种种的疑问，在射洪稍作勾留之后，我又继续只身去了通泉县。通泉是名臣郭元振曾经做过县尉的地方，县城里还保留着他的故宅。我曾专门去他的故宅凭吊过，感佩他当年辅佐玄宗皇帝扑灭太平公主党羽的丰功伟绩。这个地方也是人杰地灵，山清水秀。我在通泉县游览的最大收获，是观赏到了薛稷的书画真迹。薛稷是隋代著名诗人薛道衡的曾孙，官至太子少保、礼部尚书，人称"薛少保"。此公精通书画，与欧阳询、虞世南、褚遂良齐名。我能有幸在这里看到他给普慧寺题写的一块匾额和画的一面壁画，真是喜出望外。尤其是那块匾额，高高地悬挂在寺门上。"普慧寺"三个大字文采郁郁，圆润垂露，周围有蛟龙盘绕，一点都没有损坏，这可让我大开眼界，不虚此行。通泉县的姚县令因仰慕我的诗才，他知道我在通泉游历，多次邀请我共餐。当时恰逢有一位从京都来通泉的王侍御，因得到姚县令的盛情款待，心里有点过意不去，特地在涪江边的东山顶上设宴作为答谢。姚县令邀我一同前往，我去了。那餐饭，我们一直吃到太阳偏西才结束。晚上，大家又接着携酒乘船去江上游玩作乐。那次的排场搞得很大，姚县令还携带了官妓到彩船上载歌载舞，哀怨的笛声在江心回荡。直到三更风起，寒波摇动船身，大家都还不愿离去。我看着这一切，心里直发毛。目睹着奢华的场面，想到那些仍在饱受战乱之苦的百姓，我不知道该说什么好。这个王侍御到地方上来，本有纠举百寮的职责，却跟地方官员夜以继日地携妓饮宴，也真是让我眼界大开。

我原想在通泉多走走，遗憾转眼间又到了岁末年关，我得赶回梓州跟家人团聚。

年一过完，春天就到了。这个春天与往年的春天不同，它带给我的狂喜，无异于在天地间同时鸣放了十万挂鞭炮。去年十月，代宗以长子李适为兵马大元帅，会诸道节度使及回纥于陕州，统兵十余万，攻伐史朝义。这年的正月，史朝义自缢身亡，他的将领田承嗣、李怀仙等纷纷投降，朝廷军终于成功收复了河南河北。

我闻听此喜讯，顿时热泪满襟。妻子和儿女们从未见我哭得这样稀里哗啦，不知该怎样安慰我。我在屋中和屋外团团转，边转边狂吼："白日放歌须纵酒，青春作伴好还乡。"妻子担心我发疯，赶紧吩咐孩子去端水来给我喝。我不喝水，我只想大吼，只想发狂，只想快快回到洛阳。我等这一天，等得实在是太久太久了。

可幸福来得快去得也快，我回洛阳的梦想转瞬之间又成了泡影。河南河北的收复，只是暂时使得国内混乱的局面有所缓解。回纥协助朝廷军收复中原后，气焰更加嚣张。他们漠视朝廷法令，到处抢夺，在长安恣意横行，闯入含光门宛如闯入茶寮酒肆。在进攻洛阳时，李适从陕州渡河去拜访屯驻在黄河北岸的回纥可汗，可汗竟然责备其为何不在前门参拜。经过好一番辩白，可汗才饶恕了李适，却命人将李适的随从每人鞭打一百，其中的兵马使魏琚和判官韦少华在被鞭打后当夜就死去了。

面对如此局面，别说洛阳我回不去，就是成都我都回不去。各地的混乱仍在继续，我也只好留在梓州，等待时机。

高兴之后的失望是很挫伤人的。我在梓州仍无所事事地东游西荡，偶尔也去参加一些饮宴、送迎等社交活动，但都心不在焉，身体跟心灵是剥离的。开春之后，不知道为什么，那段时间的送别特别多。我在郪城西原送别过去成都的李判官，在惠义寺送别过因公来梓州的王少尹；也曾泛舟送别过魏十八和韦班；还送别过路侍御、何侍御和崔都水……每送别一个人，我的还乡之情就会加重一层。我在想，这些友人可以去到自己该去的地方，而我何时才能回到我想回的地方呢？

妻子见我如此思乡情切，怕我积郁成疾，建议我多去梓州城边观景。我听她的话，曾一个人跑去郪县的牛头山游览过，也曾在牛头山附近的兜率寺徘徊。见到这些初春的美景，我的心情的确好了很多。这么多年来，妻子是最了解我的人。她知道我得的什么病，该用什么药来治。但游览也只能暂缓我的"思乡之病"，却不能根治。

一天，梓州刺史邀请了邻近几个县的刺史去惠义寺观景，我也在受邀人之列。我们一行登上惠义寺，头上是虚空无尽的春天，极目之处花开莺啼。我靠在寺中的楼阁上，其他人都在赞叹景物的美不胜收，唯独我却在默默地回顾自己的一生。我漂泊大半生，如今老之将至，竟一无所有。我再一次在心里升起遁入空门的念头。

在这次观景活动中，我认识了阆州的王刺史。他见我心事重重，特意邀请我去阆州散心。我想，如果我要顺三峡出川的话，必得经过阆州，我也正好借机提前去了解下地形。这之后不久，我便选择了最便捷的一条路，乘船顺涪江至射洪的金华镇，再转入涪江支流梓潼河溯流而上到盐亭县上岸后，走旱路到达阆州。我喜欢阆州的燕子。我一到阆州，就在王刺史安排的住地的廊檐下，看见有双燕在飞来飞去。它们是在叼泥筑巢。我默默地看着它们，想原来燕子为了生儿育女，也得这么辛劳地往来奔忙。人和动物都活得不轻松。在阆州，王刺史陪我在城中逛了逛，我询问了他一些关于去三峡的路线规划，他给我说得非常仔细。还说如果我真要选择从三峡出川,路过阆州时,一定要在阆州多盘桓数日。我谢过他的美意。我没有时间和心情在阆州多作停留。尤其是那天我陪王刺史一道,在阆州的江亭为眉州别驾辛升之送别,看着他在蝴蝶翻飞的季节远行的背影,我更是感到自己的迟暮黄昏。我想我得尽快带着家人离开蜀地。要不然,我就真没有回故乡的力气了。

我从阆州回到梓州后,因送好友辛员外,又跟随他去了一趟绵州。刚到绵州,就遇到连夜大雨。雨水使江洪暴涨,巨大的波浪摇乱了远处的山峰。我跟一个叫窦十五的人同住一舍,他睡不着觉,我也睡不着觉,我们便坐在屋内喝酒。屋外涛声盈耳,似要冲垮堤坝。喝到后来,我们都不说话了,只有愁和酒在互相渗透。而我的心早已随那江面上的浪花在翻滚,让我不得不感叹浮生如寄。

在绵州遇雨的时候,我竟莫名地想起房琯来。或许是人一老,就格外思念旧日友人吧。房琯曾在离绵州不远的汉州任职,虽他已被朝廷重新召回重用,但我仍是想去那里看看。雨停之后,我即刻动身去了汉州。汉州的王刺史殷切地接待了我。他知道我是为房琯而来,便特意抽出时间,陪我去房公西湖游玩。我们坐着画船,在西湖上流连忘返。那刻,我明知道房琯正在前往朝廷赴任的路上,但我就是感觉他仍在我的身边,与我同坐在一条船上。我们喝酒吟诗,纵论人生和国事。王刺史深知我跟房琯的感情甚笃,他还把房琯在汉州时养的一群鹅送给了我。我看着这群羽毛洁白的鹅,又不禁睹物思人起来。不知房琯到京后会不会思念他的这群鹅呢?

就在我无限挂念房琯的时候,不想也有人在挂念着我。一次,我又在房公西湖乘船游玩,新署梓州刺史杨某去东川上任,途经汉州,听说我在此地,跑来找我,却扑了个空。我闻听此事后,深感内疚,我真是对不住这样的朋友。还令我感动的,是汉州的王录事。他知道我游历到此,特地派人用轿子将我抬到他的府上去作客。我刚下轿,他就站在府宅门口,戴着乌帽出来迎接我,又催促府内的人赶紧烧了莼菜白鱼来盛情款待我。而我只不过跟王录事的叔父是故交,他的叔父早已去世,看到王录事如此待我,越加使我思念故人。老实说,我一个浣花溪边的老病之客,能得到他的如此礼遇,这让我诚惶诚恐。想那在梓州幕府中的诸位郎官,我都出来这么久了,他们却连书信都没有一封,想必早就将我这个贫病之身的人忘记了吧？

我在从汉州返回梓州的途中，还独自去爬了涪城县的香积寺。我不相信自己真的是老了，我要挑战一下自己的体力和毅力，我还要活着回到老家去呢。

回到梓州，我仍在琢磨着如何下三峡的事。我心里清楚，要成功顺三峡出川，一要有足够的盘资，二要有朋友的帮助。按照我当时的处境，盘资一时半会儿是弄不到手的，那么，也就只好求助于友人的帮助了。我回梓州后，新结识了一位朋友，即合州的祁录事。祁录事要回合州去，我想合州是涪江和嘉陵江的汇合处，去三峡的必经之地，就写了首诗替他送行，想借此跟他搞好关系，以便日后去到合州，能够得到他的帮助。

尽管我已经打定了下三峡的主意，但偶尔我也会对浣花溪边的草堂生出留恋。那毕竟是我在漂泊途中的第一个家，我知道这个家对我而言意味着什么。这种心情，我在《寄题江外草堂》一诗里表达得够明白了。

这年春天，我都在梓州方圆之地间浪游，被折腾得很累。我想好好修整一下，哪里都不去了。等养精蓄锐一阵子，就拖家带口直下三峡。这时期对我帮助最大的人是章彝，自严武被召还，高适代理西川节度使以来，东川节度使处于虚悬状态，故朝廷特以章彝为留后。章彝深知我缺衣少食，屡次请我去他的府上就食。有时吃完饭，他还骑着他的青骢马送我回住地。在饭桌上，我们有感于乱世纷纭，彼此作诗以抒怀。章彝只要有朋友或官吏来访，需设宴待客，他都会邀请我参加。喝着他的美酒，想着我的处境，我的温暖也多了一抹暗色。

人就是这样，你越想尽快实现心中所想，那命运就越不让你去实现。正如我想去三峡，却始终无法成行。我滞留在梓州已经一年了，我是去年的重阳节到的梓州，倏忽间，今年的重阳节又来临了。那天，我早早地起床，跑去涪江之宾登高。菊花还是去年的菊花，秋风还是去年的秋风，唯独我的白发却比去年更白，也更长了。我摘了一朵菊花，放到鼻子上嗅嗅，有一股淡淡的清香。回想起十年前，我自京赴奉先县探家，在骊山下赶路的情景，真是肝肠寸断。在这重阳佳节，本是佩插茱萸，祭神祭祖的日子，我却置身异乡，靠他人的救济苟延地活着，难道不是丢尽了先人的脸面吗？

我从涪江边回去后，眼泪就没干过。孩子们都问我怎么了，我也不理睬他们。妻子给我烧了洗脚水,让我烫烫脚。我将脚放进洗脚桶里的时候,她也哭了,她说:"你看你的脚,都变成枯树枝了。"可我知道,她的脚又何尝不是如此呢?患难夫妻,百事哀啊!

重阳节之后,我看去三峡怕是短时间内不能实现,再这么沉郁下去,我担心早晚有一天会发疯。我是不能在一个地方久待的人,尤其像我现在这种靠人施舍活着的样子,待久了,谁会喜欢呢?不如换换地方,让自己也觉得新鲜一些。

于是,我又离开梓州,去了阆州。在阆州管我吃住的,还是那位王刺史。他见我再次来到阆州,安排我住在一间客舍里。他处理完公事后,会隔三岔五地跑来看我。若王刺史没来,我就独自在阆州城随意地转。有天薄暮,我在嘉陵江边漫步,见江水滚滚长流,云雾在对面的山间缭绕,凄寒的秋花隐于乱草丛里,几只投宿的鸟儿在幽密的树枝间缩头缩脑,我又生出强烈的下三峡的愿望。我太渴望回到我的故乡了,哪怕我刚到故乡就死去,也了无遗憾。我希望将来埋葬我的尸骨的,不是这蜀地的江水和长风,而是故乡的黄土和白雪。

这次到阆州,我还凑巧遇到了我的两位亲人,这使我热泪长流。流亡在外,我已经跟亲戚们断了联系,成了天地间的一只沙鸥。能在此地偶遇亲戚,那种内心的温馨和热度,就像在寒冷的冬夜捡到一根发火的干柴。我先见到的,是我的崔二十四舅,他从京城去往青城任县令,在路过阆州时,王刺史设宴款待他。二十四舅见到我,联想起我的遭遇,心情一片凄然。之后不久,我的十一舅要去青城探望我的二十四舅,王刺史同样在阆州设宴招待了他。十一舅比二十四舅更感性,他见到我后,抱着我哀叹不已,还写诗给我作为留念。或许是被十一舅的情绪所感染,我也赠诗给他,愿我们各自都安好。两位舅舅走后,我只要一想起他们那孤清的背影,就想跪地大哭一场。

王刺史怕我伤心过度,安慰我说:"贤弟不必过于悲伤,要相信天下总有宁定的一天。"

"宁定,我老杜多年流亡,日盼暮盼,可这宁定就是不来啊!"

"快了,快了,我们都要好好活着啊。"

"我怕是等不到那一天了。"

"你就在阆州好好待着,吃住由我负责。"

"可我妻子和孩子们怎么办？我放不下他们啊。"

"不如将他们一并接来阆州。"

"我已经给大人添麻烦了，怎敢再节外生枝？"

王刺史愣住了，同情地看着我。

的确，我不想过于给王刺史添麻烦，我只有不断地走动，换地方，才能不长久地增加某一个人的负担。出于这样的顾虑，我经常借故到其他的地方去。比如我以送朋友的名义，就曾去过阆州北面四十里的苍溪县。从苍溪县回来的时候，遇到阴雨无法骑马，只能放船返回。我在船上看到沿岸的病残的树叶坠落江面，感觉自己就是附着在那落叶上的一只蚂蚁，随时都有葬身江底的危险。

是年十月，吐蕃向奉天、武功进犯，朝廷大为震惊，命代理西川节度使高适率兵反攻吐蕃南境。我对好友高适寄予厚望，我相信他有能力牵制敌军。那段时日，我如坐针毡，既无心观赏秋景，也无心谋划如何下三峡，我的心思都用在了关注西南的局势上。高适本想从旁牵制吐蕃，不想慢了一拍，松州迅速被吐蕃所围困。继而，松、维、保三周和西山城戍也被吐蕃攻陷。高适的失利，让我忧心忡忡。我整日在阆州城外走来走去，望着十月的寒山发呆。我虽然现在只是一介布衣，但仍想为国家做点什么。我对蜀军与吐蕃军队的交战形式，也自有我的一些看法，可我不知怎样才能将我的想法传达给朝廷。王刺史见我比他还着急，便给我出了一个点子，以他的名义写一份表，奏呈给朝廷，供代宗皇帝参考。我觉得王刺史的建议可行，便连夜写了《为阆州王使君进论巴蜀安危表》。这份表我写了三次，前两次写出后，我都不满意，觉得问题没说透，就撕了写第三遍。写表的时候，我已经忘记了我的身份，我感觉自己就是王刺史本人。我一定要尽到我的职责，替皇帝分忧，替天下的太平效力。我在表中，主要向朝廷提出了四点建议：一是说明了巴蜀在全国的重要地位，目前受吐蕃威胁，朝廷应尽快派贤明的亲王前来坐镇；二是即便朝廷不能派贤明的亲王前来坐镇，也应该派德高望重、沉着冷静的大臣来扭转局面；三是撤销东川节度使府的建制，将东川所领兵马交由西川统辖，这既可增强西部边防力量，又可减轻巴蜀人民的负担；四是即使东川暂不撤销，就应该派有经验的人前来做节度使，而不是交由给留后。

我将这份奏表交给王刺史后，心里顿时轻松了起来，我感觉自己替蜀州的百姓做了一件善事。我期待皇帝在看到这份奏表的时候，能采纳我的建议，以保巴蜀安定。可令我大为震撼的是，这份表尚未到达朝廷，就传来泾州刺史高晖引吐蕃攻陷长安，代宗皇帝出逃到了陕州的消息。这消息我是从陕州来阆州的使者口中得知的，这个使者还说，吐蕃军队仍在横冲直撞，估计在短时间内，皇帝将无法返京。瞬间，我的脑海里出现了皇帝仓皇出逃的样子。天寒地冻中，我好似看到皇帝坐在邵伯树下神色慌张，又蹲在望仙台下左顾右盼，而那满朝的文武官员却一个都不在他的身边，那是多么悲凉的境地啊。我长年在异地流亡，这样的体会和心境，我是再清楚不过的。何况皇帝贵为天子，平时过惯了皇宫里的生活，现被迫出逃，锦衣玉食都暂时没有了，那该叫他怎么活啊！

代宗的出逃，使我的心如秋霜一般冰凉。在这个动荡的朝代，连皇帝尚且都难自保，更何况像我这样的流浪文人呢。我在阆州仍是喜一天忧一天地过着日子，我想等战乱稍微稳定一点，再回梓州去。然而，就在这年冬天快结束的时候，我接到妻子给我捎来的家书，说我的女儿生了重病，情急之下，我不得不匆匆忙忙地赶回了梓州。

待女儿病愈，我重又为家人的生计发愁，以至于我只得去讨好、巴结那些有权有势的地方官员，我给他们写诗，博他们开怀。在生存面前，我从来都是卑微的。腊月里的一天，章彝来了兴致，出动三千兵马，去野外围猎。他邀我陪他一起去，我也就趁机去看看热闹。我从来没见过如此壮观的围猎场面，跟检阅军队似的。那三千猛士在野林中围追堵截，杀声四起，禽兽十有八九都被杀死，众多的犀牛被生擒到幕前，高大的骆驼背上挂满了黑熊。方圆百里之内的禽兽都被军士搜刮殆尽。就连弱小的八哥鸟，都没能逃脱他们的罗网。我那天跟在他们身后，远远地看着他们的行动，却没有说一句话。

章彝见我表情冷淡，递给我一张弓说："大诗人怎么不高兴啊，给，你也来过把瘾。"

"我的手只会拿笔，不会拿弓箭，大人见笑了。"

"试一试，来，试一试。"

"我看见弓箭就发抖，大人就不要为难我吧。"

"不要谦虚，你射只八哥回去，晚上我俩下酒。"

"大人还是饶了我吧，否则，我只有将我的人头割予你下酒。"

章彝哈哈大笑，他身边的侍卫也跟着哈哈大笑。

"那你回去必须写一首诗，记录一下今日的捕猎。"

我没有再回答他，退到了一旁，继续看他们在围猎中获取快乐。因章彝之前给过我不少生活上的帮助，我不敢公开得罪他，只在心里默默地说："你们这些耀武扬威的军士啊，既然有那么大的能耐，何不出征去擒拿吐蕃兵，光在这里猎杀草丛中的狐兔算什么呢？难道你们真的不知道天子还没回到咸阳宫吗？"

围猎回去的路上，我仍是一言不发。章彝想逗我开心，还送给我两根桃竹手杖。我紧紧地握住它们，像握住自己的两根骨头。

我尽管对章彝的这次围猎活动充满抱怨，但在心里还是很感激他。如果不是他的援助，我真是没法在梓州待下去。但如今时局如此艰难，我若再在梓州待着，已经没有必要。我跟妻子商量好，即刻动身去往三峡。章彝知道我们一家人将要离开，特地设宴给我饯行。他在自家的府楼上备了满满一桌酒席，楼前站着列队的侍从，我们边喝酒边看他安排的歌舞表演，直到太阳下山，倦鸟归巢，我才醉醺醺地离去。章彝非要安排人送我，我坚决推辞了。我就想一个人走走。

黑夜掩盖了我的醉态，走在梓州那长长的街巷上，我有些恍恍惚惚。想到自己进入蜀地已经好几年了，孩子们长高了，我也变老了。我经常担心自己性子直，酒后失言遭来横祸，但今后也许就不再担心了。只要我下到三峡，也就自然疏远了那帮地方上的官宦酒徒，我也不用再见了谁都点头哈腰了。从前的我既像是深渊之鱼，又像是丧家之犬，走到哪里都是一身贫贱。我不知道在去往三峡的路上还会遇到什么，总之我也不会害怕。再窝囊的日子我都过过了，还能有比这之前更艰难的吗？唯一让我忧虑的，是路上盗贼太多，我无法确保妻儿的安全，但也只能顺其自然了。那天晚上，我在街上走了许久。一条短短的巷道，我竟然走到天快亮时才到住地。

妻子提议过完年再动身，我等不及，催她带着孩子立刻出发。我知道妻子是舍不得草堂，岂止她，我同样舍不得。为使她安心，我特意给弟弟杜占捎话，托他若有机会回到草堂，请代为照看打理。妻子还让我告知杜占，草堂的鹅鸭要经常点数，哪道柴门开，哪道柴门关，以及哪片竹林稀疏了，要补栽等都交代得一清二楚。我也重点给杜占交代,让他务必将我亲手栽的四株小松树看管好,不要被盗伐。

对草堂做了精心的安排之后,我便在岁暮偕妻儿到了阆州。只是后来我才知道,就在我奔赴阆州的途中,代宗皇帝也离开了陕州,重新回到了长安。

到阆州时,正逢年关。王刺史早已备好了酒宴,邀请我们一家人共度春节。在宴席上,我拜托王刺史帮我雇一条下三峡的船,王刺史也答应了。春节过后,我正准备收拾行装再度出发。一天傍晚,王刺史兴高采烈地跑来跟我说,严武将再度回蜀州任职。他说,朝廷已将剑南东西川合为一道,任命严武为节度使。

这一消息打乱了我的行程。既然严武要回来,我似乎又有了回到草堂的可能。妻子说:"如果能重回草堂,那我们就暂且不去三峡了。"我俩都知道漂泊的滋味。王刺史也劝我暂时打消下三峡的念头,等严武回来任职后再看情况有没有转机。

我带着时来运转的心情,在阆州又逗留了一些时日。或许是有了新的盼头,我游春的兴致重新浓了起来。王刺史大概也觉得时局出现了转机,想庆贺一下,邀请我陪他在嘉陵江上泛舟赏景,饮酒作乐。我还独自去了阆苑和南池赏春。正当二月的春风将我沉醉之时,我接到了严武捎来的书信。他说自己已经来到成都上任,让我前去与他相见。看到严武亲笔书写的一个个汉字,我犹如看到了一朵朵盛开的梨花。

接到书信的第二天,我就迫不及待地想回成都。可临行前,我突然想起去年房琯由汉州北上复命,病逝于阆州,我应该去拜祭一下他。当我来到房琯墓地,看到荒草丛中只有他的孤坟,飘洒的细雨淋湿了坟旁树上的花瓣,心中的悲戚不可言说。我在他的坟前坐了很久,我想跟他说许多的话,却一个字都说不出来。

祭拜完房琯的翌日上午,我便携妻带子踏上了重返成都的路程。

28. 草堂怨

在返回成都的路上,我的心情七上八下,激动不已。我想象跟严武见面时的场面,也想象与我那睽违多时的草堂见面时的场景。说实话,要不是严武重来镇守蜀州，我那会儿早已在去三峡的船上了。沿途上，眼见清江里都长满了白蘋，阳光照在马背和青草上，如诗如画。孩子们迷恋这春景，走走停停，登上丘顶高呼，我的眼前又浮现了昔日草堂的景象。

我催促孩子们别贪玩，赶路要紧，在欢声笑语的陪伴下，我们于暮春之际，总算到达了令我日夜牵挂的草堂。站在草堂柴门外的小径上，青草已经覆盖了路面，房顶上的茅草也已稀稀落落。昔日供我垂钓的水槛摇摇欲坠，那条我亲自备置的小船也被埋入淤泥之下。不过让我惦念的那四棵松树还在，它们由原来的三尺多高长到一人多高了。草堂侧旁的五棵桃树也还在，其中两株的枝头，还残留着几朵桃花。

妻子比我更性急，我还没拴好马，她便跑去推开了房门。门一打开，一股霉腐的味道扑鼻而来，几只野鼠满地乱跑。我去书房察看我的书卷，每卷书里都躺着干死的壁鱼。妻子放下行李，就赶快拿起扫帚打扫起屋子来，我也帮着她清理桌上和床上的灰尘。想到我自那年离开草堂，流寓梓、阆之间，如今重返，已是三个年头过去，不觉唏嘘，感觉像是死过一回之后，又重新活了过来。

人回到了草堂，我的心也回到了草堂。走在春夏的浣花溪边，看着新燕在衔泥双飞，鸳鸯睡在暖沙之上，高高的竹梢落满了小鸟，蝴蝶在繁花丛中翩翩起舞，黄莺在翠柳间鸣唱，白鹭在青天上飞翔……我的劳累一扫而光，有一种享受闲云野鹤般的日子的舒畅。假如人的一生，都能在这样的风光中度过，那就得大自在了。

严武知道我已回草堂，专程携酒来看我。我原以为我们见面后，会有说不完的话，道不尽的相思之苦，没想到，我们除了拥抱，只有相顾无言。从我送他去京赴任起，到再度相见，这中间不知隔着多少的劫难和生死。那日，我俩坐在草堂前的草地上，一边晒着太阳，一边喝酒谈天。

"子美，想不到你我还能活着相见。"

"这些年来，我早已不知何为生何为死了。"

"话万不可这么说啊，如今天下尚未彻底平定，你我都应该替朝廷着想。"

"我一个病残老夫，哪有那能耐。"

"子美，你不可谦虚。你既然能写出那些脍炙人口的诗篇，就一定有才能替朝廷分忧。"

"贤弟高看老杜了，我一个落魄文人，干不成事的。"

"记得我初到成都时，就劝你出来为官，你不就。后来我到了长安，又曾推荐你为京兆功曹，你仍不就。现在我又来请你出山，你不可还躲在草堂不出啊。"

"谢贤弟抬爱，只怕我老杜会辜负你的信任。"

"子美哪里话，我重镇蜀州，决心驱逐吐蕃贼寇，挽回西南颓势，还望贤弟替我出谋划策。"

我本已无心再出草堂，入严武的幕府，可他那天发誓荡平吐蕃贼寇的决心感动了我。我立起身，向他鞠了一个躬，端起酒碗说：

"严大人若不嫌弃我这个老朽，我愿随你左右，为蜀州百姓尽一份力。"

严武听我这么说，脸上露出喜悦的表情：

"子美，我替蜀州的百姓谢谢你。我回去赓即奏表朝廷，举荐你为节度使署中参谋、检校工部员外郎、赐绯鱼袋。"

严武离去时，我们还共同提到了高适。自他重镇蜀州后，高适即已卸任返回长安去了，由刑部侍郎转任左散骑常侍。我非常想念这位老友，便写了一首《奉寄高常侍》的诗给他捎去。

进入严武的幕府后，我的生活发生了很大的变化。在草堂那种闲适的日子没有了，每天面对的都是繁忙的公务，我也将心思用在了如何辅佐严武恢复沦陷的松、维、保三州上来。严武果真治军有方，他全面整顿军容，试用新旗帜，训练武士。蜀中将士们在他的调教下，个个精神饱满，整装待发。我曾以署中参谋、检校工部员外郎的身份，见证过他的阅兵仪式。兵士们穿着新装，列队站在广庭上。待口令一响，队列迅速撤出，有六名骑兵拥旗入场，战马奋蹄狂奔。霎时间，军旗回旋如偃仰的飞盖，闪亮的旗光如飞迸的流星。猛士们手握兵器，嘶喊着冲锋陷阵，进似狂飙骤至，退似山岳崩倾。这时，旗手从马背上附身贴地，绝妙地让军旗掠地而过，如彩虹一道，轻舒漫卷，又从容如流，看得我心惊肉跳。我想，既有这样强壮的军队，何愁不能收复失地。

观看完阅兵仪式，我的情绪仍处于激动的状态。当天夜里，我写了《东西两川说》，向严武献计，欲助他一臂之力。我在文中提了五点看法：一是依靠蜀中汉兵和邛雅子弟等地方武装力量，足以抵御吐蕃；二是宜选良将充任兵马使，安抚驭羌之兵，无使邛雅子弟偏充边防；三是可令松、维、蓬、恭、雅、黎、姚、悉八个边州的兵马尽受兵马使统辖；四是当招喻獠人，抚恤流民；五是约束诛求，平均赋役，选用贤良守令。

严武看了我的建议后，十分满意，觉得给他提供了战略思路。这年九月，他率兵攻打吐蕃，歼灭敌军七万多人，克当狗城，收盐川城。随即，他又命汉州刺史崔旰在西山追击吐蕃，扩地数百里。初秋，严武亲临西山前线讨贼，逼得吐蕃军队无路可逃。晚秋时，吐蕃军队全部崩溃，西陲沦陷的失地成功被收复。

西山诸地平定之后，幕府的生活也恢复到了平常。少了军务上的烦忧，严武的生活也过得自适起来。我在幕府里，除了处理必要的公文，或偶尔陪严武游览北池、摩诃池外，没有更多的事情可做。严武也不再需要我替他出谋划策，这使我感到深深的失落。有一日下雨，我站在幕府院内，听急雨敲击着房舍，冷风从梁栋间穿过，心境甚是愁闷。我自暮齿之年得任参谋，虽说每天清晨都入幕参谒，夜里还得伏案劳作，却并未能替府主献出良策，这让我觉得自己的无用。在院内站了一会儿，我索性跑进屋子，将窗户打开，解开衣襟，垫高枕头躺了下来。凉风吹进屋内，水气飘得到处都是，给人朦胧之感。这种生活虽然让我衣食无忧，病情也略有好转，但如果有朝一日严武能够归京担任宰相，我还是想回到我的草堂去，过属于我自己的生活。

估计是我的性格真的不适合官场，我在幕府里跟坐牢没有两样。我漂泊流浪多年，自由散漫惯了，一旦进入这死板而严苛的生活，就像一只鸟儿被关进了笼中。每天天刚亮，我就得入府办公，要等到夜里很晚才能休息。而且，官场向来是个人事复杂之地，我在多年前做左拾遗时就深有感触，严武的幕府里自然也不例外。那些文武官员，为求自保，维持生计，彼此阿谀奉承，钩心斗角。我因地位谦卑，也只能看在眼里。严武也不是不明白这些，我理解他的难处。为官一任，需要协调各种关系，不然，他也会孤掌难鸣。

人与人之间，关系无论再好，不在一起相处时，彼此尚能彬彬有礼。倘若在一起待久了，反而会变得生疏起来。我跟严武就是这样。我做幕僚以来，他再也没有像我在草堂时那样待我,跟我说掏心窝子的话。我们每天相见时所谈的,不是府中公事,就是些客套话。我也不敢再当着其他人的面喊他贤弟,我必须维护他的权威和尊严。这使我意识到,我们虽为知己世交,但我们两人的差距始终是明显的,地位也是悬殊的。我们不可能再是朋友关系,而只能是上下级关系。看穿这一点,我更加落寞。我已经五十三岁了,我不知该如何挤出老脸上的笑容,去跟那些互相猜忌和攻击的幕僚周旋。

每当面对这样的场景,我都只有回避,独自躲到无人的角落,靠回忆一些往事打发时间。我会想到当年玄宗皇帝开创的"开元盛世",使得一个小小的县城也有上万户的人家安居乐业,粮仓禀实,出门远行也用不着选择良辰吉日。男子耕田种地,女子养蚕织布,夫妻不相分离;我也会想到肃宗皇帝因宠信张皇后和李辅国,致使朝纲败坏,祸乱不息;我还会想到代宗皇帝因懦弱无能,致使吐蕃军队攻陷长安,让百官打着赤脚跟随他凄惨逃亡。这样一对比,让我觉得唐王朝正江河日下,一朝不如一朝。

抑或是因为我的不合群,幕府中的官员们都以为我清高,做任何事都防备着我,觉得我不是他们一路人。但他们又都知道我是由严武推荐而做的幕僚,表面上对我客客气气,私底下却充满了蔑视。为让他们心安,我以探家为名,曾请假回草堂去住过些时日。

我第一次回去,是在秋天。当时下暴雨,河里涨水,涧中的荷花一朵一朵地低垂倒伏,跟我的精神状态差不多。我明知道自己上了年纪,却还要强打起精神去当参谋,那是何苦呢?我早就想离开蜀州,东下去江汉流域,只因对不住严武的知遇之恩,才暂时在他的幕府里供职,以示报答。回草堂的路上,我见沿村的庄稼都已成熟,只是杂草太多,与庄稼混在了一起。我好想下马,加入农民的收割行列中去。有时,做一个农民,要比做一个官员痛快得多。

孩子们见我回来了,都跑出来迎接我。妻子在屋内听到我跟孩子们的谈话,也立刻跑出来替我拴马。她问我在幕府里怎么样,习不习惯,我只是笑笑。妻子是个心思细腻的人,她觉察到我的不悦,赶紧住嘴,去屋内翻箱倒柜,取出一件黑毛皮衣给我穿上。妻子的举动让我真正感受到来自家庭的温暖,这种温暖是在别处获取不到的。也只有在妻子的面前,我才变成了一个真真正正的人。

我好久没有痛快地喝一次酒了,借这次回家,我想约上斛斯融去黄四娘的酒馆放开喝一场。我刚提出这个想法,妻子赶忙告诉我:"你恐怕要失望了。"

"失望?你这是……何意……"

"斛斯融已经死了。"

我以为自己听错了,补问道:"你说什么?"

"我说,斛斯融已经死了。"

"何时死的?"

"就在十天前。"

我顿时陷入了沉默。这位跟我一样落魄,靠卖碑文为生的贫士,居然悄悄地去了地府。我想起他曾经来草堂找我彻夜论诗的情形,以及我与他在黄四娘的酒馆里喝酒的情形,内心甚是凄楚。秋雨停止之后,我特意去黄四娘的酒馆里打了一壶酒,来到斛斯融的坟前祭奠他。我每喝一杯,也倒给他一杯,我相信他在九泉之下是可以喝到我赠的美酒的。

斛斯融的去世,让我平添忧愁,我觉得我在草堂又失去了一个可以谈心的朋友。我尽量压制住自己的悲伤,去浣花溪边钓鱼,或去找那个退隐的县令下棋。然而,那注定是一个令我痛心的季节。斛斯融死去没多久,我就得到消息,说苏源明死在了长安。再接着,又传来郑虔在台州去世的消息,这接二连三的噩耗使我双泪涕零。我的这两位老友,一个披散着白发死在中原,坟墓对着北斗;一个面迎清秋死在海边,泉路远在东吴。一个获罪被贬台州,国难之际却遭遗弃;一个移官进入蓬阁,荒年米贵惨遭饿死。面对他们的如此结局,我唯有恸哭。这两位恩公在文坛上的盛名,堪与班固、扬雄媲美;饮酒的豪爽堪与嵇康、阮籍齐名。我还在童年时,就对他们二位心生仰慕,后来有幸结为友人,他们待我更是亲同手足。如今他们离世,我却连最后一面也没能见上,这将成为我终身的遗憾。

那几天,我把自己关在草堂内,茶饭不思。妻子端来饭,我吃不下;孩子们端来水,我同样喝不下。我发觉草堂周围的花草都挂着眼泪。我看松树,松树在哭;我看桃树,桃树在哭;我看翠竹,翠竹在哭;我看梨树,梨树在哭。

在这个世界上,我那些最好的朋友,都先后一个个死了。留下我老杜孤零零的,苟活在这个异乡的草堂。我在铜镜里,看到自己憔悴的样子,感觉灵魂已经离我而去。也许,在不久的将来,就该轮到我上路了。到那时,我就可以与苏源明、郑虔和斛斯融等好友相遇了,我们再也不会分离。

就在我沉浸在好友去世的哀痛中不能自拔的时候,我的弟弟杜颖竟然跋山涉水地跑来草堂看望我,这多少使我的悲痛有所减轻。杜颖曾在山东临邑任主簿,早年间我游齐鲁时曾去探望过他。后来安禄山叛乱,他逃亡到平阴,给我捎来书信,我才知道他尚在人世。我在前面也说了,我知道他还活着后,欣喜之下曾给他捎去诗稿表达慰问。他这次来看我和他嫂子,还给我的孩子们带来礼物,充分证明他记得我这个老哥。在异地流浪,没有什么比亲人的关怀更能让人动容的了。

陪杜颖在草堂玩了几天后,我又回到了幕府供职。在幕府里,我仍是机械地干着那些永远也干不完的公务,继续跟那些我所厌恶的官员们周旋。

冬至过后,白天开始变得漫长,肚子饿了几次,都挨不到天黑。眼见新的一年即将来临,我的思乡之情又泛滥了。特别是杜颖来过之后,我更是想念洛阳的兄弟们。每年的春节,我都要朝家乡的方向跪拜,今年的春节,又只能采取同样的祭祖的方式了。我不想自己的膝盖跪穿了孔,都还回不到自己的家乡。

我在幕府里越来越孤僻,人家不理我,我也不爱理人。就连严武都说我不像过去那么爱说话了。幕府里有一拨年轻后生,他们更是处处刁难我。在公事上,也故意讥讽我,奚落我,把我不当人看。我表面上不跟他们一般见识,装出大度的样子,可回到屋里,心里仍是堵得慌。回想我当年向蓬莱宫投献三大礼赋,一日之内便名声煊赫。连集贤院的学士们都站成一堵墙,在中书堂里看我写文章,此事还曾惊动过君王。那种风光,岂是这帮年轻人做得到的?他们现在藐视我,而我之所以不予计较,就像孔雀不知道犀牛有角,口渴了去寒泉里饮水被牛顶了,孔雀宁愿受辱也不肯损坏它的羽毛一样,因为它是要曳着这金花翠尾来往于天上和仙山的。

话虽这么说,可窝囊气我每天仍照样受。这年春节,我是回草堂过的年。除夕之夜,我跟妻子第一次讲了我在幕府里的生活,她沉默了半响,心疼地说:"你若不开心,就辞了吧,回草堂来,咱们像以往一样生活。"妻子的话给了我勇气,开春不久,我就跟严武提出辞职。

严武惊愕地说:"子美这是为何,莫不是我严某照顾不周?"

"哪里,哪里,老杜我流亡到蜀州以来,大人没有少关照我。若不是你,我怕是早就跟源明和郑虔一样了。"

"既然如此,那你就留在我府中好好干吧。"

"老杜心意已决,请大人成全我吧。"

"子美啊,子美,你让我说你什么好呢。"

"大人什么都不必说,是老杜无能,让大人失望了。"

严武叹了一口气:

"你执意要走,我也留不住你。他日若遇困难,尽管来找我。"

"大人多多保重。"

"子美你也多保重。"

从幕府辞职回到草堂后,我的心情一下子轻松了。妻子见我脸上浮现出笑容,她也跟着我开心。为感恩妻子,我想重新将草堂修葺一番。去年暮春,一位姓王的录事,答应给我一笔修理费。见他迟迟未能兑现,我便写诗去催。这位朋友倒也讲义气,不久他就派人将修理费给我送来了。有了经费,我立刻请人对草堂进行修缮。

草堂的右前方有一片大竹林,竹林的浓荫从溪边一直笼罩到了午后的水塘。那些竹子高耸入云,即使在炎热的夏季,也能使人感到清凉。但我怀疑这片竹林阴气太重,就趁这次修房的机会将之全部砍伐掉了。那些修房工人非常厉害,一个早上就砍掉了上千根竹子。竹林伐倒后,阳光从东边的窗户照进来,草堂一下子明亮了许多。妻子喜形于色地说:"这下草堂便可永保平安了。"

我见修房工人们都在各自忙碌,也想找点事做,就带着几个孩子,扛着锄头去将房屋周围生长的荨麻铲除干净。这种荨麻的茎和叶上都长有细毛,只要人体一触碰到它,它就会将毒液刺入肌肤,又痒又难受,我与孩子们从下午一直锄到天黑才收工。

在工人们的齐心协力下,三四天之后,草堂的修缮工作完成了。居住在草堂内,我又找到了草堂初建成时的喜悦之情。我整日除了踏青、钓鱼、喝酒和写诗,还乘船到过武侯祠、刘备庙去游览凭吊。没有了幕府里的压抑和愁闷,我又回归到了闲散的状态。我喜欢这种状态,要是没有妻子和孩子的话,我恐怕早就到处云游去了。走到哪里天黑,就在哪里睡觉。什么也不忧,什么也不想。如果哪天在云游途中的睡梦中突然死去，那也是无比幸福的结局。

可这一切都只不过是我这个文人的痴心妄想，我是个爱做白日梦的人，许多想法都不切实际，所以也只能写写诗。这年四月里的一天，我正要去黄四娘的酒馆喝酒，严武的一个属下脸色沉重地骑马来到我的草堂，告知我严武在府中暴病而亡。我手中拿着的酒壶瞬间掉落地上，人也跟着瘫软了。等我苏醒过来后，我周身的骨头好似不翼而飞，身子轻飘飘的。我不明白这段时间都怎么了，老天才在去年底像收稻子一样收走了我的几个好友，现在又将我的另一个好友给收走了。来向我报丧的使者走后，我一个人坐在傍晚时分的浣花溪畔抱头痛哭。我感觉自己再也没有可以信赖的朋友了，我彻底成了孤家寡人。那天傍晚，我哭了许久，也想了许久。严武一死，我意识到蜀州又将面临危机。如今陇右、河源遭到侵扰，吐蕃与党项仍在对蜀地虎视眈眈。田地荒芜，民不聊生，各种凶兆频繁发生，朝中正派的有才能的大臣又如群鸟先后飞逝。普天之下，随处可见像我这样的流落天涯的垂暮之人。我曾数次写家书寄往洛阳，但十年战乱，骨肉分离，至今音讯杳无。

我真的不想客死异乡。现在严武病逝，我更是失去了依靠，没有人再值得我信任。我必须尽早离开蜀地，东下去往潇湘，这无疑是最好的安排。万事揪心，已让我愁黄了头发，眼看残年无几，我也只能去追随那天边的白鸥了。至于蜀地今后的安危，就留给那些后来的大臣们去顾虑吧，我这个老夫又何必去泪水长流呢？

这样想过之后，我便于当年五月，携带家人乘船离开了成都，阔别了我那居留尚不满四年的让我又恨又爱的草堂。

29. 夔府与客堂

每次离别都是伤痛，我早已在这种痛中习以为常了。当地官绅和左邻右舍知道我要走，都跑来跟我告别。那个退隐的县令把他心爱的一副象棋送给了我，黄四娘不但给我提来两壶酒，还给我送来一篮子鸡蛋，把我和妻子感动得热泪滚滚。在草堂居住的日子，他们都是我的亲人。为不让大伙儿难过，我在一天夜里，偷偷地上船，沿着岷江南下。没过多久，我们就到了嘉州。在这里，我遇到了一位行四的堂兄，此人淡泊名利，视富贵如浮云，我很欣赏他的人生态度，便受他的邀请，在嘉州喝了一场酒。人上了年纪，酒量已经大不如前。喝一点，就晕头。妻子总是劝我少喝，我又总是控制不住。我这辈子，除了写诗和喝酒，似乎也没爱好过别的什么。

顺着嘉州继续南行，就是犍为县。我担心孩子们在船上受不了颠簸，只能沿途边停边行。船在水上漂流是很慢的，有时头都坐恍惚了，感觉仍在原地打转。我们到达犍为县的清溪驿时，已是傍晚时分。我靠船的地方是一片荒滩，荒滩旁边的山脚下有一片青枫林，鸟儿在林子里结伴而居。月亮升起，照着荒滩和枫林，有一种凄寒之感。我们一家人住在船上，怕有虎狼入侵，都不敢说话。后半夜，江水摇晃船舱，我怎么都睡不着。人卧在舱内，心却怀念起员外张之绪来。他当年遭李辅国流放，现仍在荆楚，我这次南下，就是想去与他相会。对于如今的我来说，也只能四处寻求熟人的照料了。

大概在六月初的时候，我到了戎州。当时的戎州刺史姓杨，他见到我，分外亲热。在东楼上筹备了很丰盛的一桌酒席，请我赴宴。那日来了不少当地的官员，都很年轻。他们也不避讳我，搂着歌伎跳舞。那些歌伎将荔枝一颗颗剥开，送进官员们的口中，以博取主人的犒赏。音乐在东楼上回旋，自始至终，我都愁容满面。我不知道在这国难之时，他们哪有这等闲情附庸风雅。匆匆吃罢宴席，我便转身离去了。

面对国破家崩，也许只有像我这样的无用文人还在忧思国家的未来，而那些掌握了实权，本该比我等更应忧思国家前途的人，却在疯狂享乐，丝毫不知亡国将至。我在从戎州坐船去渝州的路上，都被这种愤怒的愁绪包裹着。早在这之前，我就跟朋友严六侍郎书信约定，一起结伴同行，可我到达渝州后，在沙洲边上等了很长时间，都见不到他的人影，我只得生气地继续坐船前往忠州。

我虽然在来蜀之前的逃亡路上，也曾坐过船，但没有现在坐得那么久，疲倦和厌烦让我真想跳进江里淹死算了。为打发时间，我拿出退隐县令送我的那副象棋，教宗文和宗武两个孩子下棋。妻子和女儿则只好靠在船舷上，她们都晕船厉害，想吐又吐不出来。这年初秋，我们来到了忠州。让我没想到的是，忠州刺史竟然是我的一位族侄。他以晚辈之礼接待了我们，这让我很是温暖。

我的妻子见到他的热情，多次悄悄跟我说："你这个族侄人不错。"可没过几天，情况就变了。他不再理睬我们，任凭我们住在一个寺庙之中。我想去府上找他，妻子劝我说："算了，人家打发我们一顿酒食，已经仁至义尽了，何必再去为难人家。"我觉得妻子说得对，人穷固然志短，但也不能自我作践。我想立即启程，接着赶路。但考虑到妻子和孩子们晕船，就让她们在忠州修整了些日子，我也趁机跑去禹庙和龙兴寺游览了一番。

这之后，我们在重阳节来临之际，到达了云安。流寓在云安的郑十八久慕我的诗名，在重阳节那天，他邀请我和当地一拨有头有脸的人物饮酒。此地气温和暖，秋天的群花都已落尽，唯独菊花开满了枝头，金灿灿的，非常漂亮。我本想多喝几杯，但他们在席上说到了前不久，仆固怀恩及吐蕃、回纥、党项羌、吐谷浑、奴剌等又开始在边境作乱，我的心情变得沉重起来，喝酒的兴致也就没有了。

我好想快快抵达潇湘，结束水上的漂泊。但我在云安走不动了，或许是在水上坐船太久，导致我的肺病和风痹一起发作，腿脚无法站立。加上我的妻子也患了病，更是没法动身。云安县令体恤我，将我安排在他的水阁里暂住修养。这个水阁面临大江，背负高山。我整日卧在床榻，相当于将自己软禁了起来。

就在我养病期间，战乱仍在激烈的进行中。严武死后，郭英义继任西川节度使兼成都尹。此人上任后，骄奢严暴，从来不垂怜下士，还任意杀害将领以泄私愤，这激发了兵士们的怨恨。十月，严武的旧日部下，汉州刺史崔旰率兵反攻郭英义，杀了他的家人。郭英义逃亡到了简州，被普州刺史韩澄所杀。韩澄将他的首级割下送给崔旰，这又导致邛州牙将柏茂琳、泸州牙将杨子琳、剑州牙将李昌崾又联合起来讨伐崔旰，蜀中再次大乱。商旅断绝，盐运受阻，蜀麻也输送不出去。群盗比虎狼还凶，到处抢杀过路行人。我曾听一个在战乱中的幸存者给我诉苦说，他们当初有二十一家人结伴来蜀地避难，最后只剩下他一人走出了骆谷。

听到这些消息，我五脏俱焚。我觉得天下真是跟我的病情一般，使人无法动弹了。要是严武还活着多好，凭他的才能，蜀中哪至于像现在这样混乱。这不禁让我想起，在我途经渝州来云安途中，曾先后见到运送严武和房琯的灵柩回他们故乡安葬过境时的情景。那白色的帷幕依随着江水，江风护送着他们的蛟龙玉匣，天地为之悲痛。我很想踩着水面扑过去，看看他俩的遗容，但我这残老之躯，哪会那法术，只能伫立江边，望着他们随水而去的船只，放声一哀。

大历元年的春天，我是在云安度过的。开春之后，我的病情略有好转，能够下床活动了。散步在水阁之外，听到杜鹃在后山上啼叫，我就要顶礼参拜。我十分尊重这种由古代帝王的灵魂化变的鸟，我拜它，是希望它能够保佑天下太平，少让黎民百姓遭殃。我很庆幸自己离开了成都，不然的话，现在怕是生死未卜呢。

病情稳定之后，我于这年的暮春，坐船来到了夔州。从云安出发时，我就感觉到预兆不好。我本来将妻儿和器物都移到了船上，忽然天刮起了大风，加之天色已晚，只能在云安郭外住了一宿。夜里又下起了雨，第二天早上，因江岸湿滑不便行船，直到下午雨停后，我们才撑船离开。在船上的三四天时间，孩子们都不说话。我知道，他们心里有怨气，跟着我这个老爹辗转流亡，让他们吃够了苦头。我不想安慰他们，我无论说什么，也治愈不了他们那受伤的心灵。我默默地坐在船头，看着夜月映在江面上，离我近在咫尺。成群的鹭鸶在沙滩上安静地睡去，只有船尾处的鱼儿不时跃起发出啪啦的响声。桅灯照破夜幕，也照破我的孤身。

刚抵达夔州，我的两个女儿就发高烧，妻子也喊头疼，还腹泻。我的病尚未痊愈，也是有气无力，经常口渴，肚子里像放着一个火炉。不得已，我又只得在夔州安顿下来，过段时间再看情况。起初，我们住在城边山腰上的"客堂"，也就是用木架盖起来的简陋的房子。夔州这个地方，地貌特殊，房屋都是依山而建，一层重一层，进出屋子都像是在爬楼梯。由于潮湿，房子的石墙上都长满了青苔，屋内的柱子上还生出了木耳。夏天的时候，经常有蛇爬到屋内的墙角或床下来乘凉。胆子小的人，会被吓得哇哇大哭。我的几个孩子都曾被蛇吓哭过。我们一家人住在客堂里，非常不习惯。

这里的每户人家里都没有水井，平常吃水全靠用竹筒把山泉从山上引到屋里来。只要随便在山间走走，到处都能见到这样的竹筒，有的长到几百丈。要是竹筒发生堵塞，引不来水，就只能顺着一根根衔接好的竹筒仔细排查，看到底是哪里脱节或漏水。我因患有"消渴之症"，一天要喝数十次水。有时引不来水，就会焦渴难忍，像一条被人拖到岸上的太阳底下的鱼。有一天，当地人因为争水，弄断了我客堂用的竹筒。我雇了一个叫阿段的仆人去山上检修，他去了大半天都没找到原因。到了夜半三更，我正躺在床上饥渴难眠，忽然听到竹筒有清脆的水流注入缸中，不觉大喜。我想这个阿段真是勇敢，摸黑穿过虎狼出没的山林，引来泉水救我的命。要是没有他，我们全家人都只有望着竹筒发呆。

在客堂住了半个月不到，我爱逛名胜古迹的老毛病又犯了。来到夔州，怎么能错过登白帝城的机会呢？妻子让我好好休息，等身体恢复得好一点，再去登不迟。我哪等得到那么久，我叫宗文和宗武找来一根树枝，给我做成拐杖。在一个响晴的日子，我便挂着拐棍登临凭吊去了。站在空落破败的白帝庙前，我联想到兵戈未息的蜀地，黯然神伤。后来，我又曾多次去登过白帝城，有时在夕阳西下之时，有时在天阴欲雨之时，每次去都有不同的感怀。

如果孩子们有兴趣，我也会带他们一起出去游玩，让他们长点见识。他们随我一同去过西郊的武侯庙和东郊的刘备庙。面对彩绘剥落的古庙，我思绪纷飞。我给孩子们讲解诸葛亮的八阵图，以及他在三国鼎立的过程中为蜀国立下的盖世之功。我还给孩子们讲解先主如何与曹操、孙权博弈的故事，刘备满腹经纶，智勇双全，可惜最终却没能恢复汉室，统一中原。我之所以给孩子们讲这些，是希望他们了解我们的先辈是怎样为国捐躯的。同时，我也在扪心自问，面对当下的战乱时局，有谁能像诸葛亮、关羽、张飞那样忠义护主？又有谁能像耿弇、邓禹那样建树高勋？纵观历史，无论哪朝哪代，都是先有明主应天之才，方可成君臣契合之机。遗憾我老杜马齿徒增，不堪参与朝廷帷幄，只得漂泊异乡，空洒忧国之泪。

我特别喜爱武侯庙门前的那棵古柏，枝柯宛如青铜，根基坚如顽石。苍白的树皮光滑润泽，暗绿的树冠直插云天。在我眼里，这棵树无疑是孔明人格的象征。我自认为，我也具备这种正直的品性，然大树藏于山中，有谁识得这样的栋梁之材呢？

妻子每天都在客堂忙家务，洗衣服、做饭。她听当地人说，乌鸡能治疗风痹，便叮嘱宗文在墙东弄了个鸡栅，养了许多的乌鸡。待鸡长成半大的时候，她就将之宰杀了，天天炖汤给我喝。我让她也喝，她总是笑，却不去锅里舀。

我起身去舀一碗鸡汤端给她,她象征性地舔一口,就放下了。等我转身出去后,她就将那碗汤倒回锅里去,再加热后,留给孩子们喝。我一直觉得愧对我的妻子,她处处替我着想,我却没能让她过一天舒心的生活。

　　孩子们或许是跟着我游玩出了兴致,常常嚷着要我带他们出去转。夏天到来之后,天气渐渐热了起来。爬山会让人汗流浃背,我就带他们去瞿塘峡、高唐观一带游览。我也借此去感受一下三峡风光的神奇,回来写些诗句。在夔州期间,我写的那些大量的歌咏山川的诗,都是在这种放松的览胜状态下写出来的。有什么样的心境,就写什么样的诗。心里轻松,写的诗也就清新;心里沉重,写的诗也就沉郁。

　　夔州除了地形奇特之外,风俗人情也很奇特。每逢天旱,人们就会请巫师来击鼓求雨。大鼓在峡谷中喧响,犹如闷雷一般。村民们排成队,给泥塑的神像弯腰叩首,然而兴雨的真龙却依然无声无息。更让我印象深刻的是,当地的妇女头发都已斑白,四五十岁了还没有婆家。她们每天都去山上砍柴,背到集市上出卖,以卖柴得来的钱供养家人和交纳赋税,有时还冒着生命危险贩卖一些私盐回来。我只要看到她们,心里就有一种说不出来的难受。最初,我不明白原委,就问妇女:"你们为何都不嫁人呢?"妇女们尴尬地笑笑:"我们长得丑陋,嫁不出去。"说完,脸一红,就迅速转身走开了。之后,我才搞清楚,当地的男丁都被征去打仗了,她们根本没有男人可嫁。这些寂寞的妇女,只能日日面对大山,独自赡养家中的老人。忙空了时候,她们也会相互欣赏,摘些野山花叶与银钗并插于发髻,说些笑话寻开心。但更多的时候,她们都穿着单薄的衣裳蜷缩在狭窄的山旮旯里,望着江水发呆,那化了妆的脸上带着干不透的泪痕。

　　也有个别侥幸没有被征去充军的男子,他们都不思进取,自轻自贱,乐于去替那些富裕的人家驾船牟利。他们个个水性都好,驾船技术也堪称一流,能斜帆侧舵把船驶入急流,也能绕过漩涡掠过浪涌化险为夷,可就是不重视读书,甘愿终身充当劳苦的船夫。见此情状,我都不免叹气摇头。夜晚入睡之前,我总是以这些船夫为例子,教育宗文和宗武,让他们跟着我学写诗,熟读各类文选。我不希望他们长大之后,也如船夫一样目光短浅,胸无大志。

　　我一边教育子女,一边思虑着如何在夔州久住。凭我的经验,要想在一个地方住得长久，必须得有朋友的帮扶。自我入长安且流亡至今，都是在友人的支持下一步步走过来的。故只要是有志趣相投的人，我都愿意去结交。朋友多，路子就宽，生存起来也相对容易些。在距离我的西阁客堂四五里的地方，客居着华阳的柳县尉，他住在一个野庙里。我很想去认识一下他，他也有意结识我。为表示诚意，我于一天早晨骑马去看他。柳县尉见我来访，急忙披衣笑脸相迎。我俩一见如故，并坐于石堂之下，俯视着脚下奔流的大江，侃侃而谈，旭日正从对面的悬崖峭壁上冉冉升起。

"要不是拂晓来访，就我这老病之躯，必中暑无疑。"

"本该我来拜访你，不想兄台先来一步，失敬失敬。"

"贤弟乃俊杰之才，老夫前来拜望，也是应该。"

"子美兄哪里话，小弟仰慕你诗才既久，今日得见，真乃三生有幸。"

一番客气话之后，柳县尉谈起了军国大事。他讲应该如何止息战争，说得头头是道，句句在理，让我不得不佩服他的才能和胆识。我听他讲完，感慨地说：

"贤弟怀抱良策，虽抑郁不展，但忠义之心，令老夫十分佩服。"

"兄台过奖，你也曾在朝中为官，又擅诗文，若论及治国之道，当比我更有远见卓识。"

"岂敢岂敢，我离开官场数年，早已不谈治国之事。平时写些诗文，也属雕虫小技。"

"有朝一日，若时局扭转，子美兄还可出山为朝廷分忧。"

柳县尉说到这里，我沉默了许久。我知道，我怕是等不到那一天了。

"如今崔旰之乱尚未平定，你我皆客居于夔州。贤弟正值壮年，日后定当大有作为。只是我重病缠身，恐怕来日无多。"

"兄不必悲观，咱俩今日相识，往后无论贫贱，都应肝胆相照。"

我被柳县尉的话感动得眼眶炽热，忍不住拉着他的手说：

"贤弟既然如此真诚，那老夫拜托你一件事。"

"子美兄但说无妨。"

"我若不日客死夔州，还望贤弟替我照顾好妻小。"

柳县尉站起身，凝神地看着我，良久，他说：

"子美兄言重了,言重了。你的孩子,我自当视同己出。"

从柳县尉处归来,我一直忧心凄凄,真感觉生命每天都在倒计时。我常常在夜里做梦,我梦见在长安乞食的日子,也梦见在秦州落难的日子;还梦见坐着船在水上漂,后面有一条大鱼在疯狂地追我。那条鱼张大了嘴,锋利的牙齿像是将士手中的宝剑。沿河两岸,到处都是难民,他们衣不蔽体,戴着脚镣一步一叩首地挪动着。在身边监视和抽打他们的,有官吏和军士,也有猛虎和野狼。我每次被噩梦吓醒,妻子都会跟着虚惊一场。她将我的情况说给当地的妇女听,妇女们说我是中邪了。妻子就背着我,跑去请巫师打了符咒压在枕头底下。可我仍是做梦,夜夜都做,每晚都重复做这一个梦。

直到秋天气温逐渐变凉,我做噩梦的频率才降低。噩梦少了,我又开始做另外的梦。隔一两天,我就会梦见王思礼、李光弼、严武、李琎、李邕、苏源明、郑虔、张九龄站在我床前跟我说话。他们有时同时出现,有时分别出现;有时笑,有时哭;有时跟我谈国事,有时跟我谈家事;有时请我喝酒,有时请我赏景……我怀疑自己是太想念他们了,就写了《八哀诗》。说也奇怪,自从此诗写出后,我就再也没有在梦里见到过他们。

妻子说我老做梦,是神经衰弱所致,她吩咐孩子们陪我四处去玩耍,放松心情。孩子们大概是觉得老受我的管束,不自由吧,都不愿意陪我,我只好独自去江边转悠或登高遣怀。看着无边际的落叶随着秋风萧萧而下,无穷无尽的长江水翻动着波涛滚滚而来,我又想到自己这个离家万里之人的凄凉之境,有感而发,写出了《秋兴八首》。这是我个人比较满意的作品。

大历二年春天,我的病情又有所加重。也许是气候潮湿的原因,我的脚关节和手腕都出现浮肿和酸痛。妻子认为是客堂太阴森,晒不到太阳,建议找一个向阳点的地方居住。恰好我也在客堂待厌烦了,就举家迁到了赤甲。我准备在赤甲再静养一段时间,就继续坐船前往潇湘。跟在成都时一样,我毕竟是客居夔州,生活很快就变得拮据起来。妻子在住处旁边种的那点莴苣和白菜,以及养的鸡鸭,远远不能满足我们一家大小的生活所需。不知是不是上天垂怜于我,就在我为生活忧心的时候,又一个救命恩人出现在了我的生活中,这个人就是柏茂琳。

他于去年冬末来到夔州，担任邛南防御使，也就是都督。柏茂琳对我相当友善，他得知我客居在夔州，上任不久就跑来看我，还多次夸赞我的诗写得好。我以为他只是出于谦虚，或对一个落魄诗人的同情，逢场作戏地来慰问我一下，没想到，他竟大方地将瀼溪以西的四十亩柑林送给我来经营。

我激动地说："大都督送给子美如此厚礼，老夫却无以为报。"

"小事，小事，你尽管各自经营便是。"

我赶忙招呼孩子们过来，跪下给柏茂琳磕头致谢，妻子也立在一旁感动得流泪。

柏茂琳笑着说："孩子们，都起来吧，以后你们就不缺水果吃了。"

因要看管果园，我只得又从赤甲迁居到了瀼溪，我在那里租赁了几间草屋。那片柑林真是大，一眼望去，满眼的青绿。孩子们喜欢在柑林里捉迷藏，将白色的花蕾摇落得满地都是。妻子心疼果树，呵斥他们不要入林。我则在柑林边走来走去，嗅那馥郁的花香。那每一朵白色的小花苞，都包裹着我的一个期待。我当时想，等到柑橘挂果成熟，我一定要先让孩子们摘几篮子，给柏都督送去，让他尝尝鲜。

生活有了目标，喜事也会接踵而至。就在我每天盼望柑林快快挂果的心情下，竟意外盼到了弟弟杜观要去蓝田结婚，将路过夔州的消息。他在给我的手书中写道："自中都已达江陵，今兹暮春月末，行李合到夔州。"那一刻，我感到满园的柑橘花似乎都盛开了，禁不住掩面而泣。自战乱以来，我与弟妹们不能团聚，我无时无刻不在思念着他们。现在知道弟弟要来，我总算可以见上自己的家人一面了。那几天，我坐卧不宁，病感觉也痊愈了。我只有一个念头，渴望杜观赶快到来。我让妻子照看着柑林，自己则跑去西阁上眺望。我一会儿嫌渡口边的柳树挡住了我的视线，一会儿嫌江流太慢拖延了弟弟行船的速度。在这种莫名的焦躁中，我到底还是把杜观给等来了。他一见我就流泪，我不断安慰他不要哭。

"哥，你还好吗？"

"好，好，你来了，我就好。"

"你看你都瘦成啥样了，白发比蚕丝还白。"

"老了，牙齿掉了，耳朵也聋了。"

"我每天都在想你。"

"我又何尝不想你！"

"我以为我们再也……"

杜观哽咽起来。见他如此，我的泪也出来了。

"见着就好，见着就好，我正琢磨着将身后事托付给谁呢，这下你来了，我的白骨就不愁没人收了。"

"哥啊！"

杜观叫了一声，又抱着我痛哭。

那夜，我们兄弟俩都没睡觉，一直躺在床上聊天。我们回忆自己的青年时代，也伤心于时下的社会现实。这种与手足同处一室的画面，真是久违了。杜观只在我的草屋住了一宿，就赶着回蓝田见他的未婚妻去了。目送着杜观远去的背影，我的心久久不能平静。船都离开很远了，他还站在船头向我挥手。

很快就到了夏天。柏茂琳定期命园官给我送来瓜菜。那个园官不知是故意怠慢，还是嫉恨我得到了都督的厚待，有时连缺几天，他都不将瓜菜送来。即便送来，也是些野生的莴苣和马齿苋之类，这令我大为不悦。可我又不好公开指责他，怕他骂我狗仗人势，就以写诗的方式委婉地将情况告知柏茂琳。柏茂琳收到诗后，大概是教训了园官的。这之后，园官每次送瓜菜来都很及时，送来的瓜菜也很新鲜。

能填饱肚子了，柑橘树上也挂满了青幽幽的果实。远远看去，像众多没有点燃蜡烛的小灯笼。瀼溪地处偏僻，常有猛兽跑出来伤人。为防止意外，我和妻子便派遣童仆去山上砍伐木竹，将草屋四周筑了篱笆和院墙。吃和住都解决妥善后，我又过了一段稍微舒心的日子。我乘船围着瀼溪四处游荡，趁自己还勉强走得动，我想尽量多游览一些地方。受了一辈子的罪，难得有几日清闲的生活。

但这种悠闲的日子总归是短暂的，入秋后，我们又换了居住的地方，从瀼溪的草屋搬到了邻近的东屯。搬去那里是因为柏茂琳不但送给我一片果园，还将东屯的一百顷公田委托我代管。代管公田比经营果园责任心大多了，虽然田地有行官张望管理，又给我增派了不少的仆人，但我还是不放心。稻禾正在抽穗，可不能出什么闪失。都督如此器重我，我不能让他失望。这样一来，我只好将草屋借给了一个从忠州坐船来的，在州府里当司法参军的吴姓亲戚，让他代为照看。

到东屯后，我见田里杂草丛生，行官张望极不负责，一天人影都难见到。我只好带领仆人阿稽、小厮阿段，还有伯夷、辛秀等人去除草。他们都是好庄稼把式，争着显示除草功夫。我站在田垄上，看到他们热闹欢快的劳动场面，仿佛已经嗅到了稻香。

有了众多的仆人帮忙，我自然也就省心很多。没事的时候，我也会进城去会会朋友，喝一场酒解闷。但老实说，我每次进城，只要见到那些官绅人家的恶俗之举，就后悔进城，还不如躲在乡下来得清静。可有一次，我去乡邻家串门，遇到一个老大爷不停地向我诉苦。

他说："我们这些乡下的穷人怕是活到尽头了啊。"

"怎么这么说？"我问。

"官府的赋税如此繁重，旧粟都被他们追索去了，新豆自己又捞不到吃，要全部卖了缴纳军费。"

"果真如此吗？"

"我这把老骨头，骗你干啥？"

我正沉思间，老大爷急切地问我：

"你知道战乱何时才能结束吗？"

我愣了愣，不想太让老大爷难过，就安慰他说：

"解除吐蕃之围，指日可待，你就放宽心吧。"

老大爷听了我的回答，嘴里喏喏地返回屋里去了。

我的心又似在滴血。

在东屯收割完稻子，我就急忙赶到瀼溪去收摘柑橘。我一到草屋，竟然发现那位吴姓亲戚将草屋前的那棵枣树用篱笆给围了起来，这让我很生气。这间草屋旁边，原本住着一个寡妇。我在这里居住的时候，一到枣熟，那位寡妇就会来树下打枣充饥。可他这样拦了之后，人家还怎么来打枣？那天，我没有给这位亲戚好脸面，我叫仆人将篱笆拆除了。每个人活着都不容易，何必如此呢？

那片柑橘长势喜人，成熟之后，隔多远都能嗅到果香。我的几个孩子们天天蹲在果树下，专挑个大的朝自己嘴里送。晚上躺在床上，连打嗝都冒着柑橘的味道。我安排仆人们将果实摘下，用箩筐一筐筐装好。盯着满地金黄色的柑橘，我很有成就感。老杜我今生虽一事无成，但当个农夫应该还是合格的。

然而，当果实全部下完枝，我又感到十足空虚。俗话说："瓜熟蒂落。"柑橘落地，我觉得自己也跟柑橘差不多，快要落地了。在夔州的这段日子，虽然有柏茂琳的帮助，让我衣食无忧，但这到底不是我的故乡，叶落总要归根才好。我的耳朵越来越聋，腿脚越来越不听使唤，牙齿也掉得没剩几颗了。我那些风雨路上的朋友，又一个接一个地死去，这使我更加有种紧迫感。我想回故乡——我是从那里来的，最终也要回到那里去。

夔州我是不能再待下去了，再好也不能待下去。在这一愿望的支配下，十月的一天上午，我特意叫仆人抬了几筐柑橘，去跟柏茂琳告别，感谢他对我的厚爱。可那天不凑巧，我去他府上的时候，他正好不在。据衙役说，他被夔州别驾元持请去观看歌舞表演了。我想事不宜迟，就放下柑橘，直奔元持的府上而去。我刚到门口，就听见府内鼓锣喧天，笑声和掌声不断。待差人通报后，柏都督和元别驾知道是我求见，赶紧将我迎入府内，一同观看表演。我也只好落座，耐心等待表演完毕，再说辞别之事。

舞台上，一个名叫李十二娘的女子正在跳剑器舞，舞姿曼妙，震惊四座。我的记忆瞬间被激活了，我想起了小时候在姑父的带领下观看公孙大娘跳剑器舞的情景。表演结束，我问李十二娘的舞蹈是跟谁学的，她当真说是跟公孙大娘学的，这让我感慨良多。抚今追昔，不免徒增伤感。玄宗皇帝在世时，共有八千多名侍女，唯有公孙大娘跳的剑器舞位列第一。一晃五十余年过去，当年安史之乱扬起的风尘遮暗了庙堂，致使梨园弟子像云烟般逃散，如今只剩下李十二娘孤清的舞姿，还辉映着夔州的秋日的太阳。

在表演散场后的宴席上，柏茂琳问我：

"子美兄何事这么急着找我？"

"我想离开夔州，直下潇湘。"

"我给你果园，又将公田交由你代管，你在夔州有吃有穿，为何还要去漂泊啊？"

我端起一杯酒，诚恳地奉敬他说：

"大人对老杜的好，老杜终生难忘。只是近日来我夜梦频仍，总是梦到自己小时候的事情，加之我的病情一天比一天严重，恐怕活不了多少日子了，我想抓紧时间，朝家的方向走。"

柏茂琳听后，心情似乎沉重了起来，他也端起酒杯：

"子美兄既然主意已定，我也不便挽留。叶落归根，人之常情。你何时启程，我派船送你离去。"

"我收拾收拾，把该处理的事情处理一下，过完年就动身。"

"好，来，我敬你一杯，希望你平安回乡。"

"谢大都督！"

我端起酒杯，一饮而尽。

30. 流水或小舟

大历三年正月，我将瀼西的果园赠给了友人"南卿"后，便按照计划，从白帝城放船出发，离夔东下。在出发之前，我接到弟弟杜观的书信，他已办完婚事，跟妻子暂住在当阳。他劝我先偕家人去他那里，彼此之间有个照应。我听从了弟弟的话，带着既喜且悲的心情，去到了当阳。杜观的妻子人很漂亮，也贤惠。见了我们，从来都是笑脸相迎。尤其跟我妻子更是相处融洽。

我跟杜观详细说了想坐船回洛阳老家的想法，他让我先将妻儿留在当阳，独自去江陵探探虚实。待我铺好了路子，再接家人前往，这样少负担。弟弟替我考虑得很周到，在当阳停歇了几天之后，我就乘船去了江陵。

之所以选择去江陵，是因为那里我的老朋友多，像李芝芳、郑审等人都在那里。最重要的是，我的族弟杜位在荆南节度使卫伯玉的幕府里任行军司马。我在行前给他去过书信，准备去投靠他。

船快抵达江陵时，我就已经感到了它的繁荣。自战乱以来，洛阳以及邓州襄州一带的流民大量投奔江湘。人一多，自然就热闹。刚到江陵，李芝芳、郑审等朋友就来给我洗尘，还邀请我在上巳日去徐司录林园参加修禊活动。杜位也殷切地跑来接待我这个兄长,还抽空陪我去著名的天皇寺游览,我在天皇寺里看到过王羲之的笔迹和张僧繇画的孔丘及其弟子的画像。

有次酒宴后,我意犹未尽,就邀请李芝芳下马陪我散步。李芝芳也喝得醉醺醺的,我们东倒西歪地在月光下走着。夜风吹在脸上,像蒙了一张湿布。

李芝芳问:"我们这是要去哪里,黑灯瞎火的?"

"我也不知道,就想走走。"

"这世道,走到哪里都没有光亮,跟这夜一样暗黑。"

我正要回答他,头撞到了一棵树上,疼得我钻心。我靠着树干,想缓解一下疼痛,却发现嘴里的牙齿没有了。那是我的最后一颗牙齿,我慌忙蹲在地上摸了起来。

"你在摸什么啊?"

"牙,牙,我的牙。"

李芝芳一把将我扶起来,说:

"掉了算了,哪还能摸得到。"

我坐在地上,呜呜地哭了起来。夜更加黑了。

那夜过后,我在江陵根本没脸出去见人。走到哪里,只要张着一张漏风的嘴,人家就讨厌至极。我的耳朵又聋,跟人说话,人家喊破了嗓子,我都未必能听清。但我还是每天忍受着他人的奚落和白眼,去跟当地的官绅们套近乎。有好几次,我拄着拐杖,步行到府宅去拜访主人,可他们的门丁都不肯前去通报,将我视为一个要饭的乞丐给撵走了。

杜位见我处境可怜,常常给我送来一些吃的,这已经很不错了。他也只是幕府里的一个小官,能力有限,我也不能太让他为难。加之这年二月,商州兵马使刘治杀害了防御使殷仲卿叛乱,造成荆州一带陷入混乱状态,交通受阻,暂使我放弃了回洛阳的想法。我正在考虑下一步该去哪里,朋友的帮助只是一时的,我还得自己想出路。这时,我的妻儿又给我捎来家信,说他们在当阳连糠菜糊糊都喝不上了。为求生存,我只好被迫出去告贷。我冒着雨水乘船到外县去求援,遇到船被沙滩搁浅。我拼了老命推船,船就是不动。我推累了,只好坐在船舷上,任凭风吹雨打。城中戒严的鼓声不断地响起,整个江湾,只有野鸭和水鸥陪伴着我。好不容易在雨中将船推出浅滩,到了邻县,我挨着去敲熟人家的门。他们见我这个糟老头子全身透湿,头发稀疏得禁不住篦子,都摇头叹气。我因听不见他们说话,就捡起石块在地上画字求食。可那些熟人都吝啬得很,没有一个人肯拿出财物来周济我。我又只好撑着船,饿着肚皮返回江陵。

我担心妻儿们挨饿,便打定主意,将他们接来,一起去投靠在江陵以南的公安县的朋友。当我在暮春时节见到孩子们时,他们都抱怨我说:"爹啊,你都去了哪里啊,我们都快要饿死了。"妻子听到孩子们如此说我,赶紧制止他们说:"别这样跟你爹说话,他不也是饿着肚子的吗?"我说:"孩子小,不懂事,不怪他们,是我这个当爹的窝囊。"

在从江陵去往公安县的途中,我闻听吐蕃又在进犯凤翔,长安再次遭受威胁,这使我的返乡之路更加渺茫起来。一个人想要回到自己的家,为什么就那么难啊!我联想到自己这一生,青壮年时期,为求仕途,受尽百般磨难,让我的心破碎了又破碎。那种痛苦,我认为是天底下最大的痛苦。可到了老之将死,我才突然明白,那些所谓的功名、官职等求之不得的痛苦都不算痛苦,人生最大的痛苦,是回不到故乡。

到达公安县后,县尉颜十终于让我的家人们吃了一顿饱饭。我一个落光了牙齿的耳聋之人,只要有一口水喝,把命保住就行,但孩子们正是长身体的时候,我得想法让他们多吃点东西。公安县有几个雅士,他们喜欢我的诗,我也就跟他们诗酒唱和,以换取几顿食物。画家顾戒奢和诗人李晋肃,我都是在那里遇到的,他们给过我不少的方便。值得一提的是,有一名不俗的后生,叫卫大郎,他因偏爱我的作品,流露出对我的崇拜。他没有像我在江陵时遇到的那些年轻人,恃才傲物,看不起年老之人。只要有空,他就请我们一家人吃饭,还私下给我一点钱资。

不久,公安县也发了变乱,搞得人人自危,我又只好携带家人乘船到了岳州。那会儿已经是暮冬了,船行至刘郎浦的时候,天寒地冻,潇湘二水和洞庭湖都掩盖在白雪之中。渔民们难以撒网捕鱼,只能搓着手,在岸上焦急地来回走动。我那时没有找到住处,一家人只能挤在船上。夜间,有人在吹觱篥,其声悲切,孩子们和妻子听了都在哭。我望着茫茫雪地,像一个替天地守孝的人。

天亮后,还有渔民在湖边走来走去。我问其中一个中年人:

"你们守了一夜?"

"是啊,看能否运气好,捕到几条小鱼。"

"除了靠捕鱼,一点没别的办法了吗?"

"还能有啥办法,去年米价上涨,军粮严重不足;今年米价下跌,致使民困民穷。"

我还想接着问话,旁边站着的另一个中年人插话说:

"很多人家都开始卖儿卖女了,以交纳租庸。"

我长叹了一口气,之前那个中年人继续说:

"以前曾明令禁止私人制作钱币,现在居然准许豪富奸商把铅锡掺入青铜,用泥模自行铸钱。"

这两个男人的话,让我如遭雷劈,我深深地替天下的百姓感到难过。

雪一下,又该过年了。我想让大家开心一点,就带领家人去登岳阳楼。这次妻子也去了,我第一次邀请她陪我观景。她站在楼上望着远方,我站在她身后望着她。我不知道她看到了什么,我只知道我看到了世界上最美丽的风景和最哀伤的风景。

大历四年春天,我又继续南行,想到衡州去投奔刺史韦之晋。船到潭州的时候,快到清明节了。我的身体状况急剧恶化,在水上行走太久,风湿病使我的右臂偏枯,吃东西都要靠妻子或孩子喂。不得已,我只有在潭州稍事休息再出发。但我不想等死,只要能动,我都要出去走动。长期静卧,反而会令病情加重。在妻子的搀扶下,我就近游览了湘江对岸的岳麓山和山下的道林寺。在寺庙里,我还第一次跪在菩萨面前,磕了几个头。我祈祷菩萨能保佑我回到故乡。人越是在无助的时候,越会将信念寄托给神灵。

从岳麓山返回的途中,我看见一位采蕨的妇女,为交纳官税到市上去卖蕨草。她的丈夫已经被各种徭役给折磨死了,家中只剩下她一人带着两个孩子。日暮时分,她只要回到空荡荡的村庄,就忍不住放声号啕。我劝她坚强一点,要想法把孩子抚养成人。她点点头,继续卖她的蕨草。我转身离去之后,才发觉刚才劝她的那些话很可笑。我的遭遇难道不是跟她一样吗?我连自己的孩子都养不活,哪还有资格去劝慰他人?

过了几天，我拖着病躯，在船上摇摇晃晃地到了衡州。一望见南岳，我的心里就被喜乐所灌满。我喜的是只要见到韦之晋，就意味着我的生活又将有了着落，孩子们又将有饭吃了。可哪晓得，我刚到，韦之晋就被调去任潭州刺史了，这使我扑了个空。宗文望着我失望的表情，说："爹，你的命可真苦啊！"我的女儿也说："是啊，爹，你可真倒霉！"妻子生气了，想责骂两个孩子，被我劝止了。孩子们说得没错，我的确是唐朝最倒霉的一个文人了。走到哪里都碰壁，走到哪里都没有活路。

韦之晋既已调任，我留在衡州只有等死。我想到重返潭州，去那里找他。可更让我绝望的是，我正准备返回，却传来韦之晋在潭州病逝的噩耗，这让我像是一下子掉入了江底。但我也只能回潭州，我没有别的地方可去。这年夏末，我又乘船折返到了潭州。

在潭州，我无钱租房子住，船成了我临时的家。这里是一个码头，停靠着大小各种船只。在船上住的，都是些渔民。刚开始那会儿，他们见我又不打鱼，成天在船里待着，觉得很好奇。渐渐地，待大家都熟悉了，他们才知道我是滞留于此，都生出怜悯之心。这些渔民常年在水上生活，跟我一样，大多患有风湿病或别的疑难杂症。一次，住我左边的那条船上的老伯生了病，躺了十几天都起不来。我去看后，吩咐妻子去附近的山上给我采药时，多采一些回来，煎后给他也送过去喝。老伯连续喝了几天汤药后，竟然可以起来打鱼了。这使得我在渔民们中颇有口碑，他们都知道我会看病。这下好了，码头上的渔民们都纷纷跑来找我把脉。我给他们开出药方后，由他们自己去采药煎服。治好了病，渔民们没钱感谢我，就天天给我送鱼。谁在船上先煮好了饭食，也叫我们去吃一点。

渔民们不但把我当作了"药王菩萨"，还到处去替我宣传医术，以至于连码头之外的人都跑来江边找我看病。在这些来找我看病的人中，自然不乏官宦人家，他们往往出手阔绰。除了我应收的钱外，总要额外再给我一些，这正好可以帮补家用。

有时在船上待烦了，我会去江边散散步，看渔夫们打鱼。偶尔，我还会去参加一些文人们的活动。后来由于身体原因，就算别人邀请，我也懒得去折腾了。

潭州地处南北交通枢纽，往来的官绅特别多。若有与我相识的友人路经此地，他们也会不辞辛劳，跑到江边来看我。记得秋天的时候，韦迢要去韶州任刺史，途经潭州，就曾特地提着肉食，跑来船上找我喝酒，我还写过一首诗给他作为纪念。

有一天上午，妻子带着孩子们去山上采药去了。我因头痛，卧在船舱内睡觉，忽听外面有人高喊："杜老前辈可在？"我迷迷糊糊地起身，走出船舱一看，是一个大约四十岁的男子，长得彪悍威猛。我以为是来找我看病的，就问：

"看病吗，请问你哪里不舒服？"

那男子摇摇头：

"不不，我不是来看病的，我是专程来拜访您的。"

"拜访，你是？"

"我叫苏涣，是潭州刺史崔瓘幕府里的从事。"

"幸会幸会，可惜我船舱狭窄，无法领你入座。"

"杜老客气，我站着说话就行。"

那天，我被苏涣的豪气所征服，他站在我面前，大段大段地背诵我的诗篇，这让我惊讶不已。他说自己心仪我的诗作已久，自己也写诗，希望得到我的点拨。我听他朗读过他写的诗，虽不是很成熟，但也确有才气，是个可塑之材。而且，他还毫不隐瞒地讲述了他的过去，他说：

"杜老，实不相瞒，我曾是巴州的一个强盗。"

"强盗？"我重复了一句。

"是的，强盗。不过，请杜老不要惊诧。在做强盗之前，我也是一个良民，只因租税徭役逼得我走投无路，才去干这个行当。"

我点点头，觉得他很坦诚，至少比那些官场上的道貌岸然的伪君子强多了。

这次见面后，苏涣成了我在潭州期间的亲密的朋友。他经常邀请我去他的茅斋喝酒，我若不去，他就提着酒食来船上看我。

春末的一日，天气晴和，苏涣很早就来码头接我。他说要再扶我去登岳麓山寻找灵感，他要亲自看我是怎样作诗的。我推辞不过，也就跟着他去了。说也凑巧，在岳麓山上，我竟然邂逅了流落在江湘的李龟年。这位天宝年间的音乐家，我少年时曾在洛阳歧王、崔九的宅府里听过他的歌声。可如今的他伛偻

着腰,已是两鬓斑白,脸上堆满了苍老的倦容。苏涣见我对着李龟年叹气,问我此人是谁,我便跟他讲了。随即,我口占七绝一首:

  岐王宅里寻常见,崔九堂前几度闻。
  正是江南好风景,落花时节又逢君。

苏涣一听,赞不绝口,说:
"我总算悟出作诗的门道了,我总算悟出作诗的门道了啊!"
"作诗的门道是什么?"我问。
"无他,唯'真诚'二字也。"
说完,我们都哈哈大笑起来。

四月份的一天夜里,妻子正在船外给我煎药,忽见潭州城内火光冲天,叫声四起,居民们纷纷逃窜,大喊湖南兵马使藏玠叛变了,刺史崔瓘已被他斩首。渔民们一片哗然,潭州城处于一片惊慌之中。

慌乱之下,我连夜携带妻小驾船直向衡州驶去。在夜船上,我再次想起这些年来的逃亡,可谓旱路和水路都经历全了,感到痛苦不堪。

我不可在衡州久待,盘算来盘算去,我计划去郴州,找我的舅父崔伟,他在郴州任录事参军。必须要有熟人,我才可能活命。我顺着郴水行到耒阳时,不幸遇到江水大涨,只得将船被迫停靠在方田驿。这个鬼地方,前不沾村后不着店,风大雨急,险些把船都给掀翻了。我们一家大小被困在那里整整五天。我跟妻子说:

"我们怕是回不去了,如果我有不测,希望你能带着孩子们逃命,尽量逃。"

"你都逃不了,我们又怎能活着离开呢?"

我们一家人抱头痛哭,真正是那种死期已到的哭。感觉哭过之后,我们就再也无法相见了。我们夫妻之间,父子之间,母女之间的缘分就要尽了。

第六天上午,就在我们全家人互相手拉着手,饿得快要晕死过去的时候,耒阳的聂县令风风火火地带着衙役给我们送来了浊酒和牛肉。那一刻,我们又看到了活着的希望。我们狼吞虎咽地吃完肉食后，坐在船上几乎不能动弹。稍微一动，肚子就有被撑破的感觉。

事后，我亲自去耒阳县城向聂县令拜谢，感谢他的救命之恩。聂县令让我们就待在耒阳，不要再走了。可我实在耐不住耒阳的溽暑，又归心似箭，便执意乘船要走。可我没想到那时洪水尚未退去，行船受阻，无法南下郴州，只好临时掉头，试图北上汉阳，沿着汉水回到长安。

船行至洞庭湖，已是秋尽冬来，船上寒风呼啸，冷得人直打哆嗦。我用颤抖的左手，抓起毛笔歪歪扭扭地写了一首《风疾舟中伏枕抒怀三十六韵奉呈湖南亲友》，诗刚写完，我的手就僵住了。我感觉自己在破碎，先是脚脱离了我的身体，后是手脱离了我的身体，最后是脑袋脱离了我的身体。我看见它们在湖面上漂荡。漂着漂着，就飞了起来。我想拉住它们，重新接在自己的躯干上，可它们都不听我的使唤。它们越飞越快，越飞越远，飞去了不同的地方。我的脚去了长安，在皇宫里和大街上走来走去；我的手去了成都的草堂，在摘树上的李子和桃子；我的脑袋去了洛阳偃师的首阳山——只有脑袋最顽皮，它一会儿蹦跳到我先祖杜预的坟头上哭泣，一会儿蹦跳到我祖父杜审言的坟头上哭泣。

我想跟着脑袋哭，可是我再也流不出眼泪。

这时，我的耳畔突然传来李白的声音：子美，我们又见面了。

瞬间，我的整个躯干也破碎了。一半化为了尘土；一半化为了江水。后来，尘土和江水也都不见了，天与地之间，只有巨大的空无。

我知道，我是真的死去了。

我知道，我是真的回到故乡去了。

我知道，我是再也回不到故乡去了。

诗人补说

杜甫讲完了。

杜甫走了。

我的面前,只有两个空酒瓶,静立在黎明前的薄雾中。

我要挽留杜甫,可他消失得太快了。

我不知道今后还能不能再见到他。

也许能,也许不能。

听了他的讲述,我真的不会再去"换一种活法"了。

我要活着,我要好好地活着。

我活着不为别的,只为善待自己。

我要写好多好多诗。不然,我愧对杜甫。

他让我明白一个道理:

他所关注的始终是人类,我所关注的始终是自己。

他所关心的始终是别人的痛苦,我所关心的始终是自己的痛苦。

这是我跟他的本质区别,也是一个好诗人与一个差诗人的本质区别。

他即使在生死未卜的艰难时刻,也在挂念着天下苍生。

作为一个写了大半辈子诗的人,我替自己感到汗颜和羞愧。

我虽然是个残疾诗人,但也应该有一个健全的人格。

只要人格健全了,身体缺陷又能如何。

我照样可以创造我的辉煌。

我照样可以实现活着的价值。
每个人的命运都不可选择。
每个人也不应该埋怨命运。
再强壮的肉体也有腐烂的时候。
再长寿的人生也有终结的一天。
唯有诗是不朽的。
唯有文化和艺术是不朽的。
天就要亮了。
我也该回到我的躯体里去了。
再不回去，我就永远回不去了。
我要回去。
我还想活。
我必须活。
我还有使命没有完成。
我的人生才刚刚开始。